# La Fille de l'océan

Collection créée par Hugues de Saint Vincent
Ouvrage dirigé par Franck Spengler

Graphisme de couverture : © R. Pépin
Mise en page : Christophe Petit
Photo de couverture : © Szabo Ervin-Edward / EyeEm / Getty images


34-36, rue La Pérouse
75116 - Paris
www.hugoetcie.fr

ISBN : 9782755641592
Dépôt légal : juin 2019
Imprimé en France par Corlet Imprimeur - N° 201131

ALEXIS
AUBENQUE

# La Fille de l'océan

Hugo Roman

*À Hugues de Saint Vincent*

# - 1 -

## *Vendredi 26 juin*

Jason Zimmer entendit le bruit des gouttes de pluie qui venaient claquer contre le volet roulant. Il ouvrit les yeux et se redressa dans le lit.

À ses côtés, Emma dormait d'un sommeil lourd. Un coup de tonnerre retentit sans que la jeune femme ne bouge d'un pouce. Jason sourit. Une vraie marmotte. Il passa une main dans ses longs cheveux soyeux et en apprécia le contact.

Cela faisait six mois qu'ils étaient ensemble. Une rencontre le soir du Nouvel An.

Après une nuit très alcoolisée qui s'était terminée au lit, leur relation s'était transformée au fil des mois en quelque chose de beaucoup plus fort.

Il sourit à cette pensée, réalisant combien il avait changé depuis qu'il en avait fini avec les études. L'étudiant immature avait disparu pour laisser place à un homme véritable.

Il se pencha sur le côté et attrapa son téléphone posé sur la table de chevet. 6h57. Il était temps de se lever.

Sans faire de bruit, il sortit du lit et referma la porte de la chambre pour se rendre dans la salle de bains.

Jason se planta devant le miroir du lavabo à deux vasques et apprécia le reflet qu'il lui renvoya. Vingt-huit ans, son beau visage d'ange avait gagné en maturité, son corps musclé était devenu athlétique. Il passa la main sur ses joues et sa barbe de trois jours qu'il entretenait depuis plusieurs semaines. Il l'aurait bien rasée, mais Emma l'adorait et, après tout, rien ne pressait.

Il se détourna et entra sous la douche.

Un quart d'heure plus tard, en simple boxer, il se retrouvait dans la cuisine ouverte attenante au grand salon.

Il avait ouvert les volets et avait profité de la vue idéale sur State Street. Une rue située en plein centre-ville, aux airs hispaniques. Des palmiers bordaient les larges trottoirs le long de petits immeubles ne dépassant pas trois étages.

Même si la vue n'était en rien comparable à celle dont jouissait l'hacienda familiale bâtie sur les hauteurs de Santa Barbara, Jason adorait ce quartier, tellement agréable avec ses restaurants, ses bars et ses night-clubs. Tout était à portée de main, et surtout il bénéficiait d'une véritable indépendance. Non, il n'était plus le jeune homme qu'il avait été.

Son téléphone bipa.

Jason l'attrapa et vit un SMS de Nathan Harper. Il avait toujours un petit pincement au cœur en pensant à son ami.

Diplôme de droit en poche, le garçon était parti s'installer à Los Angeles où il était désormais un avocat réputé au sein d'un prestigieux cabinet.

De fait, ils ne se voyaient presque plus. Trois à quatre fois par an, alors qu'ils avaient passé toute leur jeunesse ensemble. Jason voulait croire qu'un jour il reviendrait vivre à Santa Barbara, bien que sachant que c'était loin d'être gagné.

Il ouvrit le SMS et découvrit une série de photos qui lui tirèrent un large sourire. Un bébé tout fripé dans les bras de sa maman, puis d'autres dans ceux de son papa.

« *Charlotte Harper est née le 6 juin* », avait écrit Nathan en préambule aux photos. Jason les fit toutes défiler. Incroyable. Qui aurait cru cela de l'ancien Nathan, timide et incapable de sortir avec une fille ?

Il était à présent marié à Beverly Thompson et père d'un magnifique garçon, et depuis cette nuit, de Charlotte.

Les années fac étaient bel et bien derrière eux, pensa-t-il.

Il sentit une main lui caresser le dos, et Emma vint se blottir contre lui.

– C'est Charlotte ! dit-elle en lui prenant le portable des mains. Elle est vraiment jolie. Regarde sa petite bouche trop craquante.

Jason enlaça sa compagne et regarda les photos par-dessus son épaule.

– On peut aller les voir ce week-end si tu veux ? proposa-t-il.

– Bonne idée. Il me tarde de la prendre dans mes bras. Je veux la même.

Mais Jason n'y crut pas une seule seconde. Emma était une work-addict qui ne jurait que par son boulot. Elle ne dormait chez lui que trois soirs par semaine, et encore, quand elle n'était pas à Los Angeles pour aider ses collègues. Il était presque vexé qu'elle soit si peu en manque de son homme !

– Elle est vraiment adorable.

Jason lui passa la main sur le ventre et se demanda ce que cela lui ferait quand elle serait enceinte, un jour. Emma était si fière de son ventre parfaitement plat, qui se déformerait au fil des mois pour avoir la peau aussi tendue qu'un ballon prêt à exploser. Pas très engageant, se dit-il en sachant pertinemment qu'il s'en moquerait. Avoir un enfant, n'était-ce pas le seul véritable but de notre humanité ?

– Tu l'appelles ?

– On va les laisser tranquilles. Je l'appellerai ce soir.

– Non, j'ai vraiment envie de les voir.

Elle lui reprit le téléphone et composa le numéro. Trois sonneries plus tard, le répondeur se mit en marche.

– Salut, Nathan, c'est Emma. Félicitations à l'heureuse

maman et au papa. Charlotte est trop belle. On se demandait avec Jason si on pouvait passer vous voir ce week-end ? Rappelez-nous. Bisous à tous les quatre.

Elle raccrocha et lui rendit son portable.

– Je te l'avais dit, répliqua Jason.

– Je sais, tu as toujours raison.

– Bien sûr que j'ai toujours raison.

– Je plaisantais, le recadra Emma qui se colla à lui.

– Pas moi. Je suis l'homme parfait. J'espère que tu en as pleinement conscience ?

– Prouve-le.

– Et comment ?

– Comme ça, dit-elle en passant sa main sous son boxer.

Jason sentit son sexe se mettre au garde-à-vous. S'il trouvait à Emma bien des qualités, la première d'entre elles était son côté coquin qui l'avait séduit. Elle était toujours partante pour faire l'amour.

– Je dois aller travailler.

– Tu n'es pas si pressé que ça ?

Jason regarda l'heure sur son smartphone. Il commençait son service à 9h. Il avait largement le temps pour un écart.

– Non, dit-il en lui soulevant son petit top de nuit.

# - 2 -

À peine réveillé, Keith Morrison sentit le léger roulis du yacht, puis entendit le tonnerre et la pluie qui frappait les hublots de sa chambre. Il attrapa la télécommande et releva les stores. Le ciel était presque aussi noir qu'en pleine nuit. Il alluma sa lampe de chevet et se leva pour apprécier le spectacle.

Amarré dans la marina de Santa Barbara, le *Ocean's Pearl,* un yacht Azimut de près de quarante mètres, flottait majestueusement sur les eaux, tel un prince des mers.

À l'abri dans l'anse artificielle de la marina qui protégeait tous les bateaux à quai des incertitudes de l'océan, Keith savourait la vision des eaux déchaînées, habituellement si calmes. C'était toujours un régal de contempler la nature dans toute sa violence.

Beaucoup détestent la pluie, mais elle était tellement rare dans cette région que, pour Keith, c'était toujours un plaisir de la voir tomber.

Il entendit son téléphone vibrer. Il s'en saisit et dès qu'il découvrit les photos, un immense sourire s'épanouit sur son visage. Il les fit défiler une à une. Charlotte toute seule, Charlotte blottie dans les bras de sa maman, Charlotte avec ses parents, Charlotte avec son frère...

Keith essaya de les joindre, mais il tomba sur le répondeur sur lequel il laissa un message.

– Salut, Nathan. Je viens de voir l'arrivée du trésor. Elle est magnifique. Rappelle-moi dès que tu veux que je passe vous voir.

Keith reposa son smartphone et secoua la tête en se comparant à son ami.

Il pensa à sa mère qui désespérait d'avoir des petits-enfants. Mais il ne se sentait pas du tout prêt. Ne serait-ce que parce que la première des choses était de trouver la femme idéale. Et surtout, il avait toujours en tête de faire le tour du monde. Travailler pour la revue *Nature* ou le *National Geographic* et mitrailler de photos les plus belles villes du monde.

Keith était incapable de se fixer. Il avait un trop grand besoin d'indépendance. Vivre sur un yacht lui donnait une âme de marin. Se tenir toujours prêt à larguer les amarres et tout quitter, pour démarrer une nouvelle vie. Il rêvait de voir les pyramides du Machu Picchu, les temples d'Angkor, les chutes Victoria ou encore Venise et ses palais.

Non, la vie était trop courte pour rester sédentaire avec une femme et des enfants. Il voulait croquer la vie à pleines dents et attendait le bon moment pour mettre les voiles.

Il pensa à cet incroyable cadeau que lui avait offert Nathan sept ans plus tôt. Un yacht Azimut. Une promesse qu'il lui avait faite quand il avait vingt ans et qu'à sa très grande surprise, il avait tenue.

Même si la famille de Nathan était richissime, Keith n'aurait jamais imaginé recevoir un tel cadeau de sa part.

Si l'Amérique était ce grand pays que tout le monde enviait, c'était avant tout pour son rêve américain. Un pays où chacun pouvait et devait réussir par ses propres moyens.

Un joli rêve, mais seulement un rêve. Keith ne croyait absolument pas à cette belle fable. Pour un anonyme qui arrivait au sommet, combien étaient laissés pour compte sur le bord de la route, ruinés, criblés de dettes, dépossédés de tout, y compris de leur maison ?

Des millions, des dizaines de millions d'Américains avaient comme lui des rêves qui ne se réaliseraient jamais.

C'est un puissant sentiment d'injustice, sentiment qu'il avait chevillé au corps depuis l'enfance, qui l'avait poussé à abandonner ses études de littérature pour se diriger vers le journalisme. Et c'est sans aucune recommandation qu'il avait postulé, trois ans auparavant, au *Santa Barbara Weekly*.

Aussi sa joie fut-elle immense quand il fut intégré au sein de la rédaction, à la section des faits divers. Cependant, il avait obtenu le droit d'écrire aussi des articles sur les gens d'ici, les personnalités inconnues de la ville.

Du simple pêcheur au balayeur, de la vendeuse immigrée au surfeur saisonnier en passant par l'étudiante veilleuse de nuit.

De ses lectures d'enfance, il avait gardé le goût des chroniques et tenait à rendre hommage à ses pairs. Il savait croquer, en quelques paragraphes, la vie de tous ces destins anonymes et banals. Il était un observateur de son temps, une plume affûtée et honnête.

Tel un peintre à la recherche du paysage idéal, il aimait trouver la bonne personne à interroger, celle qui lui ferait voir le monde sous un autre angle que le sien. En cela, il faisait référence à l'immense privilège de pouvoir jouir d'un cadre de vie exceptionnel sur le yacht que lui avait offert son ami Nathan. Uniquement de la chance. Il ne devait jamais oublier d'où il venait.

Il pensa à son père qui s'était suicidé après la faillite de son entreprise. Non, ne jamais oublier.

Tandis que la pluie redoublait de violence, il attrapa son téléphone et appela la plus proche de ses amies, Sandy Dawson.

# - 3 -

– Merde, merde, merde ! jura Paul Pierson. Allez, rhabille-toi vite ! Vite !

Réveillée en sursaut, Sandy n'y comprenait rien.

– Mais qu'est-ce que tu racontes ?

– Ma femme arrive !

– Quelle femme ?

– Ma femme ! Je t'expliquerai tout, mais il faut que tu t'en ailles tout de suite !

L'homme était totalement paniqué. Il attrapa les vêtements de Sandy posés près du lit et les lui jeta au visage.

– Tu es marié !

Sandy n'en revenait pas. Cela faisait un mois qu'elle sortait avec lui. Même si ça n'avait pas été le coup de foudre, ça se passait plutôt bien.

– Oui, mais je vais divorcer. Habille-toi, je t'en supplie, elle est capable de nous buter !

Cette dernière phrase suffit à la sortir de sa sidération. Elle saisit son chemisier et l'enfila à la va-vite avant de faire de même avec sa jupe.

Le bruit du moteur d'une voiture rompit le silence de la nuit. Paul se mit à la fenêtre. Plus haut dans la rue, deux phares éclairaient la chaussée.

– Bordel, c'est elle ! Tu dois partir par l'arrière.

Sandy mit sa petite culotte en boule dans son sac et prit ses chaussures à la main.

Ils sortirent rapidement de la chambre et traversèrent le salon. Deux verres de champagne étaient encore sur la table, à côté de la bouteille et de petits fours apéritifs.

Paul attrapa le tout et l'enfouit sous le canapé, tandis que Sandy ouvrait la baie vitrée en grand.

– Mais il pleut ? se plaignit Sandy.

– On s'en fout, casse-toi ! Dégage !

Sandy avait l'impression d'être face à un parfait inconnu. Lui qui avait toujours été charmant et délicat avec elle, la traitait comme une vulgaire pute.

– OK, je vois.

Sandy serra les dents et hésita devant une alternative : fuir au plus vite ou affronter la nouvelle venue pour savourer la déchéance de ce minable. Cependant, son choix fut vite fait. Elle savait que la jalousie pouvait conduire à des gestes extrêmes, et mourir pour un connard comme Paul... non, cela ne valait pas le coup.

Pieds nus, elle sortit sur la terrasse arrière, tandis que la pluie ruisselait sur tout son corps.

– Aïe ! cria-t-elle en marchant sur un objet qui lui piqua le pied.

Elle contourna la façade et se colla contre l'angle de la maison. Elle entendit nettement les pas décidés d'une femme qui marchait d'un air déterminé, puis la porte qui s'ouvrit. Elle en profita pour enfiler ses chaussures.

Heureusement, Sandy s'était garée en bordure de trottoir de ce quartier pavillonnaire et non dans l'allée de la maison. Elle attendit que la porte se referme pour sprinter vers sa New Beetle rouge.

Dès qu'elle put se réfugier à l'intérieur, elle mit aussitôt le contact avant de partir à toute allure et de bifurquer sur Calabria Drive afin d'être hors de vue.

Sandy ralentit alors, se gara sous un saule pleureur et put enfin laisser éclater sa rage.

Elle se mit à hurler toute seule dans sa voiture et frappa plusieurs fois, rageusement, son volant du plat de la main. Elle avait vraiment le don pour sortir avec tous les ratés de la terre !

Une fois de plus, cela la renvoyait à son incapacité à garder un homme et, comme à chaque fois, elle pensa à Peter Evans, son premier grand amour. Un garçon qu'elle avait rencontré quand elle était encore étudiante.

Alors qu'elle était persuadée qu'il était l'homme de sa vie, le jeune homme avait quitté Santa Barbara pour intégrer une grande école de danse à Los Angeles. Six mois plus tard, il l'avait larguée par simple SMS. Ensuite, elle avait enchaîné loser après loser.

Marc Phillip, un étudiant en ingénierie. Deux ans d'une liaison torride, avant de se rendre compte qu'il la trompait avec sa meilleure amie.

Dan Sinley, un jeune avocat, ami de Nathan. Cette fois-ci, c'était elle qui ne l'avait plus supporté au bout d'un an et demi, l'ennui ayant supplanté la passion du début.

Il y avait eu aussi Marcus Beaulien qui était également attiré par les hommes. Il rêvait d'une vie à trois ! Le triolisme, très peu pour elle !

« Je n'y arriverai jamais », se dit-elle, fataliste.

Pourtant, elle voulait croire qu'il devait bien y avoir, quelque part, un homme pour elle.

À vingt-huit ans, gentille, pleine d'humour, elle était loin d'être moche. Qu'est-ce qui lui manquait ? Pourquoi ne pouvait-elle pas trouver chaussure à son pied ?

Elle pensa à Nathan et Jason. Ces deux-là avaient bien de la chance. En couple depuis plusieurs années, Nathan coulait des jours heureux. Quant à Jason, après quelques années passées avec Tiffany, il était amoureux d'Emma depuis six mois.

Dans son malheur, Sandy tentait de se rassurer en se disant que ce n'était guère mieux pour Keith. Si ce n'est qu'elle savait bien que, pour lui, c'était un choix volontaire de ne pas se fixer avec une fille. Il était trop indépendant pour vivre en couple bien longtemps.

Son portable se mit à sonner. Elle le sortit de son sac. Keith.

Quand on pense au loup... se dit-elle en décrochant.

– Allô ?

– Salut, Sandy. Je te dérange ?

– Non, pas du tout, je viens de me réveiller, dit-elle en s'efforçant d'être aimable.

Sous une pluie battante, un enfant passa dans la rue en courant. Derrière, sa mère lui criait de s'arrêter en s'évertuant à le rattraper.

– Tu as vu les photos ?

– Quelles photos ?

– Nathan ne te les a pas envoyées ?

– Je ne sais pas, en fait je n'ai pas encore regardé mon téléphone.

Keith eut un petit rire et ajouta :

– Charlotte est née cette nuit.

– C'est pas vrai ! Faut que je regarde ça. Attends, je mets le haut-parleur.

Sandy regarda dans son téléphone et trouva tous les MMS de Nathan.

– Elle est trop belle, ils sont trop mignons tous les quatre.

– Tu as raison. Justement, je t'appelais pour savoir si ça te dirait qu'on déjeune ensemble pour fêter ça ?

– Bien sûr. Tu as déjà appelé Jason ?

– Pas encore. Je te tiens au courant.

– OK. À tout', je vais être à la bourre.

Elle raccrocha. Voilà au moins une bonne nouvelle. Nathan et Beverly étaient d'heureux parents. Sandy était sincèrement contente pour son ami. Il méritait son bonheur.

Remettant le contact, Sandy reprit la route et, plutôt que de se diriger tout de suite vers son manoir, elle fit demi-tour et eut la plus belle vengeance qu'elle pouvait espérer quand elle aperçut Paul complètement désorienté, sur le perron de sa maison, face à une furie qui lui balançait toutes ses affaires par la porte !

Sandy se retint de klaxonner pour le narguer, mais savoura la hargne de cette épouse bafouée et se sentit soudain très proche d'elle.

– Pauvre type ! marmonna-t-elle à l'adresse de Paul quand il se retourna vers la rue et que leurs regards se croisèrent.

Sandy lui fit un magnifique doigt d'honneur et remit les gaz à fond, un large sourire aux lèvres.

# - 4 -

– À ce soir, dit Jason en se retournant sur le pas de la porte de son appartement.

Il avait revêtu son uniforme de lieutenant (pantalon bleu marine, chemise bleu clair et chaussures noires). Fin prêt pour aller travailler.

– Tu es hypersexy dans ton costume.

Emma l'embrassa une dernière fois et le laissa enfin partir.

Jason entra dans l'ascenseur, encore tout émoustillé par leurs rapides ébats. Très vite, il se retrouva quatre étages plus bas, dans le parking souterrain où étaient garées deux de ses voitures. Une Porsche et un Hummer.

Il alla directement vers le 4x4, plus volumineux que la Porsche, néanmoins beaucoup plus passe-partout.

Sachant qu'aucun des membres du personnel, y compris le garde-côte en chef, n'avait les moyens de se payer une voiture de luxe, ce n'était pas la peine de vouloir leur en mettre plein la vue. Mieux valait la jouer profil bas, et tout se passerait bien. Cela faisait trois ans qu'il avait intégré la brigade des garde-côtes de Santa Barbara, et effectivement tout se passait à merveille.

Hormis quelques mauvais coucheurs au début, tout le monde s'était habitué à sa présence et personne ne lui tenait rigueur d'être le fils d'une des plus grandes fortunes de la ville. Au contraire, Jason savait mettre l'argent au pot. Quels que soient les événements, bal du 4-Juillet ou fêtes religieuses, jamais la brigade n'avait reçu autant de dons, et il n'y avait personne pour s'en plaindre.

D'autant moins que, fidèle à la devise de la USCG: *Semper paratus* (toujours prêt), il avait fait ses preuves sur plusieurs manœuvres délicates, et en particulier dans le sauvetage de l'équipage d'un chalutier qui avait failli être englouti dans les eaux deux hivers auparavant, au cours d'une tempête mémorable.

Au volant de son Hummer, Jason repensa à ce sauvetage délicat. Il avait pris des risques inconsidérés et ils avaient bien failli tous y rester. Mais il ne pouvait supporter l'idée de laisser mourir des hommes en mer. La tempête avait été terrible. Aucun hélicoptère n'était utilisable, compte tenu de la violence des vents; seule une frégate avait pu s'approcher du chalutier en détresse.

Jason n'avait pas hésité à se jeter à l'eau et avait nagé jusqu'à l'embarcation pour secourir les blessés.

Il avait reçu la médaille du courage pour la plus grande fierté de ses parents, particulièrement de son père.

C'est lui qui lui avait imposé d'incorporer les rangs de la marine pour « devenir un homme ». Apprendre à obéir. Un lieu où son argent ne serait d'aucune utilité, où son statut serait celui de simple aspirant.

Jason avait hurlé et juré qu'il ne passerait aucun des concours. Mais quand son père lui avait coupé les vivres, il n'avait eu d'autre choix que de se soumettre. Le plus étrange, c'est que désormais, il ne se passait pas un jour sans qu'il remercie les cieux d'avoir cédé au caprice paternel.

Jamais il n'aurait pensé qu'être garde-côte puisse être aussi épanouissant. Au contact de ces hommes et ces femmes aguerris, il avait l'impression d'avoir radicalement changé. L'adolescent insouciant et trop sûr de lui avait laissé place à un jeune homme mature, ayant beaucoup plus de recul sur la vie.

Le comble étant que, alors que son père l'avait obligé à s'engager pour deux ans, Jason avait rempilé et n'avait pas l'intention de quitter son poste. Si reprendre la holding familiale était inscrit dans son destin, il préférait être le maître de sa vie. Tant qu'il apprécierait ces journées passées à la brigade des garde-côtes, il ne voyait pas pourquoi il démissionnerait.

Brouillant sa vision, la pluie se remit à tomber sur son pare-brise, et il actionna les essuie-glaces.

Peu de monde dans les rues en ce début de saison estivale. Il plaignit les touristes qui commençaient à arriver en masse dans la plus belle ville du monde.

Il arriva au bout de State Street qui se terminait sur la promenade longeant la plage. Il bifurqua sur sa gauche et prit Cabrillo Boulevard ombragé par ses immenses palmiers, puis Shoreline Drive et parvint à la marina. Chaque fois qu'il passait devant, il ne pouvait s'empêcher de jeter un œil particulier au plus gros des bateaux amarrés. Le *Ocean's Pearl*.

Il n'en revenait toujours pas que Nathan ait offert un tel bijou à leur ami. Même si Jason se considérait comme généreux, jamais il n'aurait donné un bien valant plusieurs millions de dollars à Keith. Mais après tout, l'amitié n'a pas de prix et, pour le coup, Jason avait décidé de faire de même avec Sandy et lui avait offert le manoir de ses rêves.

Son téléphone sonna. Keith. Il prit la communication en main libre.

– Jason ?

– Salut. Je pensais justement à toi. Je fonce au boulot.

– Alors, je ne te retarde pas, mais tu as vu les photos de Nathan ?

– Oui, trop mignonnes.

– J'ai appelé Sandy. Je me disais qu'on pourrait trinquer à midi tous ensemble pour fêter ça.

Alors que la pluie s'était apaisée, Jason entra dans la marina.

– Très bonne idée, on se voit au *Moby Dick*. Ça te va ?

– Parfait, je te laisse. À tout à l'heure.

Jason sourit. La matinée démarrait sous les meilleurs auspices. Il se gara sur le parking du poste de contrôle des garde-côtes.

Plusieurs voitures s'y trouvaient déjà.

Il s'engouffra à l'intérieur où il salua les agents administratifs, avant de disparaître dans les locaux du personnel navigant.

– Salut, Jason, l'accueillit l'enseigne de vaisseau Turner.

Une jeune fille de vingt-quatre ans qui avait intégré la station un an plus tôt. Petite rousse sportive, coupe au carré court, elle possédait un humour et un franc-parler qui faisaient la joie de tous.

– Salut, Michelle, tu ne devais pas arriver que cet après-midi ?

– Oui, mais dès que j'ai vu qu'il y avait un avis de tempête, j'ai préféré être là au cas où.

– Tu sais qu'on ne te paiera pas tes heures supplémentaires ?

– Qui parle d'heures supplémentaires ? s'imposa un homme au physique de gentleman.

Le capitaine Todd Williams, cinquante-cinq ans, très bel homme dans son costume réglementaire, le cheveu blanc, rasé de près. Il dirigeait depuis près de dix ans ce relais de garde-côtes californiens.

– Personne, mon capitaine, répondit Michelle, toute rougissante.

– Vous savez que les budgets sont de plus en plus serrés, et même si certains dons nous sont fort utiles, je tiens à gérer au mieux chaque denier que nous recevons.

– Bien entendu, mon capitaine. Je peux repartir si vous voulez.

Quelqu'un arriva par-derrière et se mêla à la conversation :

– Tu restes avec nous. Je pars en mer et j'aurai besoin de toi, fit le lieutenant de vaisseau Julian Carson.

L'homme était le membre le plus étonnant de cette station. Cet officier supérieur avait tout l'air d'un baroudeur, avec sa cicatrice qui lui balafrait la joue et des cheveux un peu trop longs pour son grade. Mais personne ne lui en faisait le reproche, compte tenu de ses nombreux faits d'armes. Un original qui avait les meilleurs résultats de tout le district.

– Avec grand plaisir, lieutenant.

– Jason, tu viens aussi. Retrouvez-moi dans dix minutes sur le pont du *Barracuda.*

– OK.

Jason s'éclipsa alors avec Michelle vers la salle de pause. Il était grand temps qu'ils prennent leur café matinal.

# - 5 -

Keith arriva sur Nopalitos Ways et longea une petite zone d'activités qui se trouvait non loin de la côte, où se trouvaient de nombreux bâtiments, dont ceux du *Santa Barbara News*. Il gara sa moto près d'une grosse berline et, sous une pluie battante, entra dans les locaux du journal.

– Salut, Bridget, dit-il en passant à la réception.

– Bonjour, grogna-t-elle en levant à peine les yeux de son journal.

Cinquante-trois ans, visage fermé, elle était la femme la plus désagréable qu'il ait jamais connue.

Il passa un couloir et entra dans le grand open space où travaillaient près de deux cents personnes, dont une centaine de journalistes.

Actualités locales, vie pratique, sports, politique, société, arts et spectacles, toutes les thématiques d'un grand quotidien étaient représentées dans ce journal qui était distribué dans tout le comté de Santa Barbara. Une zone représentant près d'un demi-million d'habitants.

De petits box séparaient certains bureaux des autres. Keith retrouva le sien qu'il partageait avec un monument, Suzie Costello. Soixante-deux ans, spécialiste des affaires mondaines, surnommée « la reine des potins ».

Comme bien souvent, elle était rarement à son poste et venait quand bon lui semblait. C'était une amie intime de Charles McMullen, le patron du journal.

– Salut, mon grand, lança une voix rocailleuse.

Keith fit pivoter son fauteuil et salua sa consœur.

– Bonjour, Suzie. Bien matinale aujourd'hui ?

Un embonpoint totalement revendiqué, sublimé par des vêtements excentriques très colorés agrémentés de foulards bigarrés et de lunettes dignes d'Elton John, Suzie Costello était un véritable phénomène.

– Qu'est-ce que tu veux dire par là ? Que je suis toujours en retard, peut-être ? gronda-t-elle.

– Toi en retard ? C'est un euphémisme, se moqua-t-il.

L'attitude de Suzie changea du tout au tout. Elle lui jeta un regard mortel. Keith se sentit stupide. Certes, il s'entendait très bien avec elle, mais à vrai dire, il ne la connaissait pas suffisamment pour se permettre ce genre de familiarités.

– Non, je disais ça comme ça, je ne...

Mais aussitôt il reconnut l'œil rieur derrière la façade impérieuse de la journaliste. Et, soudain, elle éclata de son rire tonitruant.

– Oh, je t'adore, mon petit poulet. Si j'étais plus jeune, je crois que... mais il n'y a pas tellement d'écart entre nous, non ?

Keith se détendit. Elle avait l'oreille du grand patron et il serait infiniment dommage de se la mettre à dos et de se faire virer alors que tout se passait si bien dans cette rédaction.

– Pas grand-chose, trente ans pas plus.

– Dis tout de suite que je suis une vieille peau !

– Je ne voulais pas dire ça...

Mais Suzie rit à nouveau de bon cœur, et s'assit près de lui avant de lui pincer la joue de ses gros doigts parfaitement manucurés.

– Je plaisante, mon cœur. Il va falloir que tu te détendes. Tu es beaucoup trop sérieux. Si tu continues comme ça, tu vas finir comme tous ces cons qui bossent ici, dit-elle en désignant d'un large geste circulaire les journalistes présents dans l'open space.

– On t'entend, vieille morue salée ! répliqua Samuel Tipper, le caricaturiste du journal.

– J'espère bien, ma poule, c'était pour toi !

Des rires fusèrent de tous les box et Keith y mêla le sien. Ce journal était vraiment à part. Ni trop sérieux ni trop léger. L'équilibre parfait.

– Bon, tu viens fumer avec moi ?

– Tu sais bien que je ne fume pas.

– Et alors ?

Keith sourit et se leva de son siège. Suzie lui tendit la main. Il la saisit délicatement et l'aida à se lever.

– Ah ! si j'étais plus jeune... soupira-t-elle à nouveau.

Ils remontèrent l'open space et gagnèrent la cour intérieure du journal. Ils s'installèrent à une table, entourés de bananiers, yuccas et bougainvilliers en pots. Le store de la terrasse avait été activé pour les protéger de la pluie qui frappait la toile tendue et ruisselait en rigoles tout autour du patio.

Suzie sortit son fume-cigarette dans lequel elle mit une Kool mentholée.

Elle tendit son briquet à Keith qui l'alluma.

– Merci, jeune homme.

La journaliste inspira une large bouffée de fumée avant de la recracher sur le côté.

– Bon, ça fait combien de temps que tu bosses à côté de moi ?

Le ton était soudain devenu sérieux. Keith comprit que la question n'avait rien d'anodin. Toute cette mise en scène avait forcément un but. Un entretien ? Allait-elle faire un rapport à McMullen ? Était-il possible qu'elle le fasse virer ?

– Six mois.

Avant cela, il était à l'autre bout de l'open space en compagnie de la rubrique sport.

– Déjà ! dit-elle, sincèrement étonnée. Mon Dieu, que le temps passe vite !

Elle tira de nouveau sur sa cigarette et reprit :

– Bien, tu connais la situation des journaux en ce moment, c'est plutôt difficile, et les places sont chères.

Eh merde ! Il tenait à ce job. Qu'avait-il fait de mal ? Devait-il vraiment coucher avec elle ?

– Je sais, et je sais aussi la chance que j'ai d'avoir été embauché.

– Oh non, ce n'est pas la chance, c'est ton talent. Tes papiers sont excellents. Tu as une vraie plume. Tu n'es pas comme tous les autres. On sent que tu aimes les gens, je veux dire les vraies gens. Les petites gens.

– Je viens de là.

– Je sais, et cela nous fait un point commun, dit-elle en souriant. Avant d'être la « reine des potins », j'étais comme toi, une fille de prolétaires. Mon père était un brave type qui s'est ruiné la santé sur des chantiers. Quant à ma mère, elle était caissière dans un *Walmart*. Dès toute petite, je me suis dit : « C'est pas ça la vraie vie. » Moi qui rêvais de toucher les étoiles, désormais mon carnet d'adresses est rempli de stars.

– Joli parcours.

– C'est vrai, et je crois que tu peux avoir le même. Vois-tu, je suis prête à te donner un coup de pouce.

– C'est gentil, mais tout va bien.

– Je n'en doute pas, mais ça ne te fout pas le moral à zéro de n'écrire que des articles de faits divers ?

– J'ai aussi mes portraits.

– C'est vrai. Tu as le don pour croquer les gens avec beaucoup d'empathie, j'adore.

– Merci.

– Justement, je me disais, ça te dirait qu'on bosse ensemble ? J'ai plein de talents, mais je n'ai malheureusement pas ta plume.

Travailler avec la « reine des potins », pas forcément son rêve.

– Tu sais, je ne suis pas très mondain. Les stars, les célébrités, ce n'est pas vraiment mon truc.

– Pourquoi donc ? Ce sont des gens comme les autres. Crois-moi, il faut que tu oublies les clichés qu'on peut avoir sur eux. Ils me font plus de peine que d'envie.

– Si tu le dis.

– J'ai rendez-vous avec une fille à 10h. Tu la connais sûrement. Une jeune chanteuse. Vicky Lance.

Keith eut un petit sourire. Elle était surtout connue pour ses frasques diverses et variées. À côté d'elle, Britney Spears et Miley Cyrus étaient des oies blanches. Mais musicalement, c'était plutôt Janis Joplin et Stevie Nicks, du bon son.

– Je vois que tu connais. Ça te dit de venir avec moi ?

– Non, c'est pas trop mon truc.

Suzie prit un air contrit.

– Mon petit poulet, je crois que tu devrais venir. Elle est très belle et très seule...

– Tu ne chercherais pas à me caser par hasard ?

– Moi, jamais ! Mais tu sais, dans ce métier, si on peut joindre l'utile à l'agréable, il ne faut pas s'en priver.

Keith eut un sourire bon enfant. Il en avait entendu des vertes et des pas mûres sur Suzie Costello, et il était en train de réaliser que dans toute légende il y a une part de vérité.

– J'ai déjà un rendez-vous ce matin. Désolé.

– C'est vrai ce mensonge ?

– Une jeune danseuse qui fait de la pool dance au *Gentlemen's Club*.

Suzie eut un grand rire.

– Petit coquin. Toi et moi, on est pareils, sourit-elle.

Elle lui attrapa la joue et la secoua.

– Je t'adore, toi. Va t'amuser, et profites-en bien.

Keith ne voyait pas les choses autrement. Dans sa recherche pour mettre en valeur des personnalités anonymes de la ville, une danseuse dans cette sorte de club un peu spécial était le personnage idéal. Quelles étaient les filles qui faisaient ça ? Y avait-il un profil très particulier ou bien plusieurs types de filles ? Il était impatient de pouvoir poser ses questions. Il voulait tout apprendre sur elle. Si certains avaient pu lire dans ses pensées, ils l'auraient certainement pris pour un psychopathe !

Plutôt méfiante, la jeune femme avait tout d'abord refusé sa proposition. Il lui avait alors promis que son nom ne serait pas mentionné, mais qu'elle apparaîtrait sous pseudonyme. Par ailleurs, il lui avait assuré qu'il valoriserait sa profession, comme il le faisait dans chacun de ses articles. Pour la convaincre, il lui en avait envoyé tout un lot et ses réticences avaient fini par céder.

Pas de doute, cette Roxane Wilson, danseuse anonyme d'un club pour hommes, l'interpellait bien plus qu'une chanteuse à succès.

# - 6 -

Sandy s'observa dans le rétroviseur intérieur de sa voiture.

Elle était retournée en vitesse chez elle pour se changer, puis était aussitôt repartie pour foncer vers le centre-ville, destination : 215 Figueroa Street où elle venait de se garer.

Sandy prit un élastique qui traînait sur le tableau de bord et attacha ses cheveux en queue-de-cheval. Puis elle sortit de son sac un stick d'anticerne dont elle mit une petite touche sur ses paupières et sous ses yeux pour atténuer l'ombre mauve qui les entourait.

Elle se regarda dans le rétroviseur, et se trouva un air de chien battu.

« Oublie ce connard et va de l'avant », se réprimanda-t-elle.

Pas convaincue, elle soupira un grand coup et sortit de sa voiture.

Sous une pluie qui s'était quelque peu calmée, elle se redressa et, arborant fièrement son uniforme de sergent de police, elle entra dans le commissariat.

Elle salua tous ses collègues et alla directement dans son bureau qu'elle partageait avec le lieutenant James Deckard.

Il était déjà à son poste et pianotait sur son clavier d'ordinateur. Elle ouvrit la porte vitrée.

– Bonjour, mon lieutenant.

– Bonjour, Sandy, répondit Deckard qui fronça les sourcils. Mal dormi ?

Sandy maudit son manque de maquillage. L'homme l'avait aussitôt percée à jour.

– Oui, j'ai fait plein de cauchemars, mais ça va aller.

– Un café ?

– Volontiers.

Le lieutenant avait sa propre machine Nespresso à double versoir. Il sortit des capsules de sa réserve et les mit en place avant d'appuyer sur « start ».

– Vous savez, vous pouvez prendre votre matinée, si vous voulez. Je crois que ça va être très tranquille ce matin.

Deckard s'était posté devant la fenêtre de son bureau et regardait le ciel toujours couvert de nuages menaçants. Un éclair illumina l'espace, suivi d'un coup de tonnerre retentissant. La pluie se remit à tomber à verse.

– Je pense que je vais rester, j'ai déjà pris une douche ce matin.

Deckard sourit. Même si elle avait près de dix ans de moins que lui, Sandy était en totale admiration devant cet homme. Une sorte de perfection. Plutôt grand, musculature harmonieusement répartie, sourire ravageur, et des yeux verts dont le regard vous transperçait l'âme.

– C'est comme vous voulez.

Quand les cafés furent prêts, il lui tendit son mug avant de prendre le sien et de s'asseoir à son bureau.

– Bien. Je voulais vous féliciter pour votre rapport sur l'affaire Brosman. Tout est nickel. Si avec ça on ne l'inculpe pas...

Depuis plusieurs jours, dans le quartier de Westside, sévissait une étrange épidémie. Une dizaine de chats avaient été retrouvés morts empoisonnés. Deckard avait été chargé de l'enquête. Après de nombreux interrogatoires du voisinage, une filature et une surveillance accrues, ils avaient démasqué le coupable. Ernest Brosman. Un retraité qui avait emménagé depuis peu dans le quartier et qui ne supportait pas la présence des chats des voisins qui avaient l'habitude de vagabonder et profitaient de la moindre occasion pour s'introduire dans sa maison. Il les soupçonnait même de faire la sieste sur son lit.

« De quel droit viennent-ils chez moi? s'était insurgé l'homme quand il avait enfin admis ses crimes. La propriété privée est le fondement de notre démocratie. J'étais dans mon droit ! »

Un juge allait être saisi de l'affaire, et Deckard ne doutait pas de la future sentence judiciaire.

– De rien, mais c'est vous qui avez fait tout le boulot.

– Ne soyez pas modeste. Vous avez été parfaite.

– J'ai été nulle. Je me suis endormie.

Elle avait participé à la surveillance des maisons, mais s'était assoupie. Deckard l'avait réveillée en venant prendre la relève.

– Aucune importance puisqu'on l'a quand même eu. Non, franchement, je suis ravi. Vous avez une façon de relater les faits... Je n'ai jamais eu de sergent aussi efficace que vous.

Pour le coup, elle reconnaissait qu'elle était plutôt douée pour la rédaction des rapports. Surtout si on prenait en comparaison les autres policiers du commissariat.

D'ailleurs, tout le monde la regardait comme un OVNI. Une fille qui était destinée à embrasser une carrière d'ingénieur et qui avait changé radicalement d'orientation pour entrer dans la police.

– Arrêtez ou je vais demander une augmentation.

Deckard eut encore son sourire ravageur.

– Ce ne sera pas la peine, je l'ai demandée pour vous, et elle devrait être validée par le shérif lui-même.

Sandy était stupéfaite. Cela faisait un an qu'elle était aux ordres de Deckard, et déjà une augmentation ! Non qu'elle fût particulièrement intéressée, mais c'était pour la fierté d'être reconnue dans son travail. Elle qui n'était jamais sûre d'elle n'en revenait pas.

– Vous ne vous moquez pas de moi ?

– Je sais que je peux avoir un humour particulier, mais pas pour les choses sérieuses. Vous êtes un très bon élément et je regrette déjà le jour où vous passerez lieutenant.

– Ce n'est pas demain la veille. Sergent me va très bien.

– Pour l'instant, mais je vous prédis un grand avenir au sein de notre police si vous vous accrochez.

– Avec un supérieur comme vous, tout est possible.

Elle ne put s'empêcher de rougir. L'homme de trente-sept ans la dévisagea de son regard hypnotique.

– Je déteste cette expression. Vous n'êtes pas mon « inférieure ». On est juste des collègues. Je vous l'ai déjà il y a quelques semaines : pas de hiérarchie entre nous. D'accord ?

– D'accord.

Quoi qu'il dise, elle était toujours d'accord. Il était tellement craquant. OK, il avait neuf ans de plus qu'elle, mais ne valait-il pas mieux un bel homme dans la force de l'âge qu'un Paul Pierson qui, certes avait juste trente ans, mais était un vrai connard ?

Elle savoura sa première gorgée de café et se dit qu'elle n'était quand même pas la plus à plaindre. C'est vrai, sa vie amoureuse était une calamité, mais sa vie professionnelle était parfaite. Elle adorait son travail. Pourtant, rien ne l'y prédestinait.

Sandy ne pourrait jamais oublier comment elle avait décidé de bouleverser le cours des choses et de suivre son instinct.

Sans Chelsea, cette fille de la plage[1] qui, huit ans plus tôt, était entrée dans sa vie et celle de ses meilleurs amis, elle savait qu'elle n'aurait jamais changé. Mais après ce week-end incroyable, elle avait eu envie d'en apprendre davantage. Elle avait fait des recherches qui n'avaient rien donné de concret. En revanche, prendre le temps d'éplucher tant et tant de journaux relatant des faits divers lui avait donné le goût de l'enquête et, très vite, c'était devenu une obsession : elle voulut intégrer la police.

1. Voir *La fille de la plage*, Hugo Roman, 2017.

Ses parents furent atterrés de sa décision. Pour les rassurer, elle finit ses études et obtint un doctorat en chimie. Enfin, l'année dernière, elle avait passé et réussi le concours qui lui avait permis d'intégrer avec fierté la police de Santa Barbara, au grade de sergente.

– Hey, je crois que vous devriez aller vous recoucher, dit Deckard en la voyant rêvasser.

– Non, non, tout va bien, je pensais à quelque chose, c'est tout.

Ils travaillèrent deux heures durant à remplir des rapports et à les finaliser quand la ligne intérieure sonna. Deckard décrocha.

– Oui ?... Où ça... Très bien, on arrive tout de suite.

Il raccrocha et, le visage fermé, se tourna vers Sandy.

– Si vous vous sentez d'attaque, on a un cadavre qui nous attend, dit-il.

# - 7 -

– Je me sens plutôt mal, je crois que je vais... commença Michelle.

Mais elle ne finit pas sa phrase et se pencha subitement par-dessus le bastingage pour vomir son petit déjeuner.

Jason plissa le nez.

– C'était bien la peine de venir ce matin si c'est pour polluer les océans, se moqua-t-il.

Michelle sortit un mouchoir de sa poche et s'essuya la bouche.

– Tu plaisantes, je viens de nourrir des dizaines de poissons. Ils peuvent me dire merci.

Jason se rapprocha de sa collègue et lui posa une main affectueuse sur l'épaule.

– Sans rire, comment tu te sens ? Tu veux que je demande au lieutenant de te ramener à quai.

– Non, ça va aller. J'ai dû manger un truc pas frais ce matin...

Et Michelle se remit à vomir.

Jason resta auprès d'elle et regarda l'océan déchaîné.

Des vagues de plus de trois mètres venaient se fracasser contre l'avant du *Barracuda*. Le ciel était presque noir. Ils étaient au centre de l'orage. Une pluie torrentielle s'abattait sur eux et, malgré son anorak de la marine, Jason avait l'impression d'être trempé de la tête aux pieds.

Un éclair frappa les eaux au loin.

Magnifique.

Rares étaient les tempêtes près de Santa Barbara, et c'était un spectacle fascinant que d'y assister du pont d'un bateau.

Le tangage se faisait de plus en plus fort. Carson avait demandé expressément à chacun des membres d'équipage de s'accrocher à un bout (le terme de corde étant superstitieusement proscrit). Pas le moment de perdre quelqu'un.

Jason se tourna vers la baie, et contempla Santa Barbara et le mont Santa Ynes qui formait une barrière montagneuse en aval.

S'il avait pu sortir son téléphone, il se serait fait un plaisir de prendre des photos.

– Pourquoi tu souris comme ça ? demanda Michelle, toujours livide.

– J'adore les tempêtes.

– T'es malade ! Je crois que j'aurais dû rester chez moi ce matin.

Jason aperçut un voilier au loin. Heureusement, la plupart des touristes avaient eu le bon sens de rester au port. Seuls quelques chalutiers et bateaux de pêcheurs avaient osé prendre la mer.

Soudain, il vit une fusée de détresse monter vers le ciel, y rester un instant puis redescendre lentement vers les eaux.

Jason se détacha de son bout et se précipita aussitôt vers la cabine de pilotage.

– Lieutenant, il y a...

– J'ai vu, on fonce dessus. Je vais pousser les moteurs. Dis à tout le monde de bien s'accrocher. Ça va secouer.

La fusée était partie de bâbord, ils devraient donc manœuvrer avec les vagues qui allaient les attraper sur le côté. Manœuvre très périlleuse, mais ils ne pouvaient pas non plus prendre trop de précautions et avancer face à la mer pour revenir ensuite dos à la mer. Ils devaient prendre des risques.

Jason retourna à l'arrière et indiqua à tout l'équipage de s'accrocher, mais chacun avait déjà compris la manœuvre.

Le *Barracuda* vira de bord et commença à se diriger vers le voilier au loin. La houle s'était faite encore plus forte. Jason s'accrocha en bastingage et essaya de garder en vue la frêle embarcation.

« Pourquoi prendre la mer en pleine tempête ? », se dit-il, irrité.

Même si l'immense majorité des gens était raisonnable, il y en avait toujours qui, se croyant plus forts que les autres, étaient prêts à affronter les éléments déchaînés, persuadés de s'en sortir indemnes.

En intégrant la brigade des garde-côtes, il avait appris que près de six cents personnes perdaient la vie chaque année, conséquence du chavirement de leur bateau. Et la plupart de ces morts auraient pu être évitées si le propriétaire avait respecté les consignes de sécurité.

Une vague plus grosse que les autres se forma à l'horizon. Le petit voilier réussit à la surmonter et disparut de l'autre côté.

– Accroche-toi bien, cria Jason à l'adresse de Michelle.

La vague arrivait sur eux. Elle faisait près de quatre mètres de haut. Le capitaine Carson avait rectifié la position du bateau pour ne pas la prendre trop de côté.

Voyant arriver le mur d'eau sur eux, Jason sentit sa respiration s'accélérer. Instinctivement, il vérifia son attache et s'agrippa encore plus fermement au bastingage.

Au moment où le bateau commençait à remonter la lame, il sentit ses pieds glisser sur le pont. De son côté, Michelle tomba à la renverse quand le bateau se mit à pencher dangereusement sur le côté. Mais très vite, ils passèrent sa crête et redescendirent sur l'autre versant de la vague.

Jason se précipita pour aider Michelle.

– Ça va ?

– Ouais, j'ai glissé comme une idiote.

Sa capuche était partie en arrière et ses cheveux trempés dégoulinaient lamentablement.

Il fit passer la mèche qui lui barrait le visage derrière son oreille.

– Ce n'est vraiment pas ton jour.

Il l'aida à se relever, et ils se postèrent près du bastingage.

Le petit voilier grossissait à présent à vue d'œil. Le *Barracuda* avait poussé les moteurs à fond.

D'autres lames suivirent, mais aucune d'une aussi grande intensité. C'est sous un véritable déluge, la pluie déchirant les eaux tourmentées, qu'ils approchèrent à moins d'une trentaine de mètres de la fragile embarcation. Un simple petit voilier aux voiles en lambeaux. Ils aperçurent alors une silhouette qui leur faisait de grands signes de la main. Très vite, ils comprirent que c'était une femme.

– Tenez bon, on arrive, cria un des marins, alors qu'ils étaient maintenant à moins de dix mètres.

Tout le monde se tenait prêt à envoyer des cordes pour la récupérer, mais un nouvel éclair déchira le ciel et vint frapper le mât du voilier. La navigatrice s'effondra sur le pont.

Une déferlante apparut à l'horizon. Près de cinq mètres.

Le *Barracuda* ne pouvait rester à bâbord et commença à se redresser pour faire front, si ce n'est que le voilier allait, lui, se la prendre en plein travers.

– Nom de Dieu ! jura Michelle. Elle va être engloutie par l'océan !

Jason, lui aussi, avait compris ce qui allait se passer. La navigatrice ne s'était toujours pas relevée et la vague était presque arrivée sur le voilier. Il dénoua son bout et, sans réfléchir, se libéra de son entrave. Le voilier commençait à entrer dans le creux de la lame et à basculer vers l'océan. Jason prit une grande inspiration et plongea dans les flots. Il plongea la tête la première pour en émerger aussitôt. La mer était démontée. La violence de la pluie était telle qu'elle formait un rideau presque opaque autour de lui. Il chercha le voilier des yeux. Il le vit, coque retournée, quille en l'air !

« Non ! », hurla-il en lui-même.

Il se mit à nager dans sa direction, mais au fond il savait que c'était peine perdue. La femme devait déjà s'enfoncer dans les eaux déchaînées. Aucune chance pour qu'on puisse la retrouver à temps.

Cependant, Jason serra les dents et tenta le tout pour le tout. Il fit une prière et s'enfonça dans l'océan. Il n'y voyait pas à plus de deux mètres. Sans soleil, les eaux étaient d'un noir profond.

Méthodiquement, il scrutait l'obscurité quand il crut apercevoir une ombre flotter à quelques mètres de lui. L'air commençait à lui manquer mais, empli d'une étincelle d'espoir, il se mit à nager plus vite encore et, quelques secondes plus tard, il distinguait la forme d'un corps.

Ses poumons le faisaient terriblement souffrir, une intense brûlure à l'intérieur du thorax le dévorait, mais il refusait d'abandonner.

Le courant très puissant le poussait heureusement vers son but, et alors qu'il n'y croyait plus, il tendit la main en avant et attrapa un bras. Oubliant la douleur infernale qui lui broyait les poumons, il saisit le corps inerte sous les aisselles, le plaqua contre le sien et commença à remonter.

Une terrible envie d'ouvrir la bouche et d'aspirer un grand bol d'air lui tenaillait l'esprit. Mais cela aurait été tout simplement du suicide.

La douleur était effroyable. Les yeux ouverts vers la surface, il avait l'impression que jamais il n'y arriverait.

L'instinct de survie l'exhortait à lâcher ce corps et à sauver sa peau. Mais il en était incapable. Il battait encore des jambes, même s'il sentait qu'il n'y arriverait pas.

« Lâche-la et sauve-toi ! », continuait à lui crier sa voix intérieure. Non, il ne pouvait pas. Il allait mourir avec sa naufragée.

Il sentit des larmes couler et se diluer dans l'océan. Au moment où il allait perdre espoir, une main l'attrapa par le bras et le tira très fort vers le haut. Deux secondes après, sa tête crevait enfin la surface de l'eau.

Il inspira une énorme bouffée d'air. Au milieu des éléments déchaînés, il aperçut le visage du capitaine Carson. Une bouée flottait à quatre mètres d'eux, mais ne s'éloignait pas.

– Donne-moi la fille.

Jason laissa son supérieur s'occuper de la noyée et saisit la corde qu'il lui tendait. Elle était reliée à la bouée.

Il aperçut vaguement le *Barracuda* qui avait réussi à naviguer contre le courant, si bien que quelques instants plus tard il s'était suffisamment rapproché pour lancer des cordes à l'eau.

Ils s'y agrippèrent. De leur côté, les marins sur le pont les tirèrent vers eux, jusqu'à leur permettre d'arriver près de l'échelle fixée à l'arrière. Le pont du *Barracuda* étant trop haut pour que des mains puissent remonter la noyée, on leur envoya un gilet de sauvetage pourvu de longes. Carson et Jason réussirent à l'en équiper et les marins du pont parvinrent à la remonter sans encombre.

– Vas-y, ordonna Carson.

Jason grimpa à l'échelle de secours et, basculant par-dessus le bastingage, il s'écroula sur le pont et resta de longues secondes, les yeux fermés, à reprendre son souffle.

– Dis-moi que tu vas bien ! cria une voix.

Il rouvrit les yeux et vit Michelle penchée au-dessus de lui, totalement affolée.

– Oui, ça va aller. Est-ce qu'elle est en vie ?

– J'en sais rien.

Jason se redressa. L'un des matelots venait d'entamer la procédure de réanimation sur leur rescapée. Massages cardio-pulmonaires et insufflations.

« Ne meurs pas, je t'en supplie, ne meurs pas », pria Jason.

Le corps se convulsa et la noyée se mit à recracher de l'eau, avant de retomber dans l'inconscience.

Jason poussa un soupir de soulagement quand, soudain, un des marins s'exclama :

– Putain, mais c'est cette chanteuse de rock ! Comment elle s'appelle déjà ? Vicky Lance !

# - 8 -

– Tu es certain que tu ne veux pas venir voir Vicky Lance ? lança Suzie.

Il avait hésité une partie de la matinée. Mais les paillettes, ce n'était décidément pas son truc, seule la vie des petites gens l'excitait vraiment.

– La prochaine fois, promis, dit Keith.

La pluie était moins forte, mais le ciel était toujours aussi menaçant avec, au loin, quelques éclairs sporadiques. Les deux journalistes, bravant les intempéries, s'empressèrent d'aller rejoindre leurs véhicules garés sur le parking.

Keith se dirigea vers sa moto. Il détestait conduire sous la pluie, mais heureusement, cela ne se produisait que sur de très courtes périodes et, surtout, c'était extrêmement rare.

Il sortit son casque de sa sacoche arrière, le posa sur sa tête avant d'enfourcher sa Kawasaki. Il mit le contact et sursauta quand un klaxon à double ton retentit derrière lui. Il tourna la tête. C'était Suzie au volant de sa Bentley.

Elle lui fit un petit au revoir de la main et passa devant lui.

Keith lui rendit son salut.

Suzie Costello. Un vrai personnage. Très agaçante parfois et toujours imprévisible. Il adorait travailler à ses côtés. Elle était intarissable sur la jet-set de Santa Barbara, mais aussi sur les stars qui y faisaient parfois une halte. Sa conversation était émaillée d'une multitude d'anecdotes plus ou moins crédibles et plus ou moins véridiques, mais sa façon de les raconter faisait le bonheur de ses interlocuteurs. C'était une véritable boute-en-train de soixante-deux ans avec l'esprit d'une adolescente de quinze ans !

Il mit les gaz et tourna sur Calle Cesar Chavez, avant de rejoindre Cabrillo Bld qui longeait la somptueuse promenade de Santa Barbara et l'océan en arrière-plan. Une enfilade de palmiers à perte de vue, plantés sur plusieurs rangées dans la pelouse qui bordait la plage, la protégeant de la route.

Keith scruta l'océan. La tempête avait l'air de se calmer. Il aperçut au loin quelques embarcations. Pas un jour pour prendre la mer.

Il pensa à Jason. Qui aurait pu penser qu'il deviendrait garde-côte, lui dont la famille était aussi riche que celle de Nathan ? La vie était décidément pleine de surprises.

Il sentit sa moto glisser sur l'asphalte détrempé et ralentit. Contrairement aux États du nord, la Californie avait un bitume beaucoup moins perméable à la pluie. Ce n'était pas le moment de perdre le contrôle.

Il reporta son regard sur la droite de la route.

Si, du côté promenade l'attrait venait de la beauté de la plage et de l'océan, du côté Cabrillo Bld, l'intérêt portait sur les magasins, restaurants et boîtes de nuit dont le fameux *Gentlemen's Club*.

Un bar à gogo danseuses, mais aussi danse personnelle en cabine privée. Keith y était allé plusieurs fois en compagnie de Jason. Nathan, lui, s'était toujours refusé à y mettre les pieds.

Le lieu était plutôt agréable et feutré. Clientèle triée sur le volet, tenue correcte exigée et, surtout, portefeuille bien garni. L'entrée était à cent dollars, une boisson comprise.

Keith se gara sur le parking. Peu de voitures. Mais c'était déjà beaucoup. Qui pouvait bien venir voir des filles en petite tenue de si bon matin ?

Il rangea son casque et arriva près de l'entrée. L'établissement était ouvert au public de 10h à 2h en semaine, et jusqu'à 4h du matin le samedi.

Un videur au gabarit impressionnant le toisa de haut en bas, mais le laissa entrer.

Il s'approcha de la caisse. Une femme se tenait derrière un comptoir. Une musique en sourdine parvenait de derrière les portes d'un corridor. Il paya ses cent dollars et reçut en échange un ticket pour une consommation au bar. Il poussa les lourdes portes battantes, et la musique jaillit d'un coup. Du hard rock. « Girls, Girls, Girls » de Mötley Crüe.

À peine 10h12, et déjà une dizaine de personnes étaient présentes. Des hommes d'un certain âge. Retraités, veufs, divorcés ?

Une fille faisait son show sur l'estrade principale. Tous les murs étaient capitonnés, aucune fenêtre sur l'extérieur. Seule une lumière rouge éclairait l'ensemble, en plus des spotlights dont les rayons de diverses couleurs se projetaient sur le corps de la danseuse.

La fille avait une énergie impressionnante. Elle se démenait comme une vraie tigresse. Keith n'arrivait pas à la suivre. Il n'était vraiment pas du matin. Il évita les tables près de l'estrade et se rendit au bar. Un homme au physique de l'emploi, avec sa tenue de barman, le salua de la tête.

– Bonjour, vous savez si Roxane est là? demanda Keith.

– Qu'est-ce que vous lui voulez ?

– Une danse privée.

– OK. Allez l'attendre dans la chambre Blue.

L'homme lui montra le fond de la salle où se trouvaient les loges privées.

– Je prendrai un Mojito, dit-il en laissant son ticket de consommation sur le comptoir.

– Roxane vous l'apportera, dit l'homme qui attrapa un verre pour préparer le cocktail.

Keith quitta le bar et remonta la salle sans quitter des yeux la tigresse qui se déchaînait sur les coups de la batterie de Tommy Lee.

Une vraie beauté, avec beaucoup de talent. Cette fille méritait certainement mieux que de s'exposer devant de petits vieux en manque de chair fraîche. Keith n'ignorait pas que nombre d'entre elles faisaient des extras et finissaient dans le lit de certains de ces clients.

Cela n'était pas considéré comme de la prostitution, qui était formellement interdite à Santa Barbara. C'était un « service » dont tout le monde s'accommodait tant que cela se passait dans le club. C'était le racolage actif dans les rues qui était réprimé, afin de ne pas choquer les âmes bien-pensantes. Dans l'ombre, tout pouvait se faire. Trop d'argent était en jeu. Les riches touristes ne venaient pas tous uniquement pour la beauté des paysages.

Keith arriva devant les loges et entra dans celle dont la porte était bleue.

Une alcôve des plus kitch. Canapé rond, satin et velours rouge, petite table basse. Aux murs, un assortiment de miroirs aux formes différentes renvoyait son reflet sous plusieurs angles opposés. Il leva les yeux et sourit en découvrant un dernier miroir au plafond.

En sourdine, une douce mélodie. « I put a spell on you » par Bryan Ferry.

Il ferma les yeux et apprécia cette étrange atmosphère hors du temps. Sans faire de bruit, la porte capitonnée s'ouvrit et une sublime créature entra. Son corps était encore plus parfait, s'il était possible, que celui de la danseuse qu'il venait de voir sur l'estrade.

Moulée dans un body fashion noir ultra-sexy, elle s'avança vers la table basse et, d'une main recouverte d'un long gant noir, elle y déposa un verre de Mojito.

– Merci.

Roxane lui sourit et commença à faire onduler son corps au son de la musique hypnotique. Elle était vraiment incroyable.

S'il était quelquefois venu avec Jason, jamais il n'avait pris de loge privée, et il le regrettait à présent. Cela n'avait rien à voir avec le show vu sur l'estrade. C'était tellement proche, tellement sensuel. Il comprit que bien des hommes devaient perdre la tête et leur argent dans ce lieu clos et intime...

Il eut soudain un doute. Peut-être y avait-il des caméras cachées qui filmaient tout ce qu'il s'y passait.

« Fais attention à toi », se dit-il en sentant l'excitation monter en lui.

Lentement, Roxane se débarrassa de ses gants, puis s'assit à califourchon sur une chaise et fit glisser ses bas, l'un après l'autre, avec des mouvements de jambes très suggestifs. Elle était à fond dans son rôle.

Keith se sentit soudain gêné de lui jouer ce vilain tour. Il se devait de rester professionnel.

– C'est bon, vous pouvez arrêter, dit-il.

Roxane prit un air étonné.

– Ça ne vous convient pas ?

– Au contraire, c'est parfait.

Il se leva de son siège. Roxane recula vers la porte.

– On regarde, mais on ne touche pas, dit-elle sur la défensive.

– Je ne veux rien de plus. Je suis Keith Morrison.

– Le journaliste ?

– C'est exact.

– On avait rendez-vous dans deux heures, et pas ici !

– Je voulais vous voir au naturel, voir ce que vous faisiez.

– Vous n'êtes qu'un simple voyeur. Vous avez juste voulu me mater sans payer, c'est ça ?

– Certainement pas. J'ai payé, et je ne voulais pas vous « mater », mais juste vous voir dans votre job.

– Vous ne vous en doutiez pas, peut-être !

– Bien sûr, mais il y a une énorme différence entre savoir et voir. J'ai besoin de ressentir moi-même l'effet que vous provoquez sur les hommes.

– Vous n'êtes jamais venu dans un strip-show ?

Il hésita un instant et préféra dire la vérité :

– OK, en effet, je suis déjà venu, et je vous présente mes plus sincères excuses, c'est débile de ma part.

– Carrément. Je vous aurais fait le show, si vous me l'aviez demandé, mais comme ça, ce n'est pas correct.

– Que puis-je faire pour me faire pardonner ?

– Rien, vous pouvez repartir. Je ne ferai pas votre interview.

Keith fit la moue. Il ne vit qu'une seule solution, peu orthodoxe, mais il en usait parfois.

– Mille dollars, et je paie évidemment tous les frais.

Roxane sembla encore plus suspicieuse.

– Ça veut dire quoi, tous les frais ?

– Je vous l'ai dit, j'ai besoin de m'imprégner de mon sujet. On va passer plusieurs moments ensemble, mais c'est moi qui paie tout.

– Je vous arrête tout de suite. Je ne suis pas une pute, je vais appeler la sécurité.

– Je vous en prie, fit Keith qui la retint par le bras. Ma proposition est des plus honnêtes. Vous allez lu mes articles, non ?

Roxane l'obligea à lui lâcher le bras.

– Je dois reconnaître qu'ils sont très bons. Je vous voyais d'ailleurs plus vieux.

– Désolé de vous décevoir.

– Ce n'est pas votre âge qui me déçoit, mais votre comportement. Je pensais que vous étiez quelqu'un de très sensible, proche des gens.

– Je le suis. Laissez-moi juste une chance de vous prouver que je ne suis pas un mauvais homme.

– Vous comptez faire quoi exactement ? Vous allez me suivre toute la journée ?

– Non, je veux vous voir vivre dans votre cadre de vie. Vous m'avez dit que vous étiez une maman célibataire, avec deux enfants, c'est ça ?

– Oui, dit-elle, toujours sur la défensive.

– Je veux montrer comment une femme arrive à s'en sortir sans l'aide d'un homme pour prendre sa vie en main. Montrer une femme moderne, bien dans son temps.

– C'est tout moi ça, à part que j'ai un petit ami. Il est parti pour son travail quelques jours à Los Angeles.

– Il vit avec vous ?

– Non, c'est une relation récente, je ne l'ai pas encore présenté à mes enfants. Je vous demanderai de rester discret, d'accord ?

– Je vous le promets.

Roxane lui fit enfin un sourire.

– Mille dollars ?

– Je vous l'ai dit.

– Mille cinq cents, et je vous raconte toute ma vie.

Keith pouvait piocher dans les fonds du journal, mais cela dépassait le montant prévu pour une simple interview. Cependant, avoir des amis généreux était un luxe dont il pouvait user à bon escient.

– OK. Je suis certain que vous avez plein de choses palpitantes à me raconter.

– Même pas, mais c'est ma vie, c'est ça que vous voulez, non ?

Il lui fit un grand sourire et se dit qu'il allait apprécier cette jeune femme.

– On déjeune ensemble ?

– Non. Passez chez moi à 15h, avec l'argent. Vous avez quelque chose pour noter mon adresse ?

Keith lui tendit sa carte de visite et elle l'inscrivit au dos.

# - 9 -

– J'adore cet endroit, cela me rappelle tellement de souvenirs, dit Sandy.

– Le trésor caché de Santa Barbara.

Ils avaient roulé durant près de vingt minutes vers le nord et avaient passé les hautes collines pour longer à présent le lac Cachuma.

Sandy y venait souvent le week-end en famille, quand elle était adolescente. Ils pique-niquaient près du lac et se baignaient dans ses eaux bien plus chaudes que l'océan et dépourvues de courant.

– Ça doit faire dix ans que je n'y étais pas venue.

– Désolé que cela soit dans de telles circonstances.

Elle repensa au cadavre qui les attendait et eut un petit frisson. L'homme au téléphone n'avait guère été loquace. Il avait seulement dit à Deckard qu'il avait trouvé un corps en pleine forêt et qu'il l'attendrait au camp Whittier.

La pluie s'était arrêtée de tomber et, bientôt, une petite trouée de ciel bleu apparut dans les nuages et un rayon de soleil vint se refléter dans le lac.

– Regardez, c'est trop beau, s'exclama Sandy.

– Et après ça, certains ne croient toujours pas en Dieu, s'en amusa le lieutenant.

S'il en avait eu le temps, il se serait arrêté pour s'adonner à sa passion, la photo. La pluie était tellement rare dans le coin, et avec ce rayon qui semblait sorti tout droit d'une toile du Titien, cela aurait mérité...

– Et voilà. Souvenir, dit Sandy.

Elle avait pris son portable et immortalisé l'instant. Deckard fit la moue. S'il n'était pas contre le fait que, avec les derniers modèles de smartphone, tout le monde puisse désormais se prendre pour un photographe, il n'en restait pas moins que, pour lui, la photographie était un art à part entière, le huitième pour être précis, et non un simple divertissement.

Il quitta la route 154 et tourna sur sa gauche pour grimper les collines verdoyantes. Il attrapa Forest Road, un large chemin de terre qui traversait la forêt d'est en ouest, puis très vite le quitta pour prendre un sentier encore plus étroit, et terriblement caillouteux.

Une cinquantaine de mètres plus loin, il arriva dans une clairière aménagée où se trouvaient plusieurs bâtiments en bois, petits chalets et dortoir.

Un panneau joliment décoré indiquait le nom de ce centre niché au creux des collines : le camp Whittier. Un espace de réunions, d'accueil et d'hébergements. Un lieu pour touristes, conférences, retraites spirituelles et autres séminaires. Chaque bâtiment avait une destination particulière. Plus loin, sur les trente-huit hectares du camp, il y avait une piscine et des aménagements sportifs.

– Je n'étais jamais venu ici, dit Sandy qui découvrait ce petit bout de paradis. Vous connaissiez ?

– Un peu. J'y ai passé pas mal de nuits, dit Deckard.

Sa première fois avec une camarade de lycée. Jane Templeton. Il avait à peine dix-sept ans. Comment pourrait-il oublier ?

– Vous n'aviez pas de maison ? dit-elle avant de se reprendre : Je veux dire, pourquoi dormir ici ?

– J'avais mes raisons.

– C'est-à-dire ?

– Vous êtes bien trop curieuse, sergent Dawson.

– Je suis flic.

– C'est ce qu'on va voir, dit Deckard en souriant.

Ils descendirent du pick-up, un homme s'avançait vers eux d'un pas lourd.

–Bonjour, je suis le lieutenant Deckard et voici le sergent Dawson. C'est vous qui nous avez appelés ?

–Oui, c'est moi, James McCoy, dit-il en se présentant. J'étais en balade comme tous les matins quand je suis tombé sur le corps. J'ai tenté de le ranimer, mais il était bel et bien mort, je n'ai rien pu faire.

–Vous n'avez rien à vous reprocher. Vous pouvez nous accompagner ?

–Bien sûr, mais vous devriez peut-être changer de chaussures. Avec toute cette pluie, le terrain est boueux.

Il est vrai que peu habitués à la pluie, aucun des deux n'y avait pensé.

–Malheureusement, on devra faire avec.

–Non, venez, j'ai tout ce qu'il faut à disposition. Suivez-moi.

Ils s'avancèrent vers une des maisons en bois. Aux travers des fenêtres, ils virent plusieurs personnes installées dans ce qui semblait être un réfectoire. Des familles prenaient un petit déjeuner tardif.

McCoy ouvrit la porte d'une cabane et les invita à entrer. D'épaisses chaussures de marche étaient disposées sur des étagères.

–Vous chaussez du combien ?

Après que Sandy et Deckard lui eurent indiqué leur pointure, ils s'assirent sur un banc en bois et changèrent de chaussures. Quand ils furent enfin prêts, Sandy fit quelques pas et, appréciant le confort, elle se retourna vers McCoy.

–Vous ne les vendez pas, par hasard ?

–Non, répondit l'homme. Mais je veux bien vous les offrir si vous arrêtez l'ordure qui a tué ce type.

Deckard tiqua.

–Vous m'aviez juste parlé d'un cadavre. Qu'est-ce qui vous fait croire qu'il s'agit d'un meurtre ?

–Vous verrez par vous-même. On y va ?

Ils acquiescèrent de la tête et tous trois sortirent de la cabane.

Les nuages commençaient à se disperser dans le ciel qui reprenait progressivement sa couleur bleue habituelle.

Ouvrant la marche, McCoy passa entre deux grands bâtiments en bois, puis suivit un des sentiers qui s'enfonçaient dans la forêt. Le sol était effectivement bourbeux, et Sandy remercia l'homme de leur avoir prêté des chaussures adaptées. Elle aurait été dégoûtée de salir ses jolies ballerines.

Ils marchèrent ainsi durant plus d'une demi-heure, quand ils arrivèrent sur une partie du sentier qui grimpait de façon abrupte.

– En temps normal, je monte cette butte en courant. Mais quand on n'est pas habitué et après la pluie, il faut faire attention, les prévint McCoy. Le terrain est traître.

Sandy ne voyait pas en quoi. Leur petite randonnée s'était faite sans encombre, et finalement, il n'y avait pas autant de boue qu'elle l'avait craint.

Elle passa la première et, d'un pas vif, elle entreprit de grimper le sentier escarpé.

Ils avaient quitté la forêt et étaient désormais à découvert. Le chemin de terre qui montait sur la butte était bordé de petits buissons et de fleurs sauvages aux couleurs éclatantes.

Sans se soucier de ses compagnons de route, elle marchait d'un bon pas quand son pied glissa sur un tapis de feuilles visqueuses. Elle perdit l'équilibre. Au moment où elle allait tomber en arrière, une main virile la rattrapa par le bras et la retint fermement.

– Je vous avais prévenue, fit remarquer McCoy. Vous auriez pu tous nous faire tomber.

L'homme la relâcha et Sandy haussa les épaules. Elle n'aimait pas trop ses manières. Il y avait chez cet homme une certaine forme de condescendance qui l'agaçait. L'assurance insupportable du campagnard sur l'urbain quand il est sur son terrain.

– Passez donc devant, je vous en prie, dit-elle.

McCoy la prit au mot sans prendre ombrage de son sarcasme et, d'un pas sûr, arriva au sommet du petit escarpement.

Ils avaient un large panorama sur la vallée. La forêt à perte de vue, contrastée par la langue bleue qu'était le lac Cachuma.

– C'est là, dit McCoy qui indiqua du doigt une direction en contrebas.

– Je ne vois rien, s'étonna Sandy.

Deckard plissa lui aussi les yeux, mais malgré ça, fut incapable de voir quelque chose à part des buissons et des arbres.

– Mais si, regardez bien.

Et soudain Sandy crut discerner une forme près d'un arbre, mais rien qui indiquât qu'il s'agissait d'un être humain.

– Je crois que je le vois.

Deckard qui était légèrement myope n'argumenta pas et leur fit confiance.

– On peut savoir comment vous est venue l'idée de regarder si attentivement en bas de cette falaise ?

– C'est une simple question ou un début d'interrogatoire ? rétorqua McCoy.

– Cela dépend de votre réponse.

L'homme eut un rire ironique.

– Ça m'apprendra à vouloir aider la police. La prochaine fois, ne comptez pas sur moi pour vous appeler ! dit-il avant de s'expliquer. Tous les jours depuis près de vingt ans, je fais mon jogging. Qu'il pleuve, qu'il neige ou que ce soit la canicule. Pas une matinée sans que je ne m'arrête sur le sommet de ce promontoire pour contempler la beauté de ma forêt.

– Comme je vous comprends ! approuva Deckard.

Il avait bien conscience d'avoir vexé le quinquagénaire et ne croyait pas un seul instant à sa culpabilité. Mais la question était sortie toute seule. Réflexe de flic.

Il prit un nouveau sentier abrupt qui passait sur le côté de la falaise et, cette fois, Sandy fit bien attention où elle mettait les pieds, maintenant que la boue s'accrochait à ses chaussures.

« Heureusement qu'ils me les offrent. Parce qu'elles sont complètement foutues ! », se dit-elle.

Quand le terrain redevint plat, ils passèrent sous de grands chênes, et le sentier disparut. Ils continuèrent à faire confiance à leur guide et le suivirent dans les fourrés.

« McCoy ne doit pas faire que des balades dans le coin, mais sans doute aussi de la chasse, et peut-être même du braconnage », se dit Deckard qui voyait avec quelle facilité il trouvait le bon chemin pour éviter les fourrés trop épais.

Brusquement, l'homme s'arrêta. Sandy et Deckard n'eurent pas besoin de poser de questions. Un homme était allongé, immobile. Yeux et bouche fermés, il semblait presque serein.

– Vous l'avez trouvé dans cette position ? s'étonna Deckard.

– Non, Je sais bien qu'il ne faut jamais toucher un corps, mais je ne pouvais pas lui laisser les yeux grands ouverts et la bouche béante.

– Vous aviez mis des gants ? demanda Sandy.

– Vous pensez que celui qui a fait ça serait assez bête pour laisser des empreintes ?

– Il a été assez bête pour qu'on retrouve le corps, alors la réponse est « oui », répondit sèchement Sandy.

– Ce n'est pas grave, si Monsieur McCoy n'avait pas de gants. Il y aura des traces ailleurs sur le corps.

Pas la peine de froisser encore davantage le bon Samaritain. Tout le monde n'était pas fan de séries policières et ne savait pas forcément comment procéder face à un cadavre.

– Je peux savoir ce qui vous a convaincu que c'était un meurtre ? l'interrogea Sandy.

McCoy s'accroupit près de l'homme et leur montra son cou. Un énorme hématome y était nettement visible.

« Pas de raison que cela ait pu être causé par la chute, quoique... Seul le légiste pourra en fournir la certitude », soupesa Deckard.

– Vous avez regardé s'il avait des papiers d'identité ?

McCoy hocha la tête et répondit :

– Je n'ai rien trouvé.

– OK. Vous en avez parlé à quelqu'un d'autre ?

– Oui, à ma femme. C'est elle qui m'a dit de vous appeler tout de suite. C'est ce que j'ai fait.

– Très bien, dit Deckard.

Il prit son portable. Ils allaient avoir besoin de toute une équipe scientifique sur place. Ce n'était malheureusement pas un simple accident dû à une chute mortelle comme il l'avait espéré. Mais à l'évidence un meurtre.

# - 10 -

–Tu peux arrêter ? Tu me donnes le tournis, s'agaça Michelle.

Jason faisait les cent pas dans la salle d'attente de l'hôpital.

–Excuse-moi, mais je ne comprends pas. Pourquoi ils ne disent rien ?

De retour au port, une ambulance les attendait pour évacuer la noyée vers l'hôpital de la ville. Si la jeune femme était encore en vie, elle était toujours inconsciente.

–Parce que c'est peut-être plus grave que prévu, mais toi, tu n'as rien à te reprocher. Allez, viens t'asseoir.

Jason regarda sa jeune collègue. Il n'arrivait pas à comprendre comment elle faisait pour afficher un tel détachement.

–On a l'impression que cela ne te fait rien. Elle est entre la vie et la mort, et toi tu restes comme ça.

Il avait élevé la voix au point que les autres personnes qui étaient dans la salle d'attente lui jetèrent des regards désapprobateurs. Même l'employée assise à la réception lui fit comprendre d'un regard impérieux de baisser le ton.

Jason soupira et quand il vint s'asseoir à côté d'elle, Michelle lui répondit :

–Tu crois que ça ne me fait rien ? On doit garder son calme. Je comprends que tu sois stressé, mais on ne devrait même pas être là. On a fait notre part du boulot.

Le reste, c'est le médecin que ça regarde. Nous, on n'a rien à se reprocher.

– Tu peux rentrer si tu veux, moi j'ai besoin de savoir.

– Je reste avec toi, on est une équipe.

Jason réalisa enfin qu'il exagérait. Michelle faisait tout pour lui être agréable et il n'arrêtait pas de la piquer.

– Excuse-moi, mais tu l'as vue ? Cette fille est trop jeune pour mourir.

– Tout comme toi. Et attends-toi à recevoir un sacré savon tout à l'heure.

– Pourquoi ?

– Quand tu t'es jeté à l'eau sans ton gilet, Carson n'a pas arrêté de gueuler contre ta folie.

– Si je n'avais pas sauté et plongé dans les eaux, cette fille serait morte à présent.

– Je le sais et il le sait, mais pour lui ça ne change rien, tu as pris trop de risques.

Un homme en blouse blanche s'avança dans la salle. La cinquantaine, cheveux courts et fine moustache. Jason reconnut le médecin qui l'avait reçue.

Il s'avança vers eux.

– Mademoiselle Lance est sortie d'affaire. Elle a repris connaissance. Toutes ses fonctions vitales et cérébrales fonctionnent tout à fait normalement. Elle vous doit une fière chandelle.

– Merci, c'est très aimable, mais je n'ai fait que mon devoir.

– D'autres n'auraient pas eu votre courage.

– Ou sa folie, répondit Michelle, entre colère et fierté.

Jason se sentit gêné, mais surtout soulagé. À présent, il pouvait retourner à la base l'esprit bien plus léger. Il avait sauvé une vie.

« Une histoire qu'il raconterait à ses enfants, un jour », s'en amusa-t-il intérieurement.

– Bien. Merci à vous d'avoir pris le relais, dit-il, prêt à rentrer.

–Attendez, je n'ai pas fini. Mademoiselle Lance tient à vous remercier personnellement. Vous ne voulez pas lui parler ?

–Non, enfin oui, pourquoi pas ?

–Ne soyez pas timide, venez.

L'homme avait un ton paternaliste.

–Je t'attends là, dit Michelle qui lui fit un clin d'œil.

Jason suivit son guide. Ils remontèrent le couloir et grimpèrent à l'étage pour se retrouver dans un autre couloir. Du personnel allait et venait tandis que quelques malades se déplaçaient péniblement dans leur tenue réglementaire. Cela lui rappelait la clinique où avait séjourné sa grand-mère avant de partir pour les Indes.

Ils s'arrêtèrent devant une chambre.

–Nous y sommes, mais je vous demanderai de ne pas vous attarder, elle est encore très fatiguée.

–Bien sûr.

Jason ouvrit la porte et entra dans la chambre. Toute blanche. Les murs, le sol, le lit. Face à la porte, une fenêtre donnait sur la cour intérieure de l'hôpital avec ses arbres centenaires.

La jeune chanteuse était à demi-allongée dans son lit.

–Alors, c'est vous qui m'avez sauvée ?

Habituellement plutôt sûr de lui, Jason se sentait intimidé. C'était la première fois qu'il se trouvait face à une véritable star. Même s'il ne connaissait pas bien ses chansons, il avait entendu parler de la réputation de la jeune femme, et n'en était pas moins mal à l'aise.

–Il paraît.

–Le Docteur Montgomery m'a dit que vous aviez failli y rester.

–Je suis en vie, et vous aussi, c'est tout ce qui compte.

Vicky Lance eut un petit rire qui la fit tousser.

Jason s'avança un peu plus près du lit. Malgré la fatigue qui se lisait sur les traits de la chanteuse, elle était adorable. De longs cheveux bruns encadraient son visage angélique.

– Je suppose que je dois vous remercier.

Drôle de question. Était-ce un reproche ?

– Non, vous n'y êtes pas obligée, mais c'est vous qui avez demandé à me voir.

– Je sais. Je voulais voir la personne que j'ai failli tuer, et m'en excuser.

– Vous n'avez pas à vous excuser. Je suis garde-côte, mon métier est de sauver des vies. On me paie pour ça. Vous pensez bien que jamais je ne ferais ça gratuitement.

Vicky eut de nouveau un petit rire et se remit à tousser.

– Bien sûr que si. Vous êtes un garçon gentil. Ça se voit tout de suite.

– C'est un compliment, ça ?

Cette fois, ce fut un vrai rire qui la secoua et la fit tousser encore une fois.

– Je crois que je vais vous laisser vous reposer. Je suis ravi que vous soyez en vie.

Elle le regarda de ses grands yeux ombragés de longs cils et, soudain, elle éclata en sanglots.

Jason réalisa qu'elle devait vivre le contrecoup de son accident. Il se rapprocha encore un peu plus et lui posa une main affectueuse sur le bras en signe de compassion. Même s'il avait conscience que ce n'était certainement pas le moment, il ne put retenir les questions qui le taraudaient.

– Vicky, qu'est-ce qui s'est passé ? Je veux dire, pourquoi avoir pris la mer alors qu'elle était démontée. Vous n'étiez pas seule sur ce bateau, n'est-ce pas ?

La jeune chanteuse réussit à calmer ses pleurs.

– Comment ça ?

– Aucune personne sensée n'aurait pris la mer avec un temps pareil. On vous a obligée ?

Vicky eut un rire chargé de dérision.

– Est-ce une façon détournée de m'expliquer qu'une fille serait incapable de manœuvrer un voilier ?

Jason se sentit stupide.

– Bien sûr que non, mais qu'on soit homme ou femme, il faut être expérimenté pour prendre un tel bateau.

Devant le regard courroucé de Vicky, il conclut :

– Vous savez naviguer, n'est-ce pas ?

Un petit sourire triste revint sur ses lèvres.

– Mon père a toujours voulu un garçon, et comme je suis fille unique, il m'a appris tout ce qu'il aurait rêvé transmettre à son fils, en particulier naviguer sur l'océan.

– Je vois, excusez-moi.

– Non, ce n'est qu'un préjugé des plus communs. Vous n'êtes pas le premier à être surpris, si cela peut vous rassurer.

– Merci, mais dans ce cas, pourquoi avoir pris la mer ? On ne sort jamais en solitaire quand il y a un avis de tempête. Votre père vous a peut-être appris beaucoup de choses, mais de toute évidence il y a des lacunes.

– Oh, non, pas du tout. Il me l'a bien appris, Monsieur le garde côte, répondit-elle avec agacement.

– Alors pourquoi ?

– Parce que j'en avais envie. C'est tout. Vous êtes de la police ?

– On dit qu'un garde-côte, c'est un flic qui n'a pas réussi les tests.

La réponse prit Vicky au dépourvu, et elle se remit à rire. Mais cette fois elle ne toussa pas.

– Je ne crois pas que vous soyez un raté, si c'est ce que vous sous-entendez. Et si cela peut vous rassurer, je vais très bien et je vous promets de ne plus jamais prendre la mer en cas de tempête. Ça vous va ?

– Pas vraiment. Vous n'avez toujours pas répondu à ma question. Ne le prenez pas mal, mais je n'arrive toujours pas à comprendre. Vous avez un concert demain soir, si je ne m'abuse. Pourquoi prendre un tel risque ?

– Parce que vous ne connaissez rien de ma vie. Personne ne connaît rien. Tout le monde s'en fout. Je suis Vicky, l'enfant-star, chanteuse, comédienne, danseuse, je sais tout faire. Je suis une folle, une toxico, une fille qui couche avec tous les types qu'elle rencontre ! (La voix était montée crescendo.) Cela vous va comme réponse ?

Jason vit qu'il l'avait blessée, mais surtout qu'elle était à cran. Non, elle n'était certainement pas allée faire une simple balade en mer. Était-elle suicidaire ? Jusqu'alors, l'idée ne l'avait pas effleuré. Une fille qui avait tout pour être heureuse ne se suicidait pas. Mais ce qu'elle venait de dire prouvait le contraire.

– Non, tout cela me semble un ramassis de préjugés bons pour la presse à scandale. C'est comme ça que vous vous voyez ?

– Quelle importance comment je me vois, c'est comme ça que « vous », vous me voyez.

Jason eut un petit rire dérisoire.

– Ne le prenez pas mal, mais je ne suis pas un de vos fans. Je ne sais rien de vous. À part ce que vous venez de m'en dire.

– Vous ne savez vraiment pas qui je suis ? Je ne vous crois pas une seule seconde !

– Si, la fille qui chante « Lolipop are not for little girls », j'aime bien ce morceau.

– Je le déteste. Je déteste ses allusions. Vous les avez comprises ?

– Bien sûr. Les sucettes sont mauvaises pour la santé. Cette chanson est une sorte d'hymne en faveur de la campagne de prévention contre l'obésité, c'est ça, non ?

Vicky éclata de rire.

– Vous êtes qui ? Vous n'êtes pas garde-côte. C'est mon père qui vous envoie pour me faire rire. Ou alors vous êtes un clown d'hôpital ?

– Non, votre première réponse est la bonne : je travaille pour votre sécurité. Vous ne me voyez jamais, mais je suis toujours dans votre ombre, je suis votre bodyguard. (Il mit la main à sa poche et sortit de son portefeuille une carte de visite qu'il lui tendit.) Agent Jason Zimmer pour vous servir, mais ne dites à pas à votre père que vous m'avez percé à jour. Je tiens à mon boulot.

Vicky jeta un œil sur la carte.

– Ce n'est pas ce qui est indiqué. Il y a marqué garde-côte.

– C'est normal. Il faut la regarder aux infrarouges pour découvrir ma véritable identité. Jason Costner, pour vous servir.

– Jason Costner, le fils de... je suppose

– Exactement.

Vicky ne souriait plus et semblait perdue dans ses réflexions, puis soudain elle regarda Jason droit dans les yeux d'un air déterminé.

– Vous voulez savoir qui je suis vraiment ?

– La vraie Vicky Lance ? Je vous l'ai dit, je ne connais même pas la fausse.

Vicky eut un petit rictus et insista.

– Vous voulez vraiment savoir ce que je faisais en mer ?

– Disons que ça m'inquiète un peu. Je veux être sûr que vous n'allez pas faire une nouvelle bêtise.

Voilà, il l'avait dit. Elle savait ce qu'il pensait. Allait-elle lui lâcher le morceau ? Était-elle réellement suicidaire ?

– Eh bien, apprenez que tout ce que vous croyez savoir sur moi...

La porte de la chambre s'ouvrit, livrant passage à un couple. L'homme la soixantaine, mâchoires carrées, visage volontaire, costume sur-mesure. Très sûr de lui. La femme beaucoup plus jeune, plutôt jolie et très élégante.

– Vicky, ma Vicky, dit l'homme qui se précipita à son chevet.

La femme prit Jason doucement par le bras.

– Venez, on va les laisser seuls.

Jason comprit que l'homme devait être son père.

Il mourait d'envie de rester et de connaître les secrets de cette étrange fille, mais il n'eut d'autre choix que de se retrouver dans le couloir avec cette femme. Impossible de lui donner un âge précis tant elle était maquillée, mais il optait pour la quarantaine. Vicky Lance en avait vingt-cinq.

– Je suis la belle-mère de Vicky. Mon mari et moi-même tenons à vous remercier pour ce que vous avez fait. Vous avez notre gratitude éternelle.

Elle prit dans son sac Hermès une enveloppe.

– Tenez, c'est pour vous, et si vous avez besoin de plus, surtout n'hésitez pas à nous appeler.

Jason prit l'enveloppe et la mit dans sa poche sans l'ouvrir.

– Merci.

Il la quitta et reprit l'ascenseur qui menait au rez-de-chaussée. Il tapota l'enveloppe, mais n'avait pas besoin de l'ouvrir pour savoir ce qu'elle contenait. Vu l'épaisseur, un chèque. Il l'ouvrit néanmoins. Il avait vu juste. Seul le nom du bénéficiaire manquait.

Il la garda à la main. Arrivé au rez-de-chaussée, il remonta le couloir et retrouva Michelle à la réception où une foule très reconnaissable attendait. Des journalistes, évidemment. Des agents hospitaliers tentaient vainement de les obliger à sortir.

– Les charognards, souffla-t-il.

– Ne dis pas ça, ton meilleur ami est journaliste, lui fit remarquer Michelle.

– Justement, je les connais trop bien.

– Le jour où je le rencontrerai, je lui dirai tout le mal que tu penses de lui.

– C'est bien pour ça que jamais je ne vous inviterai ensemble.

– Il est si beau gosse que ça ?

– Tu vois Brad Pitt ?

– Ouais,

– Eh bien, c'est tout le contraire !

– Un ami comme toi, on le fuit comme la peste.

Jason sourit, amusé.

Quand ils se retrouvèrent à l'extérieur de l'hôpital, ils traversèrent un petit jardin aux parterres fleuris pour rejoindre le parking. Tout en marchant vers son 4x4, Jason tourna la tête vers Michelle.

– Au fait, ça, c'est pour toi. Ce sont les parents de Vicky Lance qui te l'offrent.

Michelle prit l'enveloppe que Jason lui tendait. Elle l'ouvrit et n'en crut pas ses yeux.

Elle s'arrêta sur place alors que Jason continuait d'avancer.

– Cinquante mille dollars, mais t'es dingue !

– Non, tu les mérites autant que moi.

Avec la fortune que sa famille possédait, il était largement à l'abri du besoin.

– Jason, ils sont à toi, je ne peux pas.

– Alors donne-les aux œuvres des garde-côtes, mais je pense que la famille de Vicky y a certainement déjà contribué.

Michelle se mit à courir et le rattrapa. Elle se jeta à son cou et le serra très fort dans ses bras.

– Merci, merci.

Jason lui rendit son câlin. Mais, au fond de lui, il ne cessait de penser à Vicky Lance. Et si elle était réellement suicidaire ? Et si elle recommençait ?

# - 11 -

Keith arriva le premier au *Moby Dick,* le quartier général de leur bande. Un restaurant construit sur la longue jetée en bois qui faisait la fierté de Santa Barbara. Le Stearns Wharf s'avançait dans l'océan sur plus de cinq cents mètres, porté par deux mille trois cents pilotis de bois.

Des commerces, surtout des restaurants et des bars, jalonnaient la longue promenade, pour le plus grand plaisir des touristes et des habitants qui pouvaient prendre un verre ou un repas face à l'un des plus beaux panoramas de la ville.

Assis à la terrasse du *Moby Dick,* Keith savourait sa tequila en contemplant l'océan, sa plage et ses immenses palmiers, les villas de style *spanish colonial revival,* typiques de la région comme de tout le centre-ville. Au loin, la chaîne montagneuse de Santa Ynes. Mais le plus impressionnant était le ciel. Nettement scindé en deux. Une partie d'un bleu azur, l'autre d'un gris anthracite qui s'évacuait vers le nord.

– Salut, beau brun, je ne t'ai pas fait trop attendre ?

Keith releva ses lunettes de soleil et se leva pour accueillir Sandy.

– Non, c'est moi qui suis en avance. (Il la serra dans ses bras puis la prit par les épaules et fit un constat inattendu.) Dis donc, tu as une tête de déterrée ! Ça va ?

La jeune femme haussa les épaules.

– Sûr que ça pourrait aller mieux. Je me suis fait larguer.

– Non ? Par Paul ?

– Oui, cet enfoiré était marié et il s'était bien gardé de me le dire.

Keith se rassit et, même s'il était peiné pour son amie, personnellement il ne le regrettait pas du tout.

– Je peux te le dire maintenant, mais je ne le sentais pas ce mec.

Sandy tira un fauteuil et s'y affala en allongeant ses jambes.

– Tu aurais dû me le dire plus tôt, ça m'aurait fait gagner du temps.

– Gagner du temps pour faire quoi ? intervint une voix.

Ils tournèrent la tête et virent Jason qui arrivait dans un drôle d'accoutrement.

– Ils embauchent des hippies maintenant, chez les garde-côtes ? se moqua Keith.

– Vous n'allez pas me croire quand je vais vous raconter, mais je ne voulais pas vous couper. Tu disais quoi, Sandy ?

– J'ai rompu avec Paul.

– Mais pourquoi ? Il était plutôt sympa.

Jason tira un fauteuil et s'assit, le buste penché en avant, dans une attitude d'écoute.

– Je le croyais, mais il était marié, ce sale type. Il m'a jetée de sa maison ce matin comme une moins-que-rien.

Keith sentit son sang bouillir.

– Mais pourquoi il a fait ça ?

– Sa femme arrivait. Je suis sûre qu'elle devait savoir pour nous deux. Elle lui a fait croire qu'elle partait en week-end pour le prendre sur le fait.

– Ma pauvre louloute, c'est vraiment pas de bol. Mais t'inquiète. Tu sais ce qu'on dit, un de perdu...

– Arrête avec ces conneries, ça me porte la poisse. À croire que tous les mecs sont infidèles !

Jason fit la grimace. Il n'aimait pas la voir ainsi. Lui aussi détestait les mecs infidèles. Peut-être parce qu'il l'avait été trop souvent durant sa jeunesse. Cependant, depuis qu'il était avec Emma, il s'était rangé et pas une seule fois il n'avait eu un écart de conduite. Pourtant, ce ne n'étaient pas les occasions qui lui manquaient, mais peut-être était-ce le fait d'avoir des sœurs et une mère militante féministe, il se voulait irréprochable envers les femmes.

– Je ne parle pas pour vous, bien sûr, mais franchement, je n'ai vraiment pas de chance.

– Tu devrais peut-être faire un break, prendre le temps de réfléchir sur le genre de type que tu veux vraiment, avança Keith.

– Merci, Keith, mais j'ai déjà tout essayé et, chaque fois, je me plante.

– Tu n'as qu'à sortir avec un type qui te dégoûte, et peut-être que ce sera le bon.

– Très drôle, si c'est tout ce que tu as comme conseil, tu peux la fermer.

– Hé, ça va ! Qu'est-ce qui t'arrive ? On essaie juste de te remonter le moral.

Sandy comprenait le désarroi de ses amis qui ne cherchaient qu'à l'aider, mais elle se sentait tellement mal.

– S'il n'y avait que ça ! Il m'est arrivé un autre truc, mais je ne voulais pas vous en parler.

– Allez, c'est quoi ? Le boulot ? l'interrogea Keith.

Elle hocha la tête.

– Un truc du genre sordide ? reprit-il.

– Un cadavre.

– Comment ça ? Où ?

Le journaliste en Keith reprenant le dessus, il en oubliait le tragique de la réponse et était déjà excité par l'idée d'avoir un bon papier à écrire.

– C'est quoi cet interrogatoire, c'est moi la flic, pas toi ! répliqua Sandy sur la défensive.

– Excuse-moi, mais pour une fois qu'il se passe quelque chose dans cette ville, ça m'intéresse.

– Je te jure, si ce n'était pas toi ! Je peux juste te dire qu'on a retrouvé un corps près du lac Cachuma.

– Il a quel âge, ton mort ?

– En quoi c'est important ?

– Si c'est un enfant, ça ne m'amuse plus du tout.

– Un homme dans la trentaine.

– Intéressant. Un marginal ? Un cadre ?

– Je ne peux rien te dire. Secret professionnel.

– À d'autres ! Tu peux me faire confiance.

Jason eut un petit rire.

– OK, concéda Keith. Mais sois sympa. Il y a toujours de quoi faire un bon papier avec une histoire de meurtre. Dis-moi juste le minimum, j'enquêterai de mon côté.

– Je ne te demande pas d'enquêter sur cette mort. Et en plus, je n'ai jamais dit que c'était un meurtre.

– Un accident ? la reprit Keith du tac au tac.

– Je ne peux rien dire.

– Je suis sûr que c'est un meurtre, tu me l'aurais dit sinon.

– Tu peux la laisser tranquille ? intervint Jason.

Il mourait d'envie de parler de sa propre matinée, mais attendait le bon moment.

Une serveuse arriva à point nommé et ils passèrent commande. Plats et boissons.

– Les mecs, vous êtes super-lourds ! dit Sandy.

– Quoi ? s'étonnèrent les deux jeunes hommes.

Elle avait surpris leur regard appréciateur qui fixait les fesses ondulantes de la jeune serveuse quand elle était repartie à l'intérieur du restaurant.

– Rien, préféra-t-elle répondre. Et vous, quoi de neuf ?

Keith allait parler de sa rencontre avec Roxane Wilson au *Gentlemen's Club*, mais Jason fut le plus rapide.

– Oh, rien de spécial, j'ai juste eu une matinée difficile.

– Pire que la mienne ? douta Sandy.

– C'est probable, répondit Jason entre deux grignotages.

–Pire que se faire larguer et trouver un cadavre? s'étonna Keith.

Jason eut un drôle de sourire et lâcha sa bombe:

–J'ai failli mourir ce matin.

–Quoi! s'exclamèrent en chœur Keith et Sandy.

–C'est bon, ne faites pas cette tête, tout va bien. Finalement, je ne suis pas mort.

–Mais comment? Et pourquoi tu nous dis ça seulement maintenant? le gronda Sandy.

–Oui, vas-y, dis-nous tout. Qu'est-ce qui s'est passé?

Il prit un grand souffle et, devant leur mine réellement inquiète, il leur raconta en détail sa sortie en mer, comment il avait bravé tous les dangers pour sauver cette fille tombée dans l'océan.

–Tu es complètement cinglé! Tu aurais pu y passer.

–Je ne pouvais pas la laisser mourir sous mes yeux.

–Tu as une chance de cocu. Je n'arrive pas à croire que tu aies réussi à la retrouver sous les eaux!

–C'est ce que je n'arrête pas de me dire. J'aurais pu mourir et elle aussi.

–Avec mes petits malheurs, j'ai l'air d'une conne à présent, dit Sandy.

–Putain, mais c'est que tu es un vrai héros! le félicita Keith. C'est sur toi que je vais faire un article. Et je ne déconne pas. Elle fait quoi dans la vie, cette fille?

Jason fit la moue. Hors de question qu'il révèle l'identité de la chanteuse. Certes, les médias n'allaient pas tarder à en parler, mais au moins il aurait sa bonne conscience pour lui.

–Non, s'il te plaît, oublie ça.

–Et pourquoi? Ne serait-ce que pour ta famille et Emma. Ils seront très fiers de toi.

–Je n'ai fait que mon devoir, c'est tout.

–Non, tu es un héros. Je vais écrire cet article, et tu ne pourras pas m'en empêcher.

–Mon cadavre ne t'intéresse déjà plus? ironisa Sandy.

–Je suis très polyvalent, tout m'intéresse, mais j'ai mes priorités. Au fait, je ne vous ai pas raconté la meilleure.

– Je m'attends au pire, plaisanta Jason.

– Suzie Costello, vous savez, « la reine des potins ». (Ses amis virent alors de qui il parlait.) Elle voulait que je vienne avec elle interviewer Vicky Lance.

Jason n'en revint pas de la coïncidence et il faillit tout lui dire, mais il se retint et préféra garder le silence.

– Et tu as dit non ! s'étrangla Sandy. J'adore les albums de cette fille. Elle chante trop bien. Du vrai rock genre seventies, comme on n'en fait plus. Pourquoi tu as dit non ?

– Je me fous des célébrités, je préfère les gens anonymes, tu me connais. Suzie voulait me caser avec elle.

– N'importe quoi ! se moqua Sandy. Tu n'as rien à raconter, et Monsieur s'invente des histoires.

– Non, je vous jure que c'est vrai, mais je peux aussi vous parler de ma matinée...

Le portable de Sandy se mit à sonner. Deckard.

– Je dois le prendre.

Elle se leva de table et marcha près de la rambarde de la jetée pour répondre.

– Allez, dis-moi la vérité, tu n'as pas vraiment risqué ta vie. Tu as enjolivé pour impressionner Sandy, c'est ça ? dit Keith.

Jason n'avait pas du tout aimé l'allusion au fait que Suzie voulait le caser avec Vicky. Il ne voyait pas du tout son ami avec Vicky Lance. De toute façon, il n'avait aucune chance. Elle devait certainement avoir un mec aussi connu qu'elle.

– Je te jure que non. Et tu vas me trouver ridicule, mais depuis que je l'ai sauvée, j'ai l'impression que je dois désormais veiller sur elle.

Keith eut un petit sourire taquin.

– Jason, ne le prends pas mal, mais je peux te poser une question ?

– Je t'écoute.

– Elle est comment ? Je veux dire physiquement ?

L'image de Vicky n'avait pas quitté les pensées de Jason, et il ne mentit pas vraiment.

– Elle est plutôt jolie.

– Arrête, je te connais comme si je t'avais fait. Elle est sublime.

– Tu n'y es pas du tout. Je te rappelle que je suis fidèle et que je suis très bien avec Emma. Et le jour où on se mariera, si tu veux être mon témoin, fais attention à ce que tu dis.

– Monsieur est susceptible. C'est qu'elle doit être particulièrement jolie.

– Arrête, c'est bon, se vexa-t-il.

Sandy revenait vers eux. Elle reprit sa place sur son fauteuil, l'air embêtée.

– Qu'est-ce qui se passe ? demanda Jason, heureux de changer de sujet.

– Non, rien, mais on a l'identité de notre cadavre. Ses empreintes étaient dans les fichiers de la police.

– Un criminel ?

– Pas vraiment, juste des petits délits. Excès de vitesse, suivi de délit de fuite, consommation de drogue. Un petit voyou, mais rien de vraiment méchant.

– Donc, un marginal, conclut Keith.

– Pas forcément. Oublie-le, s'il te plaît.

– Un ancien cadre au chômage ?

– Je ne te dirai rien. Parle-nous plutôt de toi. Qu'est-ce que tu avais de plus important que d'aller voir Vicky Lance.

– Je vais faire un papier sur une danseuse.

Sandy qui avait toujours adoré la danse ouvrit de grands yeux.

– Elle est connue ? Elle danse où ? Dans un ballet, une comédie musicale ?

Keith se sentit un petit peu gêné.

– Non, en fait, ce n'est pas du tout ce genre de danse.

– C'est-à-dire ?

– Tu connais le *Gentlemen's Club* ?

Sandy n'en crut pas ses oreilles. Jason faillit recracher sa bière.

– Je vois, tu vas mater des filles gratuitement pour ton journal. C'est pathétique, se désola Sandy.

– T'es vraiment le plus malin d'entre nous, fit Jason qui s'essuya les lèvres en souriant.

– Ne l'encourage pas, espèce d'idiot. C'est tout simplement lamentable.

– Hey, ne me fais pas la leçon. C'est juste professionnel. C'est quoi ces remarques ? Parce que cette fille travaille dans ce genre d'endroit, elle n'aurait pas droit qu'on parle d'elle en bien ? se défendit Keith.

– À d'autres, répliqua Sandy.

Keith fit une moue contrariée.

– Sandy, tu connais mes articles, tu crois sérieusement que je vais la salir ?

– Non, mais allier l'utile à l'agréable.

– Je ne l'ai pas regardée danser et je ne compte pas le faire.

Ce n'était pas tout à fait un mensonge.

– Vraiment ?

– Oui, vraiment. Je veux juste la mettre en valeur. Elle élève toute seule ses deux enfants et fait ce qu'elle peut pour joindre les deux bouts. Je veux en faire un exemple.

– Et pourquoi tu ne ferais pas plutôt la mise en valeur d'une fille qui approche la trentaine, célibataire, sans enfant et flic ? se moqua Jason.

– Mais en voilà une très bonne idée ! Avec ma plume, tous les mecs de la ville vont être fous de toi !

– Vous êtes pathétiques. Je crois que je vais retourner bosser. Moi, j'ai un vrai travail, Messieurs, se vexa-t-elle en se levant de son fauteuil.

– Allez, reste assise. On n'a même pas commencé à manger, fit remarquer Jason.

– Et en plus, on ne devait pas fêter la naissance de Charlotte ?

– La belle excuse, je vous déteste tous les deux, dit-elle sans y mettre le ton.

Et comme souvent quand elle s'énervait trop, Jason et Keith ouvrirent la paume de leur main. Une large cicatrice courait sur toute sa largeur. Un pacte de sang que les quatre amis d'enfance avaient fait, et par lequel ils s'étaient juré de ne jamais se perdre de vue.

Sandy se rassit et leva son verre.

– À Nathan et à sa petite dernière !

***

Près d'une heure plus tard, après un déjeuner très arrosé, sous un soleil qui avait désormais repris sa place attitrée dans le ciel, ils se sentaient tous d'humeur joviale. Le bonheur simple de se retrouver entre gens qu'on aime.

– Il me doit tout, déclara Jason.

Il venait de leur rappeler que c'était sur cette jetée qu'il avait appris à Nathan à danser et que c'était grâce à ce cours improvisé qu'il avait pu emballer Beverly.

– Tu n'exagères pas un peu ? se moqua Keith. Beverly était raide dingue de Nathan, ils seraient sortis ensemble de toute façon.

– J'ai surtout le souvenir que c'est l'arrivée de Chelsea[2] dans leur vie qui a accéléré les choses, indiqua Sandy.

– Je ne crois pas. Elle a plutôt été un problème, la reprit Jason.

– Hey, on avait dit qu'on ne parlait plus jamais de cette fille. OK ? dit Keith.

Il avait été terriblement affligé quand elle l'avait quitté, et il avait fait promettre à ses amis de ne plus jamais parler d'elle. C'est bon, il y avait prescription, cela faisait huit ans.

– Rien à faire, on n'en parle pas. Vous m'aviez promis.

– OK. Pas de problème.

S'ils n'en parlaient plus ensemble, pour sa part, Sandy pensait souvent à cette fille. Non seulement, c'était elle qui était à l'origine de son envie de devenir policière

2. Voir *La fille de la plage*, op. cit.

mais, surtout, elle l'avait touchée au plus profond de son âme et elle se demandait souvent ce qu'elle était devenue. Un jour, peut-être, reviendrait-elle...

Un portable sonna. Le sien. Encore Deckard. Elle décrocha.

– Lieutenant ?

– Sandy, je vais aller voir les parents de Roy Lukather, je vous rappelle dès que j'en sors.

Il n'y avait rien de plus difficile dans la vie d'un policier que d'annoncer la mort d'un proche, et pire encore celle d'un enfant. En général, tout le monde se défilait devant cette pénible mission. Aussi Sandy trouva-t-elle chevaleresque le fait qu'il se l'attribue et qu'elle en soit dispensée.

– Non, je viens avec vous. J'arrive tout de suite.

– Ce n'est pas la peine, vous savez...

– J'arrive, attendez-moi.

Elle l'entendit émettre un léger soupir de soulagement.

– D'accord, je vous attends.

– Je suis là dans cinq minutes, dit-elle avant de raccrocher.

– Tu nous lâches pour ton flic, plaisanta Keith. C'est avec lui que tu devrais sortir !

– N'importe quoi ! Ne jamais mélanger le sexe et le travail, c'est la base de tout.

– Bien sûr, bien sûr, se moqua gentiment Keith.

– Tu as du nouveau sur ton meurtre ? demanda Jason.

– Non, on va seulement annoncer la mort aux parents.

– Je ne pourrais jamais faire ça. Pourquoi tu y vas ?

– Justement parce que personne n'a envie de se charger de cette mission.

Elle se leva de table et sortit son portefeuille.

– Laisse tomber, c'est pour moi, dit Jason.

– Merci, je te rembourserai.

Et, attrapant sa veste, elle partit sans un regard en arrière et remonta d'un pas vif la longue jetée.

– Elle est incroyable. Je suis sûr qu'elle est amoureuse de ce flic.

–Il a près de quarante ans. Trop vieux pour elle. Je vais lui trouver quelqu'un, dit Jason.

Un portable sonna. Cette fois-ci, c'était celui de Keith.

–C'est Suzie Costello, fit-il. La reine des potins.

–Prends-la donc, ton amoureuse, s'en moqua-t-il.

Keith décrocha.

–Oui... Non !... Vous êtes certaine ?... D'accord, je vais voir ça et je vous rejoins.

Il rangea son smartphone et regarda Jason d'un drôle de regard.

–Je suppose que tu sais ce qu'elle vient de me révéler.

–Aucune idée. Je ne suis pas très potins !

–Ne fais pas l'imbécile. Tout le monde ne parle que de ça, il paraît. Les garde-côtes ont sauvé Vicky Lance de la noyade.

Jason haussa les épaules.

–C'était donc elle. Son visage me disait quelque chose.

–Ne me prends pas pour un idiot. Pourquoi tu ne nous en as pas parlé ?

–Parce qu'elle ne tenait pas à ce que cela s'ébruite. Cette fille est fragile, je ne voulais pas que les rapaces comme ta Costello se ruent sur elle.

–Dans ce cas, c'est raté. Ça passe en boucle sur toutes les chaînes d'information.

–Au moins, je n'ai rien dit.

–Pour l'instant, ajouta Keith qui se pencha en avant. Dis-moi tout, je veux tout savoir. Suzie sait que je connais un garde-côte, offre-moi ce scoop, je t'en supplie.

–Keith, ce n'est pas toi. Tu l'as dit toi-même tout à l'heure, tu t'en fous des célébrités. Fais plutôt ton article sur ta danseuse. Bien plus social que faire dans le sensationnel.

Keith en convenait, mais Suzie n'allait pas le lâcher. Heureusement que, contrairement à ce qu'il venait de dire, elle ignorait qu'il connaissait le fameux garde-côte qui avait risqué sa vie.

–OK, tu as raison, mais je vais lui dire quoi ?

– Que personne ne veut te parler.

– Super. Bonjour ma réputation auprès de Suzie.

– Tu trouveras, mais je t'en prie, ne donne pas mon nom. Promis ?

Keith fit semblant d'hésiter, puis acquiesça.

– Promis.

Il attrapa son verre et le finit d'un trait.

– Bon, j'y retourne. On s'appelle et on se tient au courant. On essaie de passer voir Nathan la semaine prochaine.

– On fait comme ça.

Keith sortit son portefeuille, mais Jason lui fit signe de s'abstenir.

– C'est pour moi.

– Merci.

Jason regarda son ami s'éloigner sur la jetée et se retrouva seul. Il tendit la main pour saisir la bouteille de vin californien quasiment vide. Il restait cependant de quoi remplir un demi-verre.

Il se servit et, laissant errer son regard sur l'océan, il repensa à Vicky Lance. Il se sentait perturbé. Il mourait d'envie de la revoir, et en même temps c'était totalement irrationnel. Il n'écoutait pas le genre de musique rock qu'elle jouait et, surtout, pour le peu qu'il en savait, il avait plutôt une mauvaise image de cette fille. Pourquoi alors ce besoin de la protéger ? Il fallait qu'il passe à autre chose et revienne aux fondamentaux de sa vie.

Il pensa à Emma. Une petite visite surprise, et il aurait vite oublié cette rencontre improbable.

Sur cette pensée agréable, il savoura sereinement son verre de chardonnay.

# - 12 -

– Vous n'êtes pas obligée de venir. Vous pouvez rester dans la voiture si vous le souhaitez, répéta Deckard.

– Vous croyez que je viens de me taper quatre-vingts kilomètres pour rester dans la voiture ? répliqua Sandy.

Après avoir rejoint son supérieur au commissariat, ils avaient pris sa Ford Mustang pour traverser le nord de l'État et se rendre dans la ville de Lompoc. Quarante mille habitants, dans les terres arides de la Californie, située non loin de la base aérienne de Vanderberg.

Une ville-dortoir pour militaires, construite sur un plan quadrillé. Vue du ciel, la ville était un carré parfait.

« Le manque d'âme et de charme est évident, tout l'inverse de Santa Barbara », s'était dit Sandy qui n'y avait jamais mis les pieds auparavant.

Ils venaient tout juste de se garer au 909 Nectarine Avenue. Une enfilade de maisons de plain-pied, construites à la chaîne mais plutôt jolies.

Ils sortirent de la voiture et remontèrent l'allée jusqu'à la porte d'entrée. Un pick-up noir était garé devant le garage.

Deckard sonna. Quelques instants plus tard, une femme dans la cinquantaine leur ouvrit. Traits tirés, regard morne.

– Bonjour, Madame Lukather ?

– Oui, vous êtes qui ?

– Police de Santa Barbara. Je suis le lieutenant Deckard, et voici ma collègue, le sergent Dawson. Pourrions-nous vous parler quelques instants ?

– Pourquoi vous venez chez moi ? C'est au sujet de mon fils ?

Deckard hocha la tête d'un air compatissant.

– En effet.

– Entrez, je vous en prie.

Ils passèrent le perron et Sandy se prit à regretter d'avoir suivi son instinct. Elle savait que cette femme quelconque, sur la défensive, allait dans quelques instants s'effondrer lorsque l'horreur s'abattrait sur elle. Selon les informations que Deckard avait obtenues, elle était veuve et mère d'un fils unique. Elle allait perdre sa seule famille.

L'intérieur était bien entretenu, mais banal, et sentait très fort la cigarette.

Des photos d'un homme élégant, revêtu de sa tenue militaire, étaient disséminées sur les murs et une, particulièrement, trônait dans un cadre sur le buffet du salon.

– C'est mon mari. Il est mort d'une saloperie de maladie, il y a cinq ans, dit Madame Lukather qui avait capté leur regard.

Elle les invita à s'asseoir sur le canapé près d'une baie vitrée donnant sur un petit jardin. Une jolie pelouse bien entretenue et un amandier en formaient les principaux attraits.

– Ça vous embête si je fume ?

– Non, allez-y, je vous en prie.

Elle s'assit sur un fauteuil recouvert d'un plaid et s'alluma une cigarette.

– Bon, dites-moi tout. Qu'est-ce qu'il a encore fait ?

Sandy ne put la regarder dans les yeux et détourna la tête. Deckard se lança :

– J'ai le regret de vous annoncer que votre fils a été retrouvé mort ce matin.

La phrase était insupportable. Comment pouvait-on prononcer une telle horreur ? Jamais elle ne pourrait.

Madame Lukather se figea. Pas un mot, juste son visage qui lentement perdait toute trace de vie. Puis des larmes se mirent à couler sur ses joues.

Le silence était glacial, peut-être pire que si cette mère s'était mise à hurler et à crier son malheur.

– Je suis vraiment désolé, dit Deckard du ton le plus compatissant possible.

Et, soudain, le cri jaillit de la bouche de cette femme. Un cri terrible empli d'un désespoir sans nom. Sandy sentit l'émotion la submerger et des larmes roulèrent sur ses propres joues.

– Non, non, non ! hurla Madame Lukather qui s'était levée.

Elle était comme folle. Elle alla près du buffet et balaya tout ce qui se trouvait dessus d'un violent revers du bras. Après, comme après un gros effort, elle s'effondra au sol et se recroquevilla dans un coin du salon, la tête enfouie dans ses genoux, secouée par des sanglots.

Deckard se leva et alla s'accroupir auprès d'elle. Il lui prit les mains dans les siennes.

Sandy s'essuya les yeux et aurait tout donné pour fuir cette maison maudite. Elle savait que c'était une horreur d'annoncer un décès, mais jamais elle n'aurait imaginé que ce fût à ce point.

« Personne ne peut comprendre un tel sentiment sans l'avoir déjà vécu », se dit-elle.

– Madame Lukather, vous avez quelqu'un chez qui vous pourriez aller dormir ?

Elle releva enfin la tête.

– Pourquoi vous me demandez ça ?

– Vous ne devriez pas rester seule.

Elle eut un petit rire plein de dérision.

– Qui a fait ça ? Pourquoi ? Pourquoi on a tué mon fils ?

– Pour l'instant, rien ne dit qu'il a été tué. Il s'agit peut-être d'un accident.

– Il est mort comment ?

Deckard lui expliqua alors l'appel de James McCoy, puis la découverte du corps. Il se garda bien de lui parler des hématomes.

– Il serait tombé de ce promontoire ? s'étonna-t-elle. Mon fils était un sportif aguerri. On allait souvent se balader dans ce coin, mais jamais il ne serait tombé tout seul. On l'a poussé. On l'a forcément tué !

– C'est trop tôt pour le dire.

– Eh bien, quand vous le saurez, faites-moi la promesse que lorsque vous arrêterez son assassin, vous le tuerez !

Deckard garda le silence. Madame Lukather se remit à sangloter.

Sandy se sentait si mal à l'aise qu'elle répliqua spontanément.

– Madame Lukather, votre fils sera vengé, je vous le promets, assura-t-elle d'un ton ferme.

Deckard parut troublé, mais préféra ne pas relever cette affirmation.

– Dans cette hypothèse, avez-vous idée de qui aurait pu lui en vouloir ?

Madame Lukather secoua la tête, totalement perdue.

– Je n'en sais rien. Il faisait de petits trafics, mais rien de bien méchant. Il manquait toujours d'argent, peut-être qu'il en devait à des mafieux et ils le lui ont fait payer !

Deckard préféra ne pas insister. Trop tôt pour l'instant.

– Très bien, dit-il avant d'ajouter d'un ton empreint de compassion : On va devoir vous laisser, mais vous devriez appeler quelqu'un pour vous tenir compagnie, ce soir.

– Ça va aller, lieutenant.

– Vous en êtes certaine ? dit-il, peu convaincu.

– Oui, ne croyez pas que je vais faire une bêtise. Tant que vous n'aurez pas retrouvé cette pourriture, je me battrai pour que justice soit faite, et que ce type paie pour ce qu'il a fait.

Deckard hocha lentement la tête.

– Croyez-moi, appelez quelqu'un. Ne restez pas seule.

– Merci, lieutenant, mais j'ai besoin d'être seule.

Il n'insista pas et ils quittèrent la maison.

En ce milieu d'après-midi, le soleil était encore haut dans le ciel. La chaleur était étouffante.

– Comment vous vous sentez ? demanda Deckard à Sandy qui avait l'air très éprouvée.

– Ça peut aller.

Remontant l'allée fleurie du petit pavillon, il secoua la tête, dubitatif.

– OK, ça ne va pas du tout. Et je dois avouer que je n'ai pas assuré, mais je n'ai pas pu me retenir de pleurer. Je sais qu'on doit rester impassible, mais c'était impossible. Je suis désolée.

– Vous n'avez pas à l'être. Cela prouve seulement que vous n'êtes pas un robot insensible.

– Oui, mais vous, vous avez su rester professionnel. Je ne sais pas comment vous faites.

– On se blinde au fil des années, mais je peux vous assurer qu'on ne s'habitue jamais.

Ils s'approchèrent de la Ford, mais Deckard resta debout devant la portière.

– Sandy, je sais que vous étiez sous le choc, je comprends que vous vouliez apporter votre soutien à Madame Lukather. Mais j'espère que vous ne pensiez pas ce que vous disiez quand vous lui avez promis d'abattre l'assassin de son fils si vous le pouviez.

Sandy ne s'attendait pas à ce reproche.

– Ben oui, et non, disons, quand on l'arrêtera, si je me sens en danger je n'hésiterai pas à lui tirer une balle dans la tête.

– Aussi terrible que soit le crime, on doit laisser faire la justice.

– Écoutez, je ne crois pas que ce soit le moment. On peut rentrer ?

Deckard soupira et ouvrit la portière, puis se mit au volant.

– Excusez-moi, se reprit Sandy.

La Ford venait de démarrer et commençait à remonter la rue en direction de la voie rapide.

– Excuser de quoi ?

– Vous avez raison. La justice doit passer, mais j'étais tellement en colère. Je crois que je pourrais tuer si on s'attaquait à mon enfant.

– J'en ferais autant, mais justement, la police sert à éviter la loi du talion. La violence engendre la violence. Si nos sociétés sont bâties sur des lois, ce n'est pas le fait du hasard. La vengeance ne mène à rien de bon. Dans la colère, personne n'est capable de juger objectivement et de rendre la bonne sentence pénale pour punir un coupable.

– Pas la peine de me faire un cours, dit-elle en essayant un trait d'humour.

Deckard sourit et eut un petit rire qui se mit à grossir pour devenir assourdissant. Sandy, contaminée par ce rire contagieux, ne put se retenir et se mit à rire à gorge déployée. Des policiers qui riaient après l'annonce de la mort de son enfant à une mère !

« Des cinglés... », se dit-elle, mais elle savait que c'était salutaire. C'était leur moyen de décompresser pour justement ne pas sombrer dans la folie.

Et elle rit de plus belle avant d'éclater en sanglots sans pouvoir s'arrêter.

Le fou rire de Deckard cessa d'un coup et il fixa toute son attention sur la route n°1 qui les ramenait vers Santa Barbara.

# - 13 -

Il était près de 15h30 quand Keith arriva sur Cooper Road, dans le quartier populaire de la ville. Il le connaissait par cœur. C'est là qu'il avait vécu avec sa mère toute sa jeunesse. Des maisons uniformes qui s'alignaient le long des rues séparées par de minuscules parcelles de gazon.

Si Santa Barbara connaissait le taux le plus important de milliardaires par habitant des États-Unis, elle avait tout de même une importante classe moyenne.

« Il faut bien loger les esclaves qui font les petits boulots pour qu'une minorité oisive profite de ce paradis », lui avait dit une de ses ex-petites amies qui était serveuse dans un des McDonald de la ville. Il était loin d'être en désaccord avec cette opinion.

Auparavant, il était repassé par le journal et avait retrouvé Suzie qui avait fulminé en apprenant l'accident qui avait failli coûter la vie à Vicky.

– Cette petite conne était partie en mer alors qu'on avait rendez-vous !

« Quelle empathie ! », s'était dit Keith qui avait préféré en sourire.

L'information avait fait le tour de la rédaction. Tout le monde voulait savoir ce qui s'était passé. Tout cela était bien mystérieux. Que faisait-elle en mer ? Comment s'était passé son sauvetage ? Très peu d'informations avaient filtré, et Suzie était sur les nerfs. Surtout quand il lui avait dit que son ami chez les garde-côtes refusait de lui parler.

Heureusement qu'elle ignorait qu'il connaissait très bien le sauveteur, sinon elle n'aurait pas arrêté de le harceler pour qu'il lui obtienne une interview avec Jason. Il avait préféré quitter les lieux et aller à son rendez-vous, en espérant qu'elle ne lui ferait pas faux bond.

Le GPS indiquait qu'il était arrivé. 152 Cooper Road. Petite maison en bois, un étage, peinte en blanc.

Il se gara et alla sonner à la porte. À sa surprise, ce fut un petit garçon qui vint lui ouvrir. Dans sa tenue de baseball, il se retourna et hurla :

– Maman ! Y a un monsieur à la porte.

– Fais-le entrer, répondit Roxane de l'intérieur de la maison.

Keith s'avança dans un étroit couloir qui débouchait sur un modeste salon.

Roxane finissait d'aider une petite fille à s'habiller.

– Vous êtes en retard.

– On avait dit 15h ?

– En effet.

Keith regarda sa montre. 15h30.

– Je suis désolé.

– Une fois en avance, une fois en retard, vous avez un sérieux problème avec les rendez-vous.

Le ton était amusé, alors qu'elle finissait d'enfiler le pantalon de la petite fille.

– Je peux revenir à un autre moment si ça vous arrange mieux.

– Comme vous voulez, sinon vous pouvez venir avec moi. Je conduis les enfants à leurs activités.

Keith n'eut soudain qu'une envie : fuir. Même s'il était plutôt à l'aise avec les enfants, il préférait de loin la compagnie des adultes. À tout prendre, leurs conversations pas toujours de haute volée étaient plus intéressantes que les bêtises qu'on racontait aux enfants.

Une petite main le tira par la manche.

– Hey, tu m'aides à attraper mon gant ?

Keith était pris au piège. Faisant contre mauvaise fortune bon cœur, il demanda :

– Où ça ?

– Là.

Le garçon lui désignait un gant de base-ball suspendu au mur du salon.

– Bien sûr.

Il le décrocha et le tendit au garçon qui le remercia avec un grand sourire.

– Alors, vous nous accompagnez ou pas ?

Comment faire pour s'échapper ? Impossible, après la façon dont il l'avait abordée le matin même, sans compter son retard.

– OK, dit-il. Puis, s'adressant au garçon : Tu t'appelles comment ?

– Flint.

– Heureux de faire ta connaissance. Tu as quel âge, Flint ?

– J'ai sept ans.

– Moi, je m'appelle Lisa et j'ai sept ans aussi, intervint la petite fille qui avait fini de mettre ses chaussures. On est jumeaux.

– De faux jumeaux, évidemment, corrigea Roxane.

Elle attrapa les affaires posées sur le canapé. Tout ce petit monde était enfin prêt.

– Laissez, je vais vous aider.

– Merci.

Il attrapa un gros sac de sport rose fluo.

– Toi aussi tu joues au base-ball ? s'amusa Keith.

La petite fille le regarda comme si elle dévisageait un débile.

– Bien sûr que non, je fais de la danse. Quand je serai grande, je veux être une grande danseuse, comme maman.

Keith sourit et ne put s'empêcher de lever les yeux. Il croisa le regard de Roxane. Il sentit qu'elle était soudain mal à l'aise. Nul doute que la petite fille n'avait pas la moindre idée du genre de danse que sa mère pratiquait.

– C'est tout le mal que je te souhaite. C'est un très beau métier. Ma meilleure amie elle aussi est une grande danseuse.

– Elle travaille où? demanda Lisa.

– En fait, elle n'en a pas fait son métier, mais c'est sa grande passion. Elle n'est sûrement pas aussi douée que ta maman.

– Ça c'est sûr. Maman, c'est la meilleure, intervint Flint avec fierté.

– Je n'en doute pas.

– Allez, sortez maintenant. Tous à la voiture, j'arrive.

Les deux enfants quittèrent la maison en courant et quand Roxane les vit ouvrir les portières de la Toyota garée dans l'allée, elle perdit toute sa douceur.

– Vous avez l'argent ? dit-elle.

Bien que ce soit ce qui était prévu, il ne s'attendait pas à ce qu'elle le lui demande si abruptement. Il sortit néanmoins une enveloppe de l'intérieur de sa veste et donna les billets.

– J'ai besoin de recompter ?

– Et si on se faisait confiance ?

Roxane les mit dans sa poche.

– Bon, vous voulez savoir ce que fait une danseuse quand elle rentre chez elle ? Eh bien, vous allez le savoir. Vous me suivez ?

– Avec plaisir.

Ils sortirent de la maison et allèrent rejoindre les enfants qui étaient installés à l'arrière de la voiture et avaient déjà mis leur ceinture de sécurité.

Keith s'assit côté passager, tandis que Roxane prenait le volant.

– Nous allons où? demanda-t-il.

– Lisa, tu peux répondre.

– On va à mon cours de danse ! s'écria la fillette, ravie.

Roxane mit le moteur en marche, et moins d'un quart d'heure plus tard, elle s'arrêtait devant le conservatoire.

– Vous pouvez rester avec Flint cinq minutes, il faut que je passe payer les cours de Lisa ?

– Allez-y, pas de problème.

Et Keith comprit pourquoi elle avait si facilement cédé face à l'argent. Cette fille était certainement criblée de dettes. Les fins de mois ne devaient pas être faciles avec son seul salaire de danseuse, et deux bouches à nourrir. Et ce qu'il avait pris pour un brin de rapacité n'était en fait que la gestion d'un budget serré.

« Ne jamais juger au premier abord, toujours approfondir avant de porter un jugement sur les gens », se dit-il en se souvenant de ses cours de journalisme.

Une question restait néanmoins en suspens : pourquoi le père ne payait-il pas de pension ? Était-il mort ?

– Vous êtes un ami de maman ? demanda une petite voix derrière lui.

Il se retourna et sourit à la petite bouille sympathique de Flint. Même s'il n'était pas fan des conversations avec les enfants, il devait s'avouer qu'il était quand même trop mignon dans sa tenue de base-ball.

– Pas vraiment. Je suis journaliste.

– C'est quoi, un journaliste ?

Comment expliquer cela à un enfant de sept ans ?

– C'est comme un écrivain. Mais je n'écris pas des livres, je raconte la vraie vie des gens.

– Ça veut dire que vous n'inventez rien ? C'est ça ?

« Perspicace le petit », se dit-il.

– Exactement, les journalistes disent toujours la vérité.

« Si j'étais un pantin de bois, nul doute que mon nez s'allongerait de dix centimètres », s'amusa-t-il.

– Mais tout le monde ment ! Comment vous faites pour ne jamais mentir ?

« Sept ans et déjà l'esprit critique. Très malin, ce gosse. »

– Tu as raison. En fait, je parlais des bons journalistes. C'est comme pour ta maman, il y a les bonnes et les mauvaises danseuses.

– Ma maman est la meilleure.

– Oui, elle ne triche pas. Elle est très forte.

Serait-il toujours aussi fier d'elle quand il serait un peu plus grand ? Quand ses amis de classe apprendraient quel était le métier de sa maman ?

Voilà bien une question dont il craignait beaucoup la réponse.

– Et toi, tu veux faire quoi quand tu seras grand ? Moi, je veux être astronaute. Je veux être le premier à marcher sur Mars.

– C'est un sacré projet.

– Maman, elle dit toujours qu'on peut réaliser ses rêves si on le veut vraiment.

– Et elle a tout à fait raison.

Le grand mirage américain. Pourquoi détruire les rêves de ce jeune garçon ? La vie lui apprendrait bien assez tôt à les revoir à la baisse.

– Vous savez jouer au base-ball ?

– Je suis fan.

– Vous allez rester me regarder ? Aujourd'hui, j'ai un match d'entraînement contre les poussins de Malibu.

– Ils sont très forts, d'après ce que je sais.

Flint sourit à pleines dents.

– Non, on est les meilleurs, on va les battre, vous allez voir.

Keith aperçut la silhouette de Roxane qui ressortait du conservatoire.

– Ah, voilà ta maman qui revient.

– Vous restez, alors ?

– Oui, je ne veux surtout pas manquer ça.

Roxane se remit derrière le volant.

– Vous êtes prêts.

– Oui ! s'écria Flint.

– Dépêchez-vous. Flint a un match à gagner contre les poussins de Malibu, ajouta Keith qui se dit que finalement il avait bien fait de rester.

– Vous avez raison.

Et elle démarra en trombe.

# - 14 -

Jason entra dans les locaux de la *Trenton House & Building,* le siège régional du promoteur immobilier qui se trouvait à Montecito, commune bordant Santa Barbara.

– Bonjour, Monsieur Zimmer, le salua Mandy, la réceptionniste. Vous voulez que je prévienne Mademoiselle Nichols ?

– S'il vous plaît.

La jeune femme prit son téléphone et essaya de la joindre.

Jason s'éloigna du comptoir et fit quelques pas sur le sol de marbre du somptueux hall. Il s'arrêta devant l'immense verrière qui donnait sur l'océan. Qui disait que l'immobilier était en crise ?

L'entreprise du père d'Emma était cotée en Bourse à plusieurs milliards de dollars et grossissait d'année en année.

Un petit toussotement attira l'attention de Jason qui retourna vers la réception.

– Elle va vous recevoir. Vous souhaitez que je vous accompagne ?

– Non merci, je connais le chemin.

Jason y venait plus souvent qu'il ne l'aurait imaginé. Emma n'avait jamais assez de temps pour eux, et si lui ne prenait sur le sien pour venir déjeuner avec elle, il ne la verrait que quelques fois par semaine. Il se dit qu'il allait falloir lui imposer des horaires et surtout qu'elle vienne dormir chez lui tous les soirs.

Tout en longeant la verrière centrale qui menait au bureau d'Emma, il repensa à leur relation.

Six mois sans anicroche. Lui qui, comme Keith, n'arrivait pas à se fixer, voulait croire qu'il avait trouvé la perle rare. Mignonne, pleine d'humour, très attachante et très active, voire trop active. Elle avait toujours le besoin d'entreprendre quelque chose et, surtout, ne pouvait jamais lâcher son travail.

Fille unique, elle redoublait d'efforts pour être à la hauteur des espérances de ses parents et y était largement parvenue. À vingt-sept ans, elle était à la tête d'un petit empire immobilier dans le comté de Santa Barbara.

Jason monta l'escalier translucide qui s'élançait en colimaçon et parvint à l'étage. Bureaux-box dans un open space aux couleurs douces et apaisantes. Bois clair, matériaux blancs, transparences, grandes plantes vertes en pots. Chaque employé bénéficiait d'un bel espace avec vue panoramique sur l'océan.

« Si j'étais à leur place, je passerais mes journées à rêvasser », avait dit un jour Jason à Emma, étonné par cet open space.

Mais elle lui avait répondu que, au contraire, un employé serein était un employé productif.

Il arriva devant la double porte en chêne massif du grand bureau de la direction. Il frappa pour la forme et, sans attendre de réponse, il entra.

Emma était à son bureau en train de téléphoner. Elle lui fit signe de s'avancer, sans interrompre sa communication.

Jason voyait bien qu'il la dérangeait, mais il avait besoin de parler.

– OK, je te rappelle plus tard, à plus.

Elle raccrocha enfin.

– Salut, mon amour, tu me laisses une seconde ? dit-elle en levant le doigt.

Elle reprit son téléphone et appela sa secrétaire pour lui dire qu'elle ne voulait pas être dérangée durant les vingt prochaines minutes.

– Voilà, je suis toute à toi. Je t'ai manqué ?

– Bien sûr que non.

Elle sourit et se leva pour venir le serrer dans ses bras.

– Menteur, dit-il en effleurant la bosse de son pantalon.

– C'est un revolver.

– Il est chargé ?

– Va savoir.

Elle sourit et l'embrassa goulûment. Jason passa ses mains sous sa jupe et la souleva.

– Mmm, hey, pas ici, t'es dingue.

– C'est toi qui me rends fou.

Ils s'embrassèrent encore un long moment avant qu'Emma ne demande enfin :

– Sérieux, je peux savoir l'objet de ta visite ? Ça a un rapport avec Vicky Lance ?

« L'information avait dû faire le tour des médias », se dit-il.

– Il était temps que tu t'en inquiètes.

– Je viens juste de l'apprendre. Charleen m'a dit que les garde-côtes l'avaient sauvée d'un naufrage. Il paraît qu'elle a failli se noyer. C'est pas très clair. Tu es venu jusqu'ici pour me raconter des potins de stars ?

Sacrée Emma, c'était tout elle. Elle était tellement absorbée par son travail et sa propre situation qu'elle en oubliait souvent les autres et avait du mal à se mettre à leur place. Elle aurait quand même pu l'appeler pour s'inquiéter pour lui.

– C'est moi qui l'ai sauvée.

– C'est pas vrai ! Raconte-moi tout, dit-elle.

Mais Jason avait bien remarqué que, discrètement, elle venait de jeter un regard furtif à la pendule murale sur sa gauche. Tellement agaçante parfois. Il était tout heureux de pouvoir discuter de son sauvetage, non seulement pour le plaisir de se mettre un peu en valeur mais aussi pour avoir son avis sur la question. Il avait cherché sur Internet et n'avait trouvé qu'un chapelet d'horreurs. Il voulait avoir l'avis d'une fille, et plus encore celui de sa propre compagne. Mais, parfois, il doutait qu'elle s'intéresse vraiment à lui.

– Tu es sûre que tu veux savoir ?

– Oui, et si ça dépasse vingt minutes, je ne t'interromprai pas, espèce d'idiot !

Jason réalisa qu'il était peut-être un peu soupe au lait, et commença son récit.

– On est partis en mer avec le *Barracuda.* Je te jure, j'ai rarement vu l'océan déchaîné comme ça...

Et il lui raconta comment il avait pris tous les risques. Il voyait autant d'admiration et de surprise que de réelle inquiétude dans ses yeux. C'était l'Emma qu'il préférait, douce et attentionnée.

Puis il lui parla de l'entretien qu'il avait eu avec la chanteuse à l'hôpital et de ses doutes concernant le côté suicidaire de la jeune fille.

– Bref, je ne sais pas quoi en penser.

Assise sur le coin du bureau, Emma hocha la tête.

– C'est évident, cette fille est complètement folle. Peut-être que tu aurais dû la laisser mourir si c'est ce qu'elle cherchait ?

– Ne dis pas ça.

– Je plaisante, mais tu connais sa réputation. Elle est capricieuse, incontrôlable. Elle croit que le monde tourne autour d'elle, que tout lui est dû. Je déteste ce genre de nana.

– Dis donc, tu as l'air de bien la connaître, ironisa-t-il.

Pour avoir discuté avec elle, il n'avait pas du tout cette image de cette fille, bien au contraire. Et dire qu'il avait pensé qu'Emma serait compréhensive.

– Je suis une fille, je sais comment ça marche. Cette pauvre Vicky Lance est complètement tarée. Je crois que c'était il y a six ou sept ans, elle a été internée. Plus personne ne savait où elle était. Moi, je suis sûre qu'elle était dans un hôpital psychiatrique.

Jason avait lu cela quelque part. Le grand mystère de Vicky Lance. Où était-elle passée pendant un mois. Une retraite pour se remettre en forme, ou alors la prison ? Avait-elle commis un crime quelconque ?

– N'en rajoute pas. Je te jure, elle avait plutôt l'air d'un oiseau blessé que d'une harpie prédatrice.

Emma fit la moue.

– De toute façon, on s'en fout. Tu ne la reverras jamais, et c'est très bien comme ça.

– Et pourquoi je ne la reverrais pas ? rétorqua-t-il, par bravade.

– Arrête, une fille comme elle avec un mec comme toi !

La pique était acerbe. L'esprit retors d'une femme jalouse, ou simplement ce qu'elle pensait vraiment de lui ? Et cela avait l'air tellement spontané.

– Merci, ça fait plaisir.

– Excuse-moi, mais ne le prends pas mal. Cette fille est à la recherche de mauvais garçons, de types qui entrent dans son jeu autodestructeur. Si elle veut mourir, toi, tu es tout le contraire. Tu aimes la vie et tu es tellement gentil. C'est pour ça que je t'aime.

Elle se leva et mit ses bras autour de son cou, pour l'embrasser tendrement. Un doux baiser très agréable.

Mais Jason se sentait quelque peu humilié. Un gentil garçon. Pourquoi pas un simple d'esprit, l'idiot utile... Avait-il si peu de caractère ? Emma l'aimait-elle parce qu'elle savait qu'elle pouvait en faire tout ce qu'elle voulait ?

Il repensa à ce que lui avait dit Vicky dans sa chambre d'hôpital. « Vous êtes un gentil garçon, ça se voit tout de suite. »

Était-ce ainsi que les filles le voyaient ?

Il sentit une main sur son entrejambe et entendit le zip de sa braguette, enfin une main experte lui attrapa le sexe.

Dès lors, il oublia ces pensées dérangeantes, il regarda Emma droit dans les yeux en phase avec celui qu'elle lui renvoyait.

« Arrête d'être parano, Emma t'adore pour ce que tu es. »

Cinq minutes plus tard, il se répandait dans sa bouche, et rentrait son attirail qui se mit à dégonfler.

– Ça va mieux ? demanda Emma qui s'essuya les lèvres d'un revers de doigt gourmand.

– Oui, tu es vraiment la reine.

– C'est mon atout charme, s'en amusa-t-elle.

Jason sentit alors son portable vibrer dans sa poche. Il le sortit.

– C'est qui ?

– Michelle.

Emma hocha la tête. Même si elle n'avait jamais rencontré la collègue de Jason, elle connaissait les prénoms de tous les garde-côtes.

– Ne te gêne pas pour moi. Réponds, dit Emma qui se rassit à son bureau.

Jason prit la communication.

– Il y a un souci ?

– Salut, Jason, non, disons, si. Mais est-ce que tu as vu les informations ?

Jason éloigna son téléphone et se tourna vers Emma :

– Tu peux allumer la télévision sur Barbara's News, s'il te plaît ?

Emma avait compris qu'il se passait quelque chose de grave. Elle sortit la télécommande d'un tiroir de son bureau et alluma l'écran fixé dans le coin du mur qui lui faisait face.

Un reporter se trouvait devant un hôpital. En médaillon, le portrait de Vicky Lance. Une breaking-news était affichée en bandeau sur lequel était inscrit : « Disparition inquiétante de Vicky Lance. »

– Qu'est-ce qui s'est passé ? demanda Jason en plaquant son téléphone à l'oreille.

– A priori, elle s'est enfuie. C'est son père qui a donné l'alerte. Il craint pour sa vie et demande à quiconque la verrait de l'appeler tout de suite.

Jason se maudit. Il réalisa qu'il avait vu tous les signes d'une grande fragilité, mais n'avait pas voulu croire qu'elle irait jusqu'au bout.

– Tiens, qu'est-ce que je te disais. Cette fille est folle. Elle finira comme toutes les autres stars mortes à vingt-sept ans. Elle a quel âge déjà ? Vingt-six, non ? appuya Emma.

Jason ne supportait plus son manque d'empathie.

– Écoute, je vais te laisser. À ce soir.

Emma fit la grimace.

– Heu, non. Je t'ai pas dit ?

– Ne me dis pas que tu vas encore à une soirée ?

– On a un repas entre filles. Il me semble te l'avoir dit. En fait, je suis sûre de te l'avoir dit.

Jason était certain du contraire, mais à quoi bon discuter ? Il connaissait ce ton, elle ne lâcherait rien.

– Peut-être, mais tu peux annuler ?

– Katie le prendrait super mal. Tu sais comment elle est. C'est une psychorigide. Mais tu n'as qu'à appeler Keith et Sandy. Vous vous faites une soirée, et nous, on se revoit demain soir ?

– Tu ne dors pas chez moi. ?

– Tu dormiras quand je rentrerai. Je risquerais de te réveiller. Je préfère coucher chez moi. On se voit demain soir et je te promets que tu ne le regretteras pas.

Elle lui fit son sourire enjôleur. Emma était trop bizarre. Parfois presque distante et souvent très amoureuse, ou plutôt éprise de sexe. Il ne s'en plaignait évidemment pas, mais à la fin, il espérait que leur relation puisse aller plus loin. Une vraie complicité d'esprit.

« L'espoir fait vivre », se dit-il en espérant qu'elle change. Peut-être quand ils vivraient enfin ensemble dans leur propre maison ?

Il l'embrassa une dernière fois, et avant même qu'il ait quitté la pièce, Emma s'était remise au travail devant son ordinateur.

La main sur la poignée de la porte, Jason regarda la pendule. Tout juste vingt minutes depuis qu'il était entré dans le bureau. Comme elle l'avait prévu !

# - 15 -

– Vous pouvez encore changer d'avis si vous voulez, la prévint Deckard.

– Vous allez arrêter avec ça ? Je vais finir par porter plainte pour discrimination.

Mais le ton n'y était pas. Bien au contraire, Sandy se sentait beaucoup moins sûre d'elle qu'elle voulait le laisser paraître.

Ils venaient tout juste de rentrer de Lompoc et s'étaient directement rendus à la morgue de Santa Barbara, située dans les sous-sols de l'hôpital central.

– Vous n'oseriez pas ?

– Empêchez-moi d'entrer et vous allez voir.

Ils finirent de remonter le large couloir immaculé et parvinrent devant la porte de la morgue qu'elle poussa avec détermination.

Une sale odeur lui agressa aussitôt les narines et son estomac se révulsa. Elle dut faire un effort pour ne pas vomir.

– Bonjour, James, dit un homme en blouse blanche.

Un petit homme dans la soixantaine, le visage émacié, le nez chaussé de petites lunettes, chauve avec une couronne de cheveux gris frisottants. Il avait tout l'air du savant fou.

– Bonjour, Patrick. Je te présente la sergente Sandy Dawson.

– Enchanté, Mademoiselle.

Sandy se sentait à deux doigts de défaillir. Le légiste s'approcha d'elle et lui tendit un pot de camphre.

– Mettez un peu de ça sous le nez.

Deckard lui montra comment faire et appliqua la crème sous ses propres narines.

Sandy comprit et fit de même. Aussitôt une odeur assez forte, mais pas désagréable, remplaça l'odeur infecte de décomposition.

– Excusez-moi, mais c'est la première fois que je viens ici.

– Si vous restez dans la police, je crains que ce ne soit pas la dernière.

– Je vais m'y habituer, ne vous inquiétez pas pour moi, se reprit Sandy.

Elle aperçut alors la table de dissection, et le cadavre qui y reposait, mais réussit à retenir un haut-le-cœur.

– Bien. Maintenant que les présentations sont faites, venez par ici, dit le docteur Patrick Dempton, d'un ton débonnaire.

Il s'avança vers la table et ralluma la lampe placée au-dessus du corps de Roy Lukather. Une énorme cicatrice en Y, recousue au fil noir, était visible sur son torse.

L'homme posa ses mains gantées de latex sur la tête du cadavre et la fit légèrement pivoter.

– Comme vous pouvez le constater, la nuque est brisée. S'il n'était pas mort avant sa chute, de toute façon, il n'avait aucune chance de survivre à ce choc.

Voir cette tête ensanglantée bouger comme celle d'un pantin désarticulé lui était difficilement supportable, cependant, elle venait de réaliser que les hématomes sur le cou étaient sûrement liés à la nuque brisée.

– Vous avez l'air de douter qu'il s'agisse d'un simple accident. Il a pu mourir autrement ? On a essayé de l'étrangler, on dirait, proposa-t-elle.

– C'est possible, j'allais y venir.

– Désolée, s'excusa Sandy.

– Ne vous excusez pas. Tout va bien.

Malgré son air de médecin tout droit sorti du Troisième Reich, il avait une voix douce et chaleureuse. Elle comprit qu'il faisait tout pour la mettre à l'aise. Encore un qui la maternait, mais elle n'allait pas lui en faire le reproche. Si elle s'était écoutée, elle aurait fui cet endroit en courant.

– Le corps est recouvert d'hématomes plus ou moins bleutés, comme vous pouvez le constater.

Dempton les désigna de son index, qui passa du cou au thorax, des épaules aux côtes.

– Certainement dus à la chute, dit Deckard.

– Pas forcément, tenez, prenez ça.

Dempton lui tendit une paire de gants en latex blanc. Deckard les enfila.

– Aidez-moi un instant.

Et, suivant les indications du médecin, Deckard l'aida à faire légèrement basculer le corps sur le côté.

– Vous voyez, il y a aussi des hématomes bien plus importants dans le dos.

Sandy ne voyait pas où il voulait en venir.

– Et donc ?

– Je crois qu'il est tombé sur le dos, et même s'il a roulé, cela n'explique pas forcément les hématomes sur l'abdomen et les épaules.

– Et ceux du cou ?

– L'impact a pu non seulement briser la nuque mais aussi faire éclater les vaisseaux sanguins périphériques. En cas de strangulation, les yeux sont injectés de sang, ce qui n'est pas le cas. Mais peut-être n'y a-t-il eu que tentative d'étranglement.

– Comment en être certain ?

Tout en reposant délicatement le corps sur le dos, Dempton justifia son raisonnement.

– Rien n'est jamais certain. Je n'émets que des hypothèses plus ou moins plausibles. Sauf votre respect, cela fait plus de trente ans que j'observe des cadavres. La plupart du temps, leur mort est due à des accidents, à des chutes comme celle-ci, et aussi terrible que cela puisse paraître, je sais lire dans les blessures de mes petits protégés.

– Je n'en doute pas. Je ne voulais pas vous froisser.

– Vous ne me froissez absolument pas. Je comprends que vous soyez mal à l'aise devant ce corps. Chacun réagit à sa manière.

– Mais je vous assure que ça va.

Deckard eut un petit sourire.

– Regardez votre main.

Sandy baissa les yeux et réalisa qu'elle tremblait toute seule. Elle la mit aussitôt dans la poche de son jean.

– OK, je trouve ça affreux. Je ne sais pas comment vous faites pour rester de marbre devant ce type.

Elle ressentait un énorme décalage entre cet homme nu, désarmé, au corps abîmé, et eux, qui étaient là en train de disserter d'un ton léger sur les causes de sa mort.

– Parce que pour moi, ce type comme vous dites, n'est plus avec nous. Il n'y a ici que son enveloppe charnelle. Et que vous croyiez en Dieu ou non, cela ne change rien. Soit ce n'est qu'un amas de chair inerte, et on peut dire ce qu'on veut, il s'en moque éperdument. Soit il est déjà au paradis et son enveloppe terrestre n'a plus d'intérêt pour lui.

– Je sais, mais moi je vois simplement un homme qui aurait pu être encore en vie.

– Il ne faut pas penser comme ça. Vous devez garder à l'esprit que nous sommes justement là pour les aider, faire apparaître la vérité. Roy Lukather mérite qu'on sache ce qui lui est arrivé, dit Deckard.

– Je vois, « c'est un sale boulot mais il faut bien que quelqu'un le fasse », cita-t-elle.

– Exactement, on doit faire fi de nos répulsions pour le bien de la vérité.

– Dis comme ça, ça me plaît mieux.

– Vous vous habituerez, vous verrez, tenta de la rassurer Dempton.

Mais Sandy se demandait si elle aurait un jour le courage de revenir dans cette morgue quand elle aurait à affronter un nouveau crime. Pour elle, être policier, c'était avant tout résoudre des mystères ou rétablir la justice. Femmes battues, querelles de voisinage, rixes à la sortie des boîtes de nuit ou encore forcenés retranchés, elle s'y attendait, mais un vrai mort, ce n'était pas comme elle l'avait imaginé. C'était bien pire.

– Je peux continuer ?

– Faites.

Dempton fit les dernières constatations sur les membres inférieurs, qui n'apportèrent rien de plus. Puis il éteignit la grosse lampe au bras articulé et se mit en retrait. Il prit un paquet de cigarettes et s'en alluma une sous le regard interloqué de Sandy.

– On a le droit de fumer dans un hôpital ?

– On est à la morgue. Qui va s'en plaindre ?

– Je ne sais pas. Ce n'est pas dangereux ?

– À part pour mes poumons, non. Sauf si vous me dénoncez.

– Ne vous inquiétez pas, Sandy ne dira rien, n'est-ce pas ? intervint Deckard.

– Non, mais...

Dempton rit de bon cœur.

– Tout le monde sait que je fume, mais personne ne veut prendre ma place, alors on me fout la paix. C'est ma façon à moi de décompresser.

Sandy comprit enfin qu'il était loin d'être insensible à la vue de ce corps. Trente ans de pratique, mais empreint d'empathie.

– Pas de problème.

– Bon, j'ai encore quelque chose à vous dire. Le personnel urgentiste et vos collègues sur place n'ont pas retrouvé son téléphone portable ni aucun papier dans les fourrés.

Deckard s'appuya contre un meuble de la salle.

– Cela confirme ce qu'on pense. Un meurtre.

– Pas forcément. Beaucoup de gens font leur jogging en laissant leurs papiers et leur portable à la maison, fit remarquer Dempton.

– Un jogging en jean et santiags ? s'étonna Sandy.

– Je plaisantais.

Il tira sur sa cigarette et ajouta :

– Si je peux me permettre, je crois que votre homme s'est battu avec quelqu'un, il n'est pas impossible qu'il se soit fracassé le crâne sur une pierre avant la chute, ou alors il a basculé durant la bagarre.

– Ensuite, il a été dépouillé de ses papiers et de son téléphone, compléta Deckard.

– C'est l'hypothèse la plus probable. Si j'en crois vos collègues, il n'y avait pas de traces de sang sur le promontoire. Je crois qu'on l'a tué ailleurs et qu'on l'a transporté jusque-là avant de jeter son corps dans le vide.

– Et donc, il y aurait eu deux hommes ? s'interrogea Deckard en se passant la main sur le visage.

– Ou un seul homme très costaud.

– Ou deux femmes, ou une femme très très costaude, corrigea Sandy.

Les deux hommes sourirent.

– Oui, enfin non. Ne le prenez pas mal, mais les statistiques parlent pour moi. Les coups qu'il a reçus sur le torse, je ne crois pas qu'une femme aurait pu les lui asséner.

– Vous n'en savez rien et maintenant que j'y pense, rien ne dit que ce type n'est pas mort sur place ?

– Je viens de vous le dire. Pas de trace de sang sur le promontoire.

– Justement, ils se sont battus, et sans faire exprès l'un a poussé autre.

Deckard s'avoua que cela était une tout aussi bonne hypothèse.

– Pourquoi serait-il allé là-bas ? réagit le légiste. Un rendez-vous perdu dans la forêt, je n'y crois pas trop.

– Non, pas un rendez-vous, une balade avec une femme, par exemple. Ils s'engueulent, ça dégénère, elle le pousse et, oups, il tombe à la renverse et se tue.

– Et les coups sur le torse et les bras ?

– Ce type est un voyou. Ils peuvent dater de la veille dans une bagarre quelconque dans un bar.

Dempton ne sourit plus. Deckard la regarda avec un étonnement admiratif.

– Félicitations, je crois que je préfère votre thèse à la mienne, fit le légiste.

– Parce que ce serait une femme la coupable ?

– Parce l'une des premières causes de crime, c'est la dispute conjugale.

– Les règlements de comptes aussi, fit remarquer Deckard.

– Oui, mais je ne crois pas qu'ils prennent la peine de jeter le cadavre si loin. Ou alors, s'ils voulaient vraiment qu'on ne le retrouve pas, ils l'auraient enterré quelque part.

– J'ai donc raison, conclut Sandy.

– OK. Maintenant qu'on est quasi certains que c'est bien un meurtre, je crois qu'il est temps d'aller chez Roy Lukather et d'inspecter les lieux, conclut Deckard qui ajouta : Merci, Patrick.

– Pas de problème, je suis payé pour ça. De votre côté, trouvez la garce qui a tué ce type.

Sandy faillit répondre vertement, mais cette fois elle reconnut l'humour du légiste et répondit sur le même ton.

– Comptez sur moi, Docteur, dès que ce sera fait, je vous l'envoie vous régler votre compte.

L'homme rit de bon cœur et, dans une forte odeur de cigarette, les deux policiers ressortirent de la morgue.

# - 16 -

– Bravo, Flint, cours ! hurla Roxane.

Le garçon venait de frapper dans la balle en mousse qui était partie quelques mètres plus loin, laissant à ses camarades et à lui-même le temps de courir jusqu'au prochain plot, avant qu'un joueur de l'équipe adverse ne l'attrape et ne la renvoie vers la base.

La jeune mère de famille se retourna vers Keith et eut l'air gêné.

– Excusez-moi, vous devez me trouver ridicule.

– Une mère qui encourage son fils ? C'est l'inverse qui me chagrinerait.

Un autre garçon se mit en position pour frapper la balle.

– Flint est très doué. Selon son entraîneur, il est en avance sur les autres enfants de son âge.

– Il a une très bonne frappe et son geste est très naturel. Vous tenez peut-être le nouveau Joe Di Maggio.

– C'est gentil, mais en vérité peu m'importe, le principal est qu'il se fasse plaisir.

– J'adorais le base-ball quand j'étais petit, j'y jouais tout le temps avec mon père, remarqua Keith.

S'il avait hésité à accompagner Roxane aux activités de ses enfants, maintenant il ne le regrettait absolument pas.

Après avoir déposé Lisa à son cours de danse, ils s'étaient rendus au petit stade de base-ball où s'entraînaient les poussins de Santa Barbara. Sous le soleil déjà chaud de ce début d'été, ils s'étaient assis sur les gradins du stade en forme de V, et observaient avec attention les efforts des futurs champions.

Un flot de souvenirs affleura à sa mémoire. Keith se revoyait jouer avec son père dans Shoreline Park. Il lui répétait sans cesse que, un jour, il serait une légende, qu'il était fait pour ça...

– Pourquoi vous avez dit « adorais » ? le reprit Roxane.

Keith fut surpris par la question et réalisa qu'il avait trop parlé, mais pourquoi ne pas répondre après tout ?

– C'est à moi de poser les questions. Ce n'était pas notre deal ? dit-il, d'un ton amusé.

– Ça va, si vous voulez que je me livre à vous, il faut que ça marche dans les deux sens.

– Non, j'ai payé pour ça.

Il avait voulu faire de l'humour, mais se rendit compte trop tard que c'était très maladroit et que cela pouvait être très mal interprété.

– Vous êtes si près de vos sous ?

– Non, excusez-moi, je voulais plaisanter. J'ai tendance à parler trop vite pour faire un bon mot. Et pour répondre à votre question, mon père est mort quand j'avais douze ans. Je n'ai plus jamais touché une batte de base-ball.

Le visage de Roxane se fit aussitôt compatissant.

– Je suis vraiment désolée.

– Il n'y a pas de raison. Vous ne pouviez pas savoir, mais c'est vrai que je n'aime pas en parler.

– Je comprends tout à fait. En vérité, moi non plus, je n'aime pas parler de mon passé.

– Il est si terrible que ça ?

– Oui. Je crains qu'il soit pire que le vôtre.

Keith reporta son regard sur le match, mais ses pensées étaient ailleurs. Et sans qu'il y prenne garde, il lâcha sa plus grande douleur.

– Non, ça, je ne crois pas. J'ai retrouvé mon père pendu dans la cave. J'ai essayé de le détacher, mais je n'étais pas assez fort. Je vous rassure, de toute façon je n'aurais pas pu le sauver, il était mort depuis quelques heures déjà. Mais à ce moment-là, je n'en savais rien.

Roxane en resta bouche bée avant de répondre :

– Je retire ce que j'ai dit, je crois que vous me battez. C'est terrible.

Jamais il ne pourrait oublier. Les larmes qui coulaient sur son visage tandis qu'il soulevait les jambes de son père en sautant pour tenter de délivrer sa tête du nœud coulant... Pourquoi avoir raconté tout cela à cette inconnue ?

– Moi, je n'ai jamais connu mes parents, j'ai été abandonnée à la naissance.

Keith sortit de ses souvenirs et se tourna vers elle.

– Vous avez été adoptée ?

– Oui, mais mes parents adoptifs m'ont rendue à l'organisme d'adoption quand j'avais six ans. En fait, quand ils ont réussi à avoir leur propre enfant.

Keith était horrifié. Il n'avait jamais entendu une telle histoire.

– On n'a pas le droit de faire ça. Je veux dire, ce n'est pas légal.

– Bien sûr que si. On appelle ça la désadoption. Notre beau pays, si prompt à donner des leçons à la terre entière, n'est pas exempt de défauts.

– Excusez-moi de vous poser la question, mais vous ne vous moquez pas de moi ?

Roxane eut un petit sourire triste.

– Je sais, personne ne me croit quand j'en parle.

Elle sortit son smartphone et, en quelques clics, trouva les pages concernées sur Internet.

– Tenez, lisez, Monsieur le journaliste.

Keith le lui prit des mains et tomba sur des histoires totalement sordides d'enfants rendus sous le prétexte de comportement inadapté. Un véritable trafic d'enfants de seconde et troisième main ! Incroyable et pourtant réel.

– C'est terrible. Je vous jure que je vais écrire un article là-dessus.

– Vous ne serez pas le premier et cela ne servira à rien. Laissez tomber. Je ne voulais pas vous culpabiliser, vous n'y êtes pour rien.

– En tant que journaliste, si. On devrait se battre pour faire changer la loi.

– Ça touche trop peu de monde. Les gens seront émus deux secondes, et après, ils passeront à autre chose. C'est comme ça. On n'y peut rien.

Il ressentit le fatalisme contenu dans ce constat. Une fille qui avait certainement beaucoup souffert et qui prenait désormais la vie avec philosophie.

Il réalisa qu'il avait vraiment bien fait de venir la voir. Ne serait-ce que pour cette information.

– Je suis passée de famille d'accueil en famille d'accueil, reprit Roxane. À croire que j'étais vraiment une enfant inadaptée, dit-elle avec un petit sourire triste.

– Ne dites pas ça. S'il y a bien une chose en laquelle je ne crois pas, c'est cette fable des enfants inadaptés. Plus personne n'est capable de se remettre en question. Quand un enfant ne réagit pas de façon attendue, au lieu de remettre en cause les méthodes d'éducation, on rejette la faute sur lui. On le traite d'hyperactif, de turbulent, de tout ce que vous voulez, mais jamais, au grand jamais, ce n'est la faute des parents.

– Vous pensez vraiment ce que vous dites ?

– Oui, je crois qu'il n'y pas plus innocent qu'un enfant, et que ce sont les adultes qui les corrompent. À part les enfants souffrant de problèmes psychiques graves, tous les enfants sont gentils et ont surtout besoin d'amour, selon moi.

– C'est joli ce que vous dites, j'aimerais vous croire.

– Vous pensez vraiment que vous étiez une enfant inadaptée ?

Roxane garda un long silence.

– Je ne sais pas.

– Allons, dites-moi, sincèrement, vous pensez avoir mérité votre sort ?

Nouveau long silence.

– Si j'en avais les moyens, je me serais payé un psy et j'aurais peut-être la réponse à la question.

– Non, je suis sûr que vous savez très bien que vous n'êtes pour rien dans le manque d'amour de vos divers parents adoptifs à votre égard.

– Peut-être. Maintenant, on pourrait arrêter de parler de ça ?

Et soudain, Flint frappa sa balle en mousse si fort qu'elle atterrit dans les gradins.

– Bien sûr, dit-il. Vous savez...

Mais il vit que Roxane ne l'entendait plus, son regard était de nouveau totalement accaparé par ce qui se passait sur le stade.

– Oui, oui, oui, cours ! Yes ! hurla Roxane qui se leva du banc.

Telle une supportrice hystérique, elle sautait sur place et acclamait son fils et le reste de l'équipe qui venait de gagner encore des points grâce à ce *home run.*

Keith sourit et, se levant à son tour, se joignit à l'effervescence générale. Il fut d'autant plus ému par le bonheur de cette mère devant son enfant qu'elle-même n'avait jamais reçu cette fierté maternelle.

– Alors, mon fils, c'est pas le meilleur ? Le nouveau Joe Di Maggio, vous disiez ?

Keith lui répondit par un large sourire.

# - 17 -

En cette fin d'après-midi, Jason gara son 4x4 sur le parking du *Ritz-Carlton Bacara*. Le plus prestigieux hôtel de Santa Barbara, situé à l'extérieur de la ville, dans une magnifique pinède face à l'océan.

Après avoir quitté Emma, il était repassé par son appartement pour se poster devant la télévision, en espérant en apprendre davantage sur la disparition de Vicky Lance. Mais il avait réalisé, une fois de plus, que les journalistes avaient ce don de meubler l'antenne avec du vide. Ils ne savaient rien, mais pouvaient tenir le crachoir pendant des heures. Le plus étrange était que, malgré tout, cela avait un tel effet hypnotisant qu'il avait été incapable de détacher ses yeux de l'écran. C'est l'appel du père de Vicky qui l'avait sorti de cet état apathique. À sa grande surprise, il lui demandait de le rejoindre à son hôtel. L'homme n'avait rien voulu lui dire par téléphone. Intrigué, Jason avait tout de suite accepté...

Jason sortit de son Hummer et aperçut quelques journalistes et des cameramen qui faisaient le guet dans l'attente de capter des images de la famille.

Heureusement, personne ne le connaissait et il put franchir les portes du palace sans être importuné.

Dès l'entrée, il retrouva le mélange de luxe clinquant et de réminiscences hispaniques qui faisait la particularité de ce grand hôtel à l'enseigne réputée. Pour y avoir amené de nombreuses conquêtes, il connaissait très bien la disposition des chambres toutes décorées de façon différente, mais toujours personnalisées avec beaucoup d'élégance. Parquet en marqueterie à caisson, marbre clair, tapis d'Orient. Chacune jouissait d'une terrasse privée avec cheminée et rambarde en fer forgé qui donnait soit sur la grande piscine ovale entourée de loges et de grands palmiers, soit sur l'océan. Un petit paradis au style très marqué rendant hommage aux racines espagnoles de la ville.

Arrivé devant la suite Penthouse, il frappa à la porte. C'est la belle-mère de Vicky qui vint lui ouvrir.

– Merci d'être venu, l'accueillit Caitlin.

Elle le fit entrer dans le grand salon de la suite. Plantés devant l'une des baies vitrées qui faisaient face à l'océan, deux hommes discutaient.

Le père de Vicky, Elliot Lance, vêtu d'un costume beige, et un autre homme tout habillé de noir. Une montagne de muscles surmontée d'un cou de taureau, crâne rasé et veine apparente sur le front.

– Jason, je te présente Angus Miller. C'est le chef de ma sécurité et de toute la famille. Tu peux lui parler comme si tu me parlais à moi-même.

– Bonjour.

L'homme répondit d'un bref hochement de tête à sa salutation et s'avança vers lui.

– Il va te poser quelques questions. Surtout, ne le prends pas mal, mais on doit tout savoir. Tu es d'accord ?

– Bien sûr, c'est pour cela que je suis ici.

– Mets-toi à ton aise. Assieds-toi, là, proposa Elliot de son ton le plus amical. Tu veux un verre ? Whisky, scotch, une bière, un soda ?

Jason s'assit dans un des confortables fauteuils du salon, et malgré la climatisation qui rafraîchissait l'atmosphère, il se sentait étouffer. Il détestait le regard que le chef de la sécurité fixait sur lui. À croire que cet homme avait tous les muscles du visage paralysés, tant il était inexpressif. Tel un serpent ou un requin.

– Un scotch, répondit-il.

Elliott lui fit un sourire et alla au bar le lui préparer.

Caitlin, de son côté, debout devant la baie vitrée, regardait le soleil qui avait commencé depuis quelques heures sa lente descente vers les eaux de l'océan qui s'étendait à perte de vue.

– Bien, mon garçon, il va falloir que tu sois très précis dans tes réponses, tu comprends ? commença Angus.

Il s'était assis en face de Jason. La voix était du même acabit que son physique. Dure, implacable et monocorde.

Jason était plutôt du genre à remettre à sa place un employé trop zélé, mais dans le cas présent, et malgré le « mon garçon », il resta sans broncher attendant la suite.

– Oui.

– Bon, est-ce que tu sais ce qui s'est passé ce matin ?

– C'est-à-dire ?

Angus garda le silence, installant une certaine tension qui le mit mal à l'aise. Elliot revint avec le verre rempli du liquide ambré qu'il lui tendit.

– Réponds simplement. On ne te juge pas, dit-il chaleureusement.

Et Jason comprit la répartition des rôles. La fameuse paire « gentil flic, méchant flic ».

– Votre fille a pris le bateau et elle a chaviré, ensuite j'ai sauté à la mer pour…

– Oui, ça, on sait, reprit Angus, obligeant Jason à le regarder à nouveau dans les yeux. On veut savoir si elle t'a dit pourquoi elle est partie en mer ce matin.

Jason se demanda alors ce qu'ils savaient vraiment de la détresse de la fille d'Elliot ? Était-ce un simple test pour voir s'ils pouvaient lui faire confiance, ou bien n'en savaient-ils vraiment rien ? Et dans cette deuxième hypothèse, devait-il leur dire le fond de sa pensée ?

– D'accord, mais tout d'abord, j'ai besoin de savoir, ce que vous, vous savez. Elle s'est vraiment enfuie ? Je veux dire, ce n'est pas un kidnapping ?

– C'est moi qui pose les questions, l'arrêta sèchement Angus.

C'était donc un véritable interrogatoire. Mais ce type n'était pas flic et Jason n'était pas un suspect. Il avait furieusement envie de se lever, sentant le véritable traquenard.

– Ta question est bien légitime, mais non, il n'y a pas de demande de rançon ni de kidnapping. Les bandes vidéo de l'hôpital montrent qu'elle est partie toute seule, intervint Elliot, d'un ton apaisant.

– Mais comment a-t-elle fait ?

– Ma fille est très douée. Elle a rusé. À présent, je m'inquiète pour elle. Elle a failli mourir noyée ce matin, et je comptais sur toi pour nous aider à la retrouver.

Jason apprécia la réponse et se demanda cependant pourquoi cet Angus était là. De toute façon, il aurait répondu aux questions. Pas besoin de toute cette mise en scène. À quoi jouaient-ils ?

– OK. Je crois que votre fille ne va pas bien. Je veux dire bien avant l'accident de ce matin.

– C'est ce qu'elle t'a dit ?

– Non, elle ne m'a rien dit. Mais c'est l'impression que j'ai eue. Votre fille est en détresse.

– C'est l'impression que tu as sur elle ou que la presse donne d'elle ? fit Angus qui reprit en main l'interrogatoire.

– La mienne. Elle sait très bien ce que la presse dit sur elle, et elle avait l'air d'en être blessée. En fait, elle m'a paru très fragile.

– À ton avis, pourquoi ma fille a pris la mer ce matin ? intervint Elliot.

Jason avait une réponse évidente. Mais pas facile à dire à un père inquiet.

– Ce n'est qu'une hypothèse, ne le prenez pas comme une certitude, mais il n'est pas impensable qu'elle ait voulu se suicider. Mais comme je vous le dis, je ne suis sûr de rien. En tout cas, elle a dû changer d'avis, car c'est elle qui a tiré une fusée éclairante pour qu'on la repère.

Il y eut un silence. Jason était toujours aussi mal à l'aise sous les regards des deux hommes. Il avala une petite gorgée de son scotch.

– Merci de ta franchise, nous pensons exactement la même chose, fit Elliot. Tu comprends désormais pourquoi nous craignons pour sa vie. On doit la retrouver le plus vite possible.

– Je comprends, mais je n'en sais hélas pas plus.

– Dis-nous de quoi vous avez parlé. Tu es la dernière personne à l'avoir vue. Elle t'a peut-être fait des confidences qui, sur l'instant, ne t'ont pas paru importantes. Réfléchis bien.

– Non, je ne crois pas.

– Écoute, on sait tous que souvent les proches ne voient pas les signes avant-coureurs du drame, car la personne suicidaire les cache soigneusement, continua Elliot. Malgré tout, l'instinct de vie se rebelle contre l'instinct de mort et, parfois, laisse passer de très faibles signaux qu'il faut savoir déchiffrer pour qu'on lui vienne en aide. Alors, encore une fois, je te le demande, fais un effort. Essaie de tout nous répéter dans les moindres détails. Peut-être qu'elle t'a confié un endroit qui lui plaisait particulièrement en ville ?

– D'accord. Laissez-moi deux secondes. Je vais essayer.

Jason but une nouvelle gorgée de scotch et se revit entrer dans la chambre d'hôpital de la jeune fille.

– Elle ne voulait pas vraiment me remercier de l'avoir sauvée, j'ai trouvé ça bizarre.

Angus hocha la tête pour l'inciter à continuer. Elliot fit la moue et but une gorgée de son whisky.

Jason essaya d'être le plus fidèle possible, n'omettant aucun détail, allant même jusqu'à raconter sa blague au sujet de *Bodyguard*, se prenant pour le fils spirituel de Kevin Costner. Puis son départ dès qu'Elliot et sa femme étaient arrivés.

Un silence pesant s'abattit sur eux quand il eut terminé. Jason était en nage. Il avait l'impression d'avoir joué sa vie dans cet interrogatoire.

– C'est très bien. Tu as été d'une grande utilité.

– Tu veux un autre scotch ? proposa Elliot.

Sans s'en rendre compte, il avait intégralement vidé son verre, pourtant bien rempli.

– Non, merci, ça va aller.

– OK. Dans ce cas, on ne va pas te retenir plus longtemps. Mais si jamais elle cherche à te joindre, tu nous appelles tout de suite. D'accord ?

Alors qu'Angus restait assis, imperturbable, Jason se leva et saisit la carte de visite qu'Elliot lui tendait. Il y avait plusieurs numéros.

– Je n'y manquerai pas. Je vous le promets.

Elliot eut un sourire triste. Caitlin quitta sa position près de la baie vitrée et vint lui ouvrir la porte.

– C'est très gentil à toi de nous avoir aidés, merci. Tu es un brave garçon. Encore merci.

Jason ébaucha un sourire, mais en avait par-dessus la tête d'être traité de « gentil garçon, brave garçon ».

« Merde, j'ai vingt-huit ans ! », eut-il envie de leur crier.

Mais il passa la porte sans rien dire et, quand il l'entendit se refermer derrière lui, il souffla un grand coup et, foulant l'épaisse moquette aux motifs colorés très originaux, il retrouva le vestibule du grand hôtel. Il se sentait épuisé. Il pensa appeler Emma, mais aussitôt il y renonça. Il craignait ne pas pouvoir supporter son manque d'empathie.

Jason réfléchit un instant, se dit que Keith était un meilleur choix, et il attrapa son téléphone.

# - 18 -

– Et voilà, dit Deckard.

Le lieutenant reprit son passe et le rangea dans son blouson.

– À vous l'honneur, Mademoiselle.

– Ce n'est pas un serrurier qui aurait dû faire ça? s'étonna Sandy.

– Exact, on aurait aussi très bien pu demander à un juge un mandat de perquisition et défoncer la porte, mais le système D, il n'y a rien de tel. Ça me rappelle mes années de délinquance.

– Très drôle, je suis à deux doigts de vous croire.

– Allez savoir.

Ils venaient d'arriver devant l'appartement de Roy Lukather. N'ayant pas trouvé de clé sur le cadavre, Deckard avait utilisé son passe pour ouvrir la porte.

Dubitative, Sandy secoua la tête et entra la première. L'appartement était situé au deuxième étage d'un petit immeuble au 698 Anapamu Street. Elle s'attendait à un foutoir et fut surprise de trouver un intérieur très bien entretenu. Loin des odeurs de renfermé, ou de rat crevé comme elle l'avait imaginé.

– Il y a une femme qui vit ici, en conclut Sandy.

– Oh, le préjugé! Vous croyez vraiment qu'un homme seul n'est pas capable de savoir tenir en ordre son appartement?

– Jusqu'à preuve du contraire, non.

– Roy Lukather en est la preuve.

– Non, je vous parie qu'il a une petite amie qui vient lui faire le ménage.

– Vous êtes incroyable. Oubliez ce que j'ai dit ce matin à propos de votre augmentation.

– Vous ne feriez pas ça ?

– Tant que vous ne vous excuserez pas, si.

– Dans ce cas, je veux voir votre appartement. S'il est aussi bien rangé, je ferai tout ce que vous voulez.

– Vous vous enfoncez, sergent. Et pour votre gouverne, vous devez déjà faire tout ce que je veux, je suis votre supérieur. Ne l'oubliez jamais.

– Non, mais...

Mais Deckard ne put retenir un sourire malicieux.

– Allez, on arrête les bêtises. On a du travail.

Sandy s'avança et le remercia intérieurement de la façon dont il avait su dédramatiser leur enquête. Elle avait été beaucoup plus choquée qu'elle ne le prétendait en entrant dans la morgue. Toujours prendre du recul et, surtout, ne pas s'identifier à la victime, ne pas personnaliser. Ne penser qu'à l'énigme et à sa résolution.

Sandy s'avança dans le salon. Table basse, canapé, télévision sur un meuble, chaîne hi-fi. Sur des étagères des CD : Beatles, Rolling Stones, Jimmy Hendricks... Uniquement du vieux rock. Mais aussi des DVD : *Alien, Massacre à la tronçonneuse, Vendredi 13, Blair witch*... rien que des films d'horreur.

– Un certain goût pour les frissons, remarqua Deckard qui regardait par-dessus son épaule.

– Oui, ça me fait bizarre. J'ai l'impression qu'on ne devrait pas être là.

– Comme si on violait son intimité ?

– Exactement.

– C'est tout à fait le cas. Et c'est tout à fait normal que vous ressentiez cela. L'inverse me préoccuperait.

– Ah oui ?

– Bien sûr. Même si on doit prendre du recul, il n'en reste pas moins que nous ne sommes pas des robots, et demeurer totalement insensible est bien pire que l'être trop.

– Pourtant, vous avez l'air de prendre tellement de distance.

– J'étais comme vous lors ma première affaire de meurtre. Et puis, on se blinde avec les années. On se forge un mental. Mais jamais je n'oublie sur quoi on travaille. Un homme a été tué. Pas un objet volé ni une querelle de voisinage. On parle de ce qu'il y a de plus sacré au monde : la vie d'un être humain.

Toute trace d'humour avait définitivement disparu. Elle aimait encore davantage travailler avec lui. Savoir toujours faire la part des choses. Entre légèreté et sérieux. Étonnant qu'aucune femme n'ait mis le grappin sur lui. Elle réalisa alors qu'elle ne savait vraiment rien de sa vie privée. Absolument rien, si ce n'est qu'il vivait avec Garfield, son chat.

– Merci, lieutenant.

Il sourit et ils continuèrent leur inspection.

Pas de trace d'ordinateur dans le salon. Sandy s'avança dans le petit couloir de l'appartement, elle passa devant la cuisine, continua son chemin jusqu'à la chambre du fond. Un grand lit, des étagères et un petit bureau où reposait un gros livre, le dernier Stephen King.

Elle le prit en main et vit que le coin de la page 322 était corné.

« Jamais tu ne sauras la fin, se dit-elle en pensant à Roy. Ne pas penser à ça. »

Elle s'efforça de chasser de ses pensées le cadavre, sur la table de dissection, qui revenait hanter sa mémoire. Elle reposa le livre et chercha dans le tiroir, mais toujours pas d'ordinateur.

Tout le monde en a un, de nos jours. Était-il pensable qu'il l'ait emporté avec lui ? Ou que quelqu'un soit passé avant eux et l'ait volé ?

Elle entendit du remue-ménage dans la cuisine. C'était Deckard qui fouillait à fond, ouvrant et refermant bruyamment les tiroirs et les portes des placards.

Sandy se ressaisit et ouvrit une grande penderie. D'un côté, sur des cintres, des vestes, chemises et pantalons. De l'autre, des étagères et des tiroirs dans lesquels étaient rangés ses sous-vêtements et ses pulls impeccablement pliés. Un garçon très ordonné. Apparemment aucun vêtement féminin. À l'évidence, Roy vivait seul. Pas de femme à la maison. Elle était obligée de revoir ses préjugés concernant le manque d'ordre des garçons !

Elle eut alors une idée et ressortit de la chambre pour aller dans la salle d'eau. Un carrelage rose bonbon. Une douche. Un étendoir replié. Et devant le lavabo, un verre avec une seule brosse à dents. Pas de doute, il vivait bien seul.

– Si vous voulez prendre une douche, faites-vous plaisir, dit Deckard.

– Non, je voulais...

Mais pourquoi se justifier ?

– Vous êtes bête.

Deckard sourit à son propre trait d'humour.

– Rien dans le salon, rien dans la cuisine. Je suppose que vous n'avez rien trouvé dans la chambre ?

– Non. Pour être honnête, je n'ai pas fouillé de fond en comble. S'il y a un ordinateur quelque part, il n'est pas du tout mis en évidence.

S'appuyant contre le chambranle de la porte de la salle de bains, Deckard fit la moue.

– Vous cachez votre ordinateur quand vous sortez de chez vous ?

– Non, et je crois bien que personne ne le fait, reconnut Sandy.

– Exactement, soit il est parti avec, soit il était parano et ne tenait pas à ce que quelqu'un le trouve.

– Je parierais sur la deuxième hypothèse. Peut-être parce qu'il contenait des fichiers compromettants.

– C'est ce que je pense aussi. On va devoir penser différemment, chercher les recoins les plus improbables.

– Genre, dans la cuvette des toilettes ?

– Oui, je vous laisse regarder, moi je tape sur le carrelage et je vois si ça sonne creux.

– Et pourquoi on ne ferait pas l'inverse ?

Deckard sourit et ils reprirent leur fouille systématique. Ils visitèrent toutes les armoires, tous les placards de la cuisine, ils vidèrent tous les tiroirs. Ils regardèrent sous les meubles, le lit, ils les déplacèrent. Ils enlevèrent les coussins du canapé, le matelas du lit, mais chaque fois, rien.

Deckard se retrouva dans la buanderie et avait fini de fouiller quand Sandy revint, le front couvert de sueur.

– Je crois que ça ne sert à rien. Il devait avoir son ordinateur avec lui quand on l'a tué. Tant pis.

Deckard était dépité. Le regard fixé sur le hublot de la machine à laver, il maugréa dans sa barbe. Il se sentait tellement frustré. Aucun indice, pas le moindre début de piste.

– Qu'est-ce que vous regardez ?

– Quoi ? dit-il, en sortant de ses ruminations.

Sandy comprit qu'il avait seulement laissé errer son regard. Cependant, bien que l'idée lui paraisse absurde, elle s'accroupit devant la machine à laver.

– Vous avez raison, il est toujours temps de faire une lessive, se moqua Deckard.

Sandy sourit et ouvrit le hublot. Elle entra sa main dans la machine, et soudain se mit à crier.

– À l'aide !

Deckard sursauta, et Sandy explosa de rire.

– Je vous ai eu !

– Très amusant. J'ai vraiment cru qu'un gremlin vous avait arraché le bras.

– Non, pas un gremlin, dit Sandy.

Et toute fière d'elle, elle sortit un MacBook enfermé dans un sac en plastique.

– C'est bon, vous l'avez votre augmentation. Faites voir ça.

Elle lui tendit son trophée, et il le sortit du sac.

– J'ose espérer que tous les secrets de notre homme seront à l'intérieur.

– On va le savoir tout de suite. Vous l'allumez ?

Deckard fronça les sourcils.

– Un type aussi parano a obligatoirement mis un mot de passe.

– Essayez, ça ne coûte rien.

Pas faux. Deckard ouvrit l'ordinateur portable et appuya sur la touche pour l'allumer. Et comme il s'y attendait, un mot de passe était demandé.

Sandy s'était approchée de lui et réalisa que cela tombait tous le sens.

– Si vous voulez essayer « 1234 », « azerty », ou encore « motdepasse », je vous le confie.

– Non, ça va aller, fit Sandy. On va trouver la solution.

– Elle est toute trouvée. Ça part direct au labo de la scientifique à Los Angeles et dès qu'ils nous l'auront hacké, on sera fixés.

Deckard ressortit de la buanderie et remonta le couloir.

– Lieutenant, pourquoi faire appel à la scientifique ? Et si, sans faire exprès, ils détruisaient toutes les données.

– Ce sont des « experts ». Vous ne regardez jamais la télévision ?

– Je sais bien. Mais s'il est aussi parano qu'on le pense, peut-être a-t-il mis des garde-fous, du genre tout s'efface à la moindre erreur.

– Possible, je mettrai une note à leur intention, et ils feront très attention.

Sandy se posta devant lui et l'empêcha d'avancer.

– Lieutenant, si je vous dis que je connais le plus grand hacker de la planète, quelqu'un qui pourrait ouvrir cet ordinateur sans risque de détériorer des fichiers, vous diriez quoi ?

– Je vous demanderais de me donner son nom et nous irions l'arrêter de ce pas.

– Non, sérieusement, je connais un informaticien qui pourrait nous l'ouvrir en un rien de temps et, au moins, on serait sûrs qu'on ne nous cache pas d'informations. Imaginez, aussi bien, il y a le nom de l'assassin de Kennedy ?

– Complotiste à présent ? se moqua gentiment Deckard. Je comprends que vous soyez pressée, mais apprenez qu'une affaire de meurtre, surtout crapuleux, peut mettre des semaines, voire des mois à être résolue. La patience est le b.a.-ba de notre métier.

– Je sais mais, s'il vous plaît, on pourrait quand même essayer.

Deckard comprit qu'elle ne lâcherait rien et redevint sérieux.

– C'est une pièce à conviction dans une affaire de meurtre. Vous pensez bien que je ne vais pas confier cet ordinateur à un hacker que je ne connais pas et à qui je ne peux faire aucune confiance ?

– Vous pouvez avoir confiance en lui, je vous le promets.

– Je suis désolé, sergent, mais c'est non. Il part dès ce soir pour la scientifique de Los Angeles.

– Et si je vous dis que cet homme, c'est mon père ?

Deckard en resta coi.

– C'est une plaisanterie ?

– Non, mon père est informaticien. Quand il était jeune, il craquait tout ce qu'il voulait. Depuis, il s'est rangé, mais il est toujours aussi doué. Laissez-lui une chance. Mon père n'est pas un criminel.

– Je n'en doute pas, mais...

– Mais quoi ?

– Dans ce cas, je viens avec vous et je le regarde faire. Si j'ai la moindre crainte, je repars tout de suite.

– Super, on fait comme ça. Vous me suivez ?

# - 19 -

– Je peux vous poser une question très indiscrète ? demanda Keith.

Il était toujours assis sur les gradins du stade de baseball. Cela faisait plus d'une heure qu'ils parlaient à bâtons rompus de façon très agréable. Cinéma, musique, mais aussi politique locale, touristes qui envahissaient Santa Barbara en période estivale. Elle se livrait avec beaucoup de franchise et surtout beaucoup d'humour. Une vraie pile de bonheur.

– Ce n'est pas ce que vous faites depuis qu'on est là ? répondit Roxane.

– J'ai dit « très » indiscrète.

– Je vous écoute.

Keith se racla la gorge.

– Vous m'avez dit que vous aviez un petit copain. (Il regarda ostensiblement l'alliance qu'elle portait au doigt) C'est plus que ça, non ?

– Très observateur. La plupart de mes relations ne s'en rendent même pas compte.

Était-ce un aveu d'adultère ? Une femme vraiment très libérée. Un couple libertin ? Elle n'avait pas parlé une seule fois de son mari.

– Quand je vous ai contactée pour faire cette interview, vous m'avez dit être une mère célibataire avec deux enfants. Pourquoi me cacher que vous aviez un mari ?

Roxane baissa les yeux sur ses mains. Elle fit doucement tourner l'alliance qu'elle portait à l'annulaire.

– Je ne vous ai pas menti. Je ne suis plus mariée à proprement parler, même si je n'ai pas divorcé.

Keith s'étonna de cette réponse. Une femme séparée dont le mari refusait le divorce, mais qui voyait régulièrement d'autres hommes ?

– Excusez-moi, mais je ne comprends pas.

– C'est normal. Vous ne pouvez pas savoir.

Roxane redressa la tête et il découvrit un visage empreint de tristesse.

– Mon mari est mort il y a trois ans en Syrie. Il était militaire. Un simple soldat qui a sauté sur une mine.

– Je suis vraiment désolé.

– Vous n'y êtes pour rien. Et si je déteste parler de ma jeunesse, je déteste encore plus parler de ça.

– Je comprends. On n'en parlera plus.

Roxane secoua la tête, mal à l'aise.

– En fait, peut-être que je devrais, mais je me refuse à voir un psy. Mes enfants, eux, ont été suivis par quelqu'un. Je n'arrive pas à faire mon deuil, c'est tellement injuste. On avait tout pour être heureux.

Keith serra les dents et regarda le petit Flint qui jouait sur le stade. Un garçon qui, contrairement à lui, n'avait pas arrêté le base-ball à la mort de son père. Pensée égocentrique, mais comment ne pas faire le rapprochement avec la mort de son propre père en écoutant cet aveu.

– Le pire est que vous n'imaginez même pas la galère que ce fut pour réussir à avoir une pension. Nos hommes se font tuer sur le champ de bataille et, derrière, il y a plus personne pour vous venir en aide.

Keith connaissait les difficultés des anciens combattants. Pour les médailles, pas de problème. Pour les pensions de veuves, c'était une autre histoire. Le pays qui dépensait le plus pour son armée en faisait aussi le moins pour ses vétérans.

– Si vous n'avez rien obtenu, vous pouvez faire un procès...

– Non, surtout pas. Laissez tomber, dit-elle sur la défensive. Ce n'est pas ce que j'ai dit. Mais que représentent quelques dizaines de milliers de dollars par rapport à une vie ?

– Je suis bien d'accord.

Roxane soupira :

– Au fait, pendant qu'on est dans le déballage très personnel, autant vous l'avouer tout de suite, je n'ai pas de petit ami en ce moment. D'ailleurs, je n'ai jamais présenté aucun homme à mes enfants depuis la mort de Samuel.

– Pourquoi m'avoir dit le contraire ?

– Parce que j'ai cru que vous vouliez me draguer. Votre façon peu délicate ce matin de venir me voir au travail. Mais je me suis trompée. J'ai confiance en vous, à présent.

– Vous le pouvez, Roxane.

Et il le pensait sincèrement. Si elle était particulièrement mignonne et vive d'esprit, elle n'entrait pas du tout dans ses critères. Cette femme recherchait avant tout un père pour ses enfants, plutôt qu'une aventure, ou une passion d'été. Tout l'inverse de ce que lui recherchait

Un sifflet retentit dans le stade.

– Voilà, c'est la fin du match, dit Roxane. Le temps qu'il se change et on repart chercher Lisa. Vous venez avec moi ?

Le sourire était réapparu sur son visage.

– Avec grand plaisir. Je vous l'ai dit, je ne vous quitte plus durant ces trois jours.

* * *

– Et voilà, tout le monde descend, s'exclama Roxane d'un ton enjoué.

Les deux portières arrière s'ouvrirent en même temps. Flint et Lisa jaillirent du véhicule et remontèrent l'allée jusqu'à leur petite maison.

– Vos enfants sont adorables, dit Keith, la main sur la poignée de sa portière.

Il n'en revenait pas. Le temps avait passé si vite. Presque trois heures en compagnie de cette jeune femme, et cela lui avait paru très court.

– Désolée, mais ils ne sont pas à vendre, je les garde, plaisanta Roxane, tout sourires.

Elle attrapa son sac et sortit de sa voiture. Keith vint la rejoindre et ils remontèrent l'allée côte à côte, alors que les enfants trépignaient devant la porte.

– Maman, j'ai envie de faire pipi ! s'écria Flint.

Roxane accéléra le pas et lui ouvrit vite la porte. Flint s'engouffra dans l'ouverture, suivi de Lisa qui monta directement à l'étage en direction de sa chambre.

Roxane entra dans le salon et posa son sac sur le canapé, dans lequel elle s'affala. Elle poussa un grand soupir, l'air totalement épuisé.

– Vous vouliez savoir ce qu'était la journée d'une femme moderne, vous l'avez vue.

– Je ne suis pas certain d'avoir vu votre vrai visage, dit Keith qui s'assit sur le fauteuil face à elle.

– Qu'est-ce que vous sous-entendez ?

– Vous êtes trop parfaite, que ça en devient presque louche.

– Non, mais... (Elle s'arrêta au milieu de sa phrase et le menaça du doigt.) Apprenez, cher journaliste, qu'une femme qui vient d'enchaîner un travail matinal particulièrement épuisant, suivi d'un repas en famille avec ses enfants, puis une sortie à un match de base-ball et des cours de danse, n'a plus aucun humour quand elle rentre chez elle.

– Désolé. Vous m'avez réellement impressionné. Et je suppose que c'est comme ça tous les jours.

– Non, des fois c'est pire. La voiture qu'il faut amener au garage, un enfant malade, un problème avec la banque à régler... je ne vous en parle pas. C'est l'enfer.

– Je veux bien l'admettre, mais votre enfer me plaît tout de même beaucoup.

Keith était sous le charme. Roxane était une femme pétillante, pleine de vie et d'envies. Ils avaient à peine effleuré ses rêves et ses espoirs. Keith ne doutait pas de faire sa meilleure chronique pour le journal. Tout le monde allait adorer Roxane et ses enfants. Oui, il était pressé de rentrer chez lui pour pouvoir commencer à coucher tout ça sur le papier. En même temps, il n'était pas impatient du tout de la quitter.

– Bon, j'ai été ravi de votre compagnie, mais je crois qu'il est temps que je vous dise au revoir, dit Roxane. J'ai un dîner à préparer pour ces garnements et j'aimerais bien prendre une douche avant.

– Je comprends, dit Keith.

Mais, vautré sur son fauteuil, il était incapable de se lever. Il était bien et n'avait pas envie que ce moment s'arrête si vite. Une idée jaillit en lui et il l'exprima à haute voix :

– Je me demandais, ça vous dirait un restaurant ? Vous et les enfants. C'est le journal qui paie.

Puisqu'ils n'avaient que trois jours à partager, autant en profiter au maximum.

Roxane sourit, mais secoua la tête.

– Je crois que je suis trop fatiguée pour sortir. Mais merci de...

– Non, maman, je veux aller au restaurant, dit Lisa qui passa la tête dans le salon.

– Petite espionne. Qu'est-ce que tu faisais là ? Retourne dans ta chambre.

– Non, s'il te plaît, je veux aller au restaurant.

Lisa s'approcha de Keith et lui fit son sourire le plus enjôleur.

– On pourrait aller au *McDonald?* J'adore les chicken Wings. C'est trop bon, et aussi les McFlurry.

– Lisa, je t'en prie, retourne dans ta chambre. J'arrive.

– Non, on va jamais au restaurant. Monsieur Morrison, s'il vous plaît.

– On fera ça un autre jour. Je vous le promets.

– Maman, on va au restaurant ? intervint Flint qui revenait des toilettes.

Roxane eut un rire désespéré.

– Vous voyez ce que c'est ? dit-elle en soupirant. OK, vous avez gagné, mais laissez-moi me reposer cinq minutes, et on ne rentrera pas tard, d'accord.

– Oui, oui ! s'exclama Lisa qui sauta sur sa mère.

Flint arriva par-derrière le canapé et bascula sur les deux femmes de la maison.

Keith ne put se retenir de rire.

– Je passe vous chercher à 19h30, ça vous va ?

Roxane réussit à sortir un bras de sous ses enfants surexcités, et regarda sa montre. 18h02.

– Parfait, et surtout soyez à l'heure.

– Je n'y manquerai pas.

Keith sortit de la maison sous les remerciements des enfants. À peine avait-il fait un pas dans l'allée en direction de sa voiture que son téléphone sonna.

Jason.

– Keith, tu peux passer à mon appart ?

# - 20 -

Accoudé au balcon de sa terrasse, Jason regardait d'un œil absent les fenêtres de ses voisins d'en face.

À peine 18h30, et il avait l'impression que la journée avait duré un siècle. Il se revoyait au petit matin recevant les photos de la naissance de Charlotte. Ensuite, la sortie en mer et le sauvetage de Vicky, puis le déjeuner avec Keith et Sandy au *Moby Dick*, suivi d'une petite escapade dans les bureaux de la *Trenton House & Building* pour voir Emma et, pour finir, direction l'hôtel *Carlton* et l'interrogatoire d'Elliot Lance à subir !

Enfin, il était de retour chez lui.

Une bière à la main, il la porta à ses lèvres et réalisa qu'elle était déjà vide.

Jason retournait à l'intérieur quand on sonna à la porte.

– Entre, dit-il à Keith en lui ouvrant.

Ils passèrent le couloir et allèrent dans la cuisine américaine attenante au salon. Jason s'approcha du frigo.

– Une bière ?

– Avec grand plaisir.

Jason en sortit deux et les décapsula.

– Tiens.

– Merci, dit Keith. Je peux enfin savoir ce que tu avais de si important à me dire ?

– Viens, on se met sur la terrasse.

Ils s'installèrent sur des transats et apprécièrent le soleil déclinant de cette fin d'après-midi.

– Je te le dis tout de suite, j'ai un rendez-vous à 19h30, et je ne peux absolument pas être en retard, le prévint Keith.

La rue commerçante en dessous d'eux bourdonnait des passants et des voitures qui y circulaient.

– Toi, ponctuel ? C'est impossible, s'en amusa Jason. Ce n'est pas dans ton ADN.

– Tu as raison, mais là, je n'ai vraiment pas le choix.

– C'est quoi comme rendez-vous ? Le boulot ?

– Si on veut. C'est la danseuse dont je vous ai parlé à midi.

Jason eut un grand sourire complice.

– Non, ne me dis pas que tu l'as déjà emballée.

– Non, c'est juste professionnel. Elle est vraiment passionnante.

Jason éclata de rire.

– Arrête ton char, tu veux la mettre dans ton lit ! C'est tout.

– Pas du tout, elle n'est même pas mon genre de fille. Et, en plus, elle a deux gamins.

– Je vois. Mais depuis quand ça te gêne ?

– Écoute, on peut parler d'autre chose ? Je croyais que c'était toi qui voulais me parler ?

Jason prit sa bière, en but une gorgée avant de répondre.

– Je m'inquiète pour Vicky Lance.

Keith s'étrangla et faillit recracher sa gorgée de bière. Jason fit la moue.

– Excuse-moi, mais qu'est-ce que c'est, cette connerie ? Depuis quand tu es fan ?

– Je ne suis pas fan, mais c'est moi qui l'ai sauvée et je me sens responsable.

– Et alors ?

Jason réalisa que, peut-être, il n'avait pas entendu les informations.

– Tu n'es pas au courant ?

– De quoi ?

– Vicky Lance a disparu.

Keith le regarda avec étonnement.

– C'est-à-dire ?

– Elle s'est enfuie de l'hôpital où elle était en observation. Ça passe en boucle sur les chaînes d'info. Son père a lancé un appel à témoins.

– Désolé, je l'ignorais.

D'habitude plus à l'écoute, Jason apprécia peu le manque d'intérêt de son ami pour ses tourments.

– Tu as fait quoi cet après-midi ? Cette danseuse t'a retourné la tête !

– C'est bon, lâche-moi avec ça, s'agaça Keith. C'est quoi, cette histoire de disparition ?

– Je n'en sais pas plus. Mais ce que je sais, c'est que cette fille ne va pas bien, et je crains le pire.

– Arrête, tout le monde connaît la réputation de Vicky Lance. Je suis sûr que c'est un coup de marketing. Elle va réapparaître dès demain, comme par magie. Elle a un concert ici, demain soir, il me semble.

– Oui, et alors ?

– Tu paries qu'elle n'a pas assez vendu de places et que c'est juste une opération-marketing ?

– Tu te trompes, j'ai été appelé par le père de Vicky. J'ai eu l'impression de passer un véritable interrogatoire. Il s'inquiète vraiment.

– Comment ça ?

Jason lui raconta tout en détail. Keith perdit son sourire narquois et comprit enfin la gravité de la situation.

– Il croit vraiment qu'elle peut se suicider ?

– Oui, et je le crois aussi. Quand je lui ai parlé à l'hôpital, c'était une fille en souffrance. Elle allait me dire ce qu'elle avait sur le cœur, mais elle n'a pas eu le temps.

– Du genre, un grand secret qui la mine depuis toujours ?

– D'accord, ça fait hyper-mélo, mais je te promets, je m'inquiète.

– OK, mais qu'est-ce que tu peux faire ?

– Je n'en sais rien, mais je me dis qu'il y a bien un moyen d'agir.

– Franchement, je ne vois pas lequel.

– Je sais, mais si on la retrouve morte, je me sentirai terriblement responsable.

– Je ne vois pas pourquoi.

– Parce que je n'ai pas su entendre son appel à l'aide. Je n'aurais pas dû la laisser toute seule.

– Arrête. Primo, elle ne va pas mourir, deuzio, tu n'es rien pour elle. Ne le prends pas mal, mais je suis sûr qu'elle ne se souvient déjà plus de ton prénom.

Jason entendait le bien-fondé du raisonnement de Keith, mais c'était plus fort que lui, il sentait qu'il devait faire quelque chose.

– Dans un mois, si elle te croise dans la rue, elle ne te reconnaîtra même pas.

– OK, c'est bon, j'ai compris.

Keith ressentait le malaise de son ami, mais il se devait de le faire redescendre sur terre.

– En plus, elle en pense quoi, Emma ?

– De quoi ?

– De ton obsession pour cette fille ? Tu crois qu'elle le prendra bien ?

– Elle s'en fout complètement. Justement, je suis allé lui en parler tout à l'heure, c'est à peine si elle a pris le temps de m'écouter. Parfois, je me demande ce qu'elle ressent et je me dis que c'est un monstre froid pour éprouver aussi peu d'empathie.

– C'est pas toi qui me disais, la semaine dernière, qu'elle était la fille la plus extra avec qui tu étais jamais sorti ?

Jason maugréa et but une longue gorgée de bière avant de répondre.

– Ouais, mais parfois, elle m'insupporte. Elle peut être hyper-attachante, et dans l'heure qui suit, tellement distante.

– Elle sait que c'est la meilleure façon de te garder. Elle est très maligne au contraire. On sait tous que les hommes aiment les « chieuses ».

– Tu as raison, mais un jour, je vais finir par me lasser.

– Et ce jour-là, elle saura être la plus délicate. Tu es foutu. Au départ, je ne pariais pas beaucoup sur Emma, mais maintenant, je me dis que c'est avec elle que tu vas finir tes jours.

Jason pensait de temps en temps à cette éventualité et n'y était pas forcément opposé, mais des jours comme aujourd'hui, elle lui paraissait bien lointaine.

Keith but lentement une rasade de bière et s'essuya les lèvres du revers de la main.

– Écoute, franchement, tu te fais du mauvais sang pour rien. Si cette fille était suicidaire, les journaux en auraient déjà parlé. Elle est bizarre, excentrique, mais pas suicidaire.

– J'espère que tu as raison.

– J'ai raison. Allez, faut que j'y aille, j'ai un rendez-vous. Merci pour ta bière.

– Ta danseuse ?

– Exactement.

Keith se leva et, quittant la terrasse, rentra dans l'appartement.

– Ne t'en va pas comme ça, dit Jason qui le suivit. Dis-m'en plus sur elle.

Même s'il n'était obsédé que par l'avenir de Vicky, il n'oubliait pas que l'amitié avait deux incontournables : se faire comprendre et savoir écouter.

– Non, je te l'ai dit, je ne veux pas être à la bourre. Il faut que je passe chez moi.

– Tu vas te faire beau pour ta belle.

– Si ça te fait plaisir, oui.

– OK, vas-y, lâcheur. Mais demain, je veux tout savoir en détail.

– Tu sauras tout, mais ça risque de ne pas beaucoup t'intéresser. Je veux seulement la faire parler de sa vie pour faire un bon papier. Rien de plus, rien de moins.

Jason le toisa de son regard moqueur, ce qui était plus insupportable qu'une réplique bien sentie.

Keith tourna les talons et passa la porte d'entrée.

Jason se retrouva seul dans son appartement. Il retourna sur sa terrasse.

Son téléphone sonna. Numéro inconnu. Encore le père de Vicky, se dit-il.

Il hésita. Mais peut-être avait-il de bonnes nouvelles à lui annoncer. Il décrocha.

– Allô ?

– Jason Zimmer ?

Il reconnut aussitôt la voix.

– Oui, Vicky. Où êtes-vous ?

– Aidez-moi !

# - 21 -

Au volant de sa New Beetle rouge, Sandy arriva sur Grove Lane. Une longue rue bordée de jacarandas en fleurs et de petits pavillons de belle facture, séparés par des haies de buis et de larges pelouses bien entretenues. Le quartier idéal pour la classe moyenne supérieure dont sa famille faisait partie.

Après avoir vérifié dans le rétroviseur intérieur que son supérieur la suivait toujours, elle mit son clignotant et se gara le long du trottoir.

Elle sortit de sa voiture et apprécia le petit vent chaud de cette fin de journée. Le soleil commençait à basculer sous les arbres, donnant à sa rue une lumière particulière.

Sandy aimait cette heure où chacun rentrait chez soi. La fin de la journée et le retour en famille. C'était son quartier et elle y revenait toujours avec plaisir et un brin de nostalgie.

Deckard la rejoignit, l'ordinateur de Roy Lukather dans sa sacoche.

– C'est mignon par ici. C'est là que vous avez toujours vécu ?

– Oui, fit Sandy qui ajouta : Mais il faut que je vous prévienne d'une chose. Mes parents sont un peu bizarres.

Si l'idée de faire appel à son père lui paraissait toujours aussi bonne, elle réalisait que Deckard risquait de paraître très décontenancé par leur attitude.

– C'est-à-dire ?

– J'adore mes parents, mais ils ont un humour bien à eux. Alors, si jamais ça vous choque, je vous demande de ne pas y faire attention.

– OK, dit Deckard, pas certain d'avoir tout compris.

Ils remontèrent l'allée fleurie et sans sonner, Sandy ouvrit la porte. Petit vestibule cosy. Une alléchante odeur de cuisine les accueillit.

S'essuyant les mains sur son tablier, une femme sortit de la cuisine.

– Sandy ? Mais qu'est-ce que tu fais là ?

– Je viens voir papa. J'ai besoin de son aide.

– Bonjour, Madame, dit Deckard.

– Bonjour, répondit Meredith Dawson en s'avançant.

– Maman, je te présente le lieutenant James Deckard, c'est mon supérieur.

Meredith le regarda comme la huitième merveille du monde.

– Vous savez, vous êtes un vrai héros pour ma fille. Elle vous adore.

– Maman, s'il te plaît...

– Vous êtes marié, Monsieur Deckard ? reprit Meredith.

Deckard sourit, un tantinet gêné.

– Non, divorcé.

– Maman, tu peux retourner dans la cuisine ? s'agaça Sandy, les joues rouges comme une pivoine.

Meredith fit la grimace.

– Ton père est dans le jardin. Et si je peux me permettre, lieutenant, ce n'est quand même pas très normal d'interdire aux gens d'arroser leurs gazons et leurs plantes.

– Je n'y suis pour rien, Madame Dawson, c'est la mairie qui décide des restrictions d'eau. Mais avec la pluie d'hier soir et de ce matin, cela devrait aller mieux.

– Si vous le dites. C'est bien beau d'habiter au paradis, mais si c'est pour avoir un jardin sec et horrible, autant vivre dans l'Arizona !

Elle retourna dans sa cuisine, et Sandy lui souffla à mi-voix.

–Vous avez compris ce que je voulais vous dire sur mes parents ?

Deckard étouffa un petit rire.

Ils passèrent le couloir et entrèrent dans le salon. La grande baie vitrée était ouverte. Dehors, Robert Dawson était occupé à tailler la haie.

–Attendez-moi là, je vais le chercher.

Sandy traversa le jardin et s'approcha de son père qui se retourna vers elle.

–Bonjour, mon trésor. Tu devais manger avec nous ce soir ?

–Non, je viens pour le boulot. J'aurais besoin de ton aide. Tu peux venir ?

Robert Dawson tourna la tête et vit un homme dans son salon.

–C'est qui, lui ? Ton chef ?

–Oui. On peut aller dans ton bureau ? Je vais tout t'expliquer.

–Vas-y, je me change et je vous rejoins, dit Robert qui s'essuya les mains sur sa salopette de jardinage.

* * *

–Reposez-le, je vous en supplie. Si vous l'abîmez, il va vous tuer !

Deckard le remit à sa place et parcourut les titres des livres.

–Asimov, Silverberg, Spinrad, K. Dick, Herbert. Votre père a très bon goût.

–Vous aimez la science-fiction ?

–Vous connaissez un garçon normal qui n'aime pas ça ?

Pas faux. Sandy était contre toute forme de cliché sexiste, mais qu'elle le veuille ou non, que cela soit génétique ou juste un endoctrinement sociétal, les garçons n'avaient pas les mêmes goûts que les filles... ou presque !

– Je suis une fille et j'adore.

Deckard la regarda d'un air étonné.

– Vous ne m'en parlez que maintenant ?

Était-ce un vrai reproche ? Elle allait lui répondre sur le même ton quand la porte s'ouvrit.

– Bonjour. Désolé de vous avoir fait attendre. Robert Dawson. Je suis le papa de Sandy, dit-il en tendant la main.

Il avait quitté sa tenue de jardinier et enfilé un jean et une chemise blanche.

– James Deckard, son collègue.

– Je sais, et je vous remercie mille fois de la supporter, dit-il. Je ne vous demande qu'une chose, ne la tuez pas si elle vous pousse à bout.

– J'y ai déjà songé, mais finalement, on s'habitue.

– Lieutenant ! le reprit Sandy, effarée.

Elle envoya son plus mauvais regard à son père. Pourquoi faisait-il toujours des blagues pourries !

– Vous êtes un excellent flic à ce qu'il paraît, reprit Robert d'un ton sérieux. Je suis ravi que ma fille soit en binôme avec vous.

– Papa, je suis sous ses ordres.

Pourquoi racontait-il n'importe quoi ? s'agaça-t-elle.

– Depuis quand tu écoutes les ordres ? s'en amusa Robert.

– Papa, ce n'est vraiment pas le moment de plaisanter. On est sur une affaire de meurtre.

– Un meurtre ? Tu travailles sur un meurtre ?

Le visage de Robert Dawson avait perdu d'un coup toute frivolité.

– Oui, au cas où tu l'aurais oublié, je suis flic et, justement, j'aurais besoin de tes services.

Robert se passa une main sur ses joues.

– Rassure-moi, tu ne risques rien ?

– Mais non, papa. C'est juste une mort suspecte, pas celle d'un tueur en série sadique et pervers.

– D'accord, mais je ne vois pas trop ce que je peux faire pour vous.

Sandy montra l'ordinateur qui était posé sur son bureau.

– Il faudrait que tu nous le craques.

Deckard se racla la gorge et, aussitôt, le prévint :

– Surtout faites très attention. Il ne faudrait pas que... comment dire...

– Que j'écrase le disque dur, sans faire exprès, compléta Robert.

– Oui, valida le lieutenant. En vérité, je souhaitais faire passer cet ordinateur à la police scientifique, mais votre fille est persuadée que vous pouvez faire aussi bien et plus vite.

Robert hocha la tête d'un air assuré, puis alla s'asseoir à son bureau et attrapa le MacBook.

– Je ne veux pas me vanter, mais je suis sûr que je peux le faire.

– Sûr et certain ? insista Deckard.

– Tout est possible quand on sait s'y prendre.

– Dans ce cas, allez-y.

Sandy ne put réprimer un soupir de soulagement.

Robert ouvrit un des tiroirs du bureau et en sortit des câbles, un disque dur amovible et un boîtier de dérivation.

– C'est dommage que ce soit un Mac, ils sont en système fermé.

– Désolé, mais pour moi l'informatique, c'est du chinois.

– Ce que je veux dire, c'est qu'il n'y a rien de plus facile que de pirater un PC sous Windows. Mais bon, même un Mac a ses failles, et à moins que la personne à qui il appartient soit un génie, je devrais pouvoir l'ouvrir sans problème.

– A priori, son propriétaire n'est pas un expert en informatique, mais peut-être l'a-t-il fait calibrer par quelqu'un.

– Ne vous inquiétez pas. Faites-moi confiance.

Deckard se demanda s'il ne prenait pas une très mauvaise décision. Et si l'homme était loin d'être aussi bon que Sandy le prétendait ? Toutes les filles adulent leur père. Peut-être le surévaluait-elle ?

– Vous savez, j'ai déjà aidé ma fille, il y a huit ans, dans une histoire de harcèlement à la sextape et, grâce à moi, on a démasqué le coupable.

Sandy eut envie de lui hurler de se taire, mais c'était trop tard ! Ne se rendait-il pas compte qu'il parlait à un vrai flic. Tout ce qu'ils avaient fait était strictement illégal et ils encouraient la prison pour ça.

– Non, je l'ignorais, admit Deckard, embarrassé.

– Il dit n'importe quoi, intervint Sandy, mortifiée, qui se reprit : On te demande juste d'ouvrir cet ordinateur. Tu peux ou tu peux pas ?

– OK, calme-toi, j'y arrive.

Robert brancha le petit boîtier de dérivation au disque dur externe puis au MacBook, le tout relié à son propre clavier numérique.

– C'est parti.

Il fit craquer toutes les articulations de ses doigts et commença à taper une série de codes. Le dérivateur se mit à biper plusieurs fois et des petites lumières rouges n'arrêtèrent pas de clignoter. Enfin, il déplia le MacBook, et sans qu'il touche quoi que ce soit, l'écran s'éclaira.

Quelques secondes plus tard, la page bureau de l'ordinateur s'alluma. Un seul fichier était visible. Dans le coin gauche de l'écran, avec en sous-titre « Million Dollar Baby ».

– Et voilà, dit Robert, satisfait de lui-même. Votre type a bon goût, j'adore ce film.

Sandy se pencha pour lire.

– Je ne connais pas, c'est quoi ?

– Un film de Clint Eastwood sur la boxe, intervint Deckard, dépité.

Il s'était attendu à la caverne d'Ali Baba et il n'y avait qu'un film ! Le reste était certainement classé ailleurs que sur la page d'accueil.

Robert eut alors comme un doute, il fit jouer le curseur sur le fichier apparent et comprit.

– Ce n'est pas un fichier-vidéo, mais un fichier-photo.

Deckard tiqua. Si ce n'était pas le film, qu'est-ce que ça pouvait être ? Des photos du film ? Ou autre chose ?

– Vous voulez que je l'ouvre ?

Deckard se sentait fébrile. Surtout ne pas faire le mauvais choix. Ils avaient ouvert l'ordinateur sans problème. Peut-être devraient-ils ne pas tenter davantage leur chance.

– Il n'y a pas un risque qu'on déclenche un virus ?

– C'est possible.

Mais soudain Sandy passa sa main entre les deux hommes et cliqua sur le pavé tactile, lançant l'ouverture du fichier.

– Voilà, au moins si ça déconne, vous pourrez dire que c'est la faute d'une fille, dit-elle, persuadée qu'ils ne risquaient rien.

Qui avait des fichiers remplis de virus dans son ordinateur, à part un vrai geek parano ? Ce n'était pas le profil du type.

Robert et Deckard suspendirent leur souffle, mais soudain l'écran s'alluma et une image apparut.

– Qu'est-ce que c'est que ça ! s'étonna Sandy.

On voyait clairement une fillette jouant dans un parc, le visage totalement flouté.

Robert reprit la main et poussa sa fille. Il bascula sur l'image suivante. Apparemment, la même petite fille dans le parc, mais toujours le visage flouté. Une autre photo et encore cette petite fille, à moins que ce ne soit une autre petite fille.

– Qu'est-ce que c'est que ça ? dit-il, en s'attendant au pire.

Il serra les dents et mit toutes les photos en mode miniature. Il fut cependant soulagé de voir qu'il n'y avait aucun corps d'enfant dénudé ni dans des positions inconvenantes ou dans des situations équivoques avec un adulte.

Néanmoins, sur toutes les photos, les fillettes avaient le visage flouté.

Il en grossit certaines. Toujours à l'extérieur. Dans la rue, à la sortie d'une école. Jamais le visage de parents n'était visible, uniquement le bas du corps. Pourquoi s'amuser à prendre des photos volées de petites filles ?

– Vous le soupçonnez de quoi exactement, votre type ? demanda-t-il, craignant la réponse.

Sandy était horrifiée. Ils ne le soupçonnaient de rien jusqu'à présent, mais pour elle la réponse était évidente :

– Ce type était un prédateur sexuel, à la recherche de sa nouvelle proie, dit-elle, écœurée.

– Quoi ? s'étrangla Robert.

– Pas si vite, la reprit Deckard. Rien sur ces photos n'est vraiment compromettant et nous indique que nous avons affaire à un pédophile.

– Il vous faut quoi de plus ?! Je suis sûr que si vous fouillez tout l'ordinateur, vous trouverez des fichiers bien pires !

Deckard fit la moue, il avait une autre hypothèse en tête.

– « L'enfant a un million de dollars », dit-il à haute voix. Je pense que le type préparait un kidnapping pour réclamer une rançon.

– Oui, je préfère ça... valida Robert. Je veux dire, c'est affreux, mais... vous me comprenez ?

– Papa, fouille cet ordinateur, je suis sûre que vous vous trompez. Je le sens au plus profond de moi. Ce type est un malade, j'en suis certaine. Il n'aurait pas pris autant de photos si c'était juste pour préparer son enlèvement. Et pourquoi aurait-il flouté les photos, si c'était pour demander une rançon ?

Deckard n'avait pas la réponse, et de nombreuses interrogations l'assaillirent.

Il tendit la main pour reprendre le portable.

– Qu'est-ce que vous faites ? demanda Robert.

– Merci de votre aide, mais on va s'arrêter là. On l'emporte.

Le père de Sandy secoua la tête et ne lâcha pas le MacBook.

– Non, laissez-le-moi. Si ce type a flouté les visages à partir de cet ordinateur, il y a peut-être un moyen de les déflouter. Et, quand on aura les visages des fillettes, vous pourrez plus facilement faire des recherches.

Sandy réalisa toute la pertinence de sa proposition.

– Oui, laissez-le faire.

Deckard hésita, mais il était clair que l'homme était plutôt doué.

– Laissez-le-moi, plaida Robert. Je vais vous faire un double de ce fichier que vous pourrez envoyer à Los Angeles. Je vous jure que je peux le faire aussi bien et bien plus vite.

Même si cela ne regardait pas le citoyen lambda qu'il était, il ne pouvait rester insensible à ce fichier. Il se devait d'agir.

– On fait l'inverse, copiez ce fichier et j'envoie l'ordinateur à la scientifique, valida Deckard.

– OK, on fait comme ça.

Robert copia le fichier sur le disque dur externe, et le débrancha.

Il referma le MacBook et le rendit.

– Je vous appelle dès que j'ai réussi à déflouter les visages.

– Merci, papa.

Sandy et Deckard sortirent du bureau, des questions plein la tête.

– Vous avez enfin fini ? les interpella Meredith. J'ai préparé de délicieuses lasagnes sauce bolognaise. Et je vous interdis de refuser.

– C'est gentil, mais je dois rentrer, dit Deckard.

– Allons, s'il vous plaît. Faites-moi ce plaisir. Juste pour savoir si vous êtes aussi exceptionnel que ce que j'ai entendu dire.

Deckard n'avait pas du tout envie de rire, mais se força à lui faire un grand sourire et à cacher le trouble qui l'habitait. Meredith Dawson ignorait tout des questions qui les accablaient, autant qu'elle n'en sache rien.

– Je suis désolé, j'ai déjà prévu un repas avec des amis. Mais je vous promets d'accepter une autre fois.

Meredith fit les gros yeux.

– La semaine prochaine, sans faute, alors ?

– Dites-moi une date, et je la bloque.

– Je vois ça avec mon mari. Sandy vous tiendra au courant.

Le sourire était revenu dans la voix de Meredith.

– C'est pas tout ça, mais on a encore un peu de travail. J'y vais, maman, intervint Sandy.

Il lui tardait de faire le point et de se projeter sur la marche à suivre.

– Comment ça, tu ne restes pas ? s'étrangla Meredith.

– Vous pouvez rester, sergent, je vais finir tout seul, proposa Deckard.

– Non, je viens avec vous.

– Certainement pas. Tu es là, tu restes manger avec nous. Depuis que tu es flic, on te voit de moins en moins.

– C'est pas vrai, elle est là tous les week-ends et en semaine aussi.

La voix provenait du salon. C'était celle d'un adolescent qui se trouvait devant la télé et jouait à la PlayStation.

– Jay, tu peux te taire ? tonna Sandy.

Le garçon de seize ans haussa les épaules et se concentra de nouveau sur son jeu.

– Sandy, reste ici, mange avec nous, insista Meredith.

– Laisse-la tranquille, intervint une voix venant du couloir.

Robert les rejoignit. Son visage affichait une certaine anxiété.

– Mais qu'est-ce que vous avez fait ? Il y a un problème ?

– Non, rien qui t'intéresse. Au revoir, lieutenant. Sandy, on s'appelle.

– Merci, papa. Tu es le meilleur.

Et malgré la présence de son supérieur, elle se laissa aller à lui faire cette déclaration dont elle n'était pas coutumière. Elle réalisait la chance qu'elle avait d'avoir une famille unie et aimante et ne cessait de penser à ces malheureuses fillettes qui avaient dû supporter les gestes déplacés de ce dangereux pervers.

Une main pleine de tendresse lui caressa les cheveux.

– Je vais faire mon possible. On va les retrouver, dit-il dans un souffle.

Meredith n'y comprenait rien et retourna dans sa cuisine, extrêmement vexée.

– Merci, répondit à la va-vite Sandy quand elle réalisa que Deckard était déjà dehors.

Elle sortit à son tour et le rattrapa dans l'allée.

– Attendez-moi, je viens avec vous.

Le lieutenant s'arrêta. Il avait sa mine des mauvais jours.

– Sergent, c'est hors de question. Restez en famille ou allez voir des amis, je vais envoyer tout cela au FBI. Cette affaire nous dépasse.

– Non, ne faites pas ça. C'est à nous de la résoudre.

– Il n'est pas impossible qu'il ait des complices. Je sais ce qu'il faut faire. Restez à l'écart, allez vous changer les idées. C'est un ordre. Je vous appelle demain.

– Vous comptez l'envoyer à Los Angeles, dès ce soir ?

– Oui, plus vite ils auront l'ordinateur, plus vite ils pourront enquêter. Rentrez chez vous.

Sandy avait envie de pleurer, autant de rage que de peine. Même si le ton était bienveillant, elle le ressentait comme une sanction. Elle resta plantée là, sans bouger, à regarder Deckard s'enfermer dans sa voiture et s'éloigner.

Pourquoi ne pouvait-il pas lui faire confiance ? Pourquoi la traitait-il comme une gamine ?

Elle poussa un cri de frustration, puis se ressaisit. Elle prit son téléphone et appela Jason. La sonnerie sonna dans le vide jusqu'à ce que le répondeur se mette en marche.

– Allô, Jason. C'est Sandy. Rappelle-moi.

Elle raccrocha et appela Keith.

Une, deux, trois sonneries...

Sandy commença à désespérer. Ce n'était pas le moment que ses amis la lâchent.

Mais heureusement, à la quatrième sonnerie, Keith décrocha.

# - 22 -

Jason se gara sur le parking et sortit à l'air libre. Peu de voitures en cette fin de journée. Sous un soleil déclinant, il passa les lourdes portes en fer forgé du cimetière de Santa Barbara. Le désert total.

Dans une société qui faisait tout pour vous faire oublier que vous êtes mortel, plus personne ne voulait affronter ce fait inéluctable, même si cela impliquait d'oublier ses anciens.

Jason remonta l'allée centrale qui traversait une magnifique pelouse tondue de près, où se trouvait un alignement régulier de pierres tombales, mais aussi quelques caveaux familiaux. Il venait régulièrement déposer des fleurs sur celui de sa famille.

Jason chercha du regard une présence quelconque, mais toujours personne. Il regarda sa montre. 19h28. Peut-être que Vicky allait lui faire faux bond. En même temps était-ce si grave ? Peut-être que Keith avait raison et que ce n'était qu'une folle qui se jouait de lui.

Il inspira un grand bol d'air et comme chaque fois qu'il se rendait dans ce cimetière, il ressentait une profonde quiétude. Il ne pourrait jamais oublier la dernière fois qu'il y était venu en compagnie de sa grand-mère Dodi.

Elle lui avait tenu tout un laïus sur les cimetières, la vie, la mort, la transcendance. Il se souvenait qu'elle lui avait dit que la mort n'était qu'un moment de la vie et que tout finissait dans l'éternité... Il en avait souri à l'époque, mais depuis que Dodi était allée rejoindre l'éternité, il voyait les choses autrement.

Il avait l'impression qu'elle était là, qu'elle le protégeait et lui souriait. Plus qu'une impression, une certitude.

Aussi ridicule que cela puisse paraître, il parlait durant de longues minutes devant le caveau où Dodi reposait. Il lui parlait et elle lui répondait, par un chant d'oiseau, un frémissement dans le feuillage des arbres, par le bruit des vagues qui montait de l'océan. Il en était sûr, Dodi n'était pas morte, même si elle n'était plus en vie.

Jason entendit du bruit et se retourna. Un couple âgé venait de pousser le lourd portail du cimetière.

Il continua sa marche et arriva devant le caveau familial. Le nom de Dodi était désormais gravé en dessous des autres défunts.

Elle avait disparu huit ans plus tôt. Alors qu'elle combattait la maladie, elle avait décidé de partir en Inde subir un traitement expérimental. Personne ne saurait jamais quelle aurait pu être son efficacité. Elle était décédée accidentellement, renversée par une voiture dès son arrivée à Bombay.

Le consulat leur avait annoncé qu'elle n'avait pas souffert. Elle était morte sur le coup. Et quand ils avaient rapatrié le corps, il avait été exposé dans son linceul à la chambre funéraire. Le service avait été parfait.

Aussi paradoxal que cela fût, Dodi semblait pleine de vie, simplement endormie, son petit sourire énigmatique aux lèvres. Jason s'attendait à tout moment qu'elle lui fasse un de ses clins d'œil pleins de malice. Mais elle ne bougea pas les yeux, elle était partie pour un autre monde, une autre réalité, mais elle ne les avait pas quittés. Il en était persuadé...

Une main lui toucha l'épaule.

– Ça va ?

Sans s'en rendre compte, Jason avait fermé les yeux. Il les rouvrit pour faire face à Vicky.

– Oui, pourquoi ?

– Tu pleures ?

La jeune fille le regardait d'un drôle d'air. Elle était vêtue d'un jogging à capuche qui cachait sa légendaire chevelure féline.

Jason essuya ses larmes.

– Je pensais à ma grand-mère. Elle est enterrée ici.

Vicky regarda l'imposant caveau artistiquement décoré avec, en son sommet, la statue de l'ange Gabriel.

– Je suis désolée. Elle est morte il y a longtemps ?

– Huit ans, mais ça va, c'est juste que...

– Je comprends. Moi aussi, j'ai perdu ma grand-mère. En fait, j'ai perdu tous mes grands-parents. Ils me manquent à moi aussi.

Vicky semblait avoir repris le dessus. Son teint avait repris des couleurs, sa voix était de nouveau assurée.

– En tout cas, très bonne idée ce rendez-vous, j'adore ce cimetière. C'est super-beau, et en plus, regarde ça, l'océan. La plus belle vue pour passer l'éternité.

Construit au sommet d'une falaise, le cimetière de Santa Barbara offrait un panorama unique sur l'océan et le soleil couchant. Il se souvenait d'avoir dit à Dodi que cela serait parfait pour construire un golf ! Elle lui avait fait les gros yeux et il s'était excusé.

– Ici ou ailleurs, fit Jason, pensif.

– Tu as raison. Quelle importance, une fois mort, on est mort.

– Ce n'est pas ce que je voulais dire. Au contraire.

– Tu crois en Dieu ?

– Je ne sais pas. Je crois qu'il existe des forces supérieures et qu'il n'est pas impossible que nos âmes nous survivent d'une manière ou d'une autre.

– Moi, je crois tout l'inverse. Quand on est mort, on finit bouffé par les asticots. Retour à l'envoyeur.

Jason sourit.

– Plutôt triste comme vision de la vie.

– C'est la fin la plus probable, qu'on le veuille ou non. Faut s'y faire et ne pas en avoir peur.

– Elle n'est en rien la plus probable.

– Si, répliqua Vicky. Du moins, jusqu'à preuve du contraire.

– Certaines personnes disent qu'elles en sont revenues.

– Expérience de mort imminente. Le long tunnel et la lumière au bout. J'ai fait une chanson là-dessus. Je l'ai jetée à la poubelle. Je n'y crois pas une seconde.

– Pourquoi ils inventeraient un truc pareil ?

– Pour se rassurer, ou peut-être parce que c'est ce qu'ils ont réellement ressenti, mais ça veut simplement dire qu'ils n'étaient pas vraiment morts. Écoute, on verra bien le moment venu, et si j'ai raison, tu me devras une bière, s'en amusa-t-elle.

– Si j'ai raison, je t'envoie en enfer.

– J'adore. Le paradis, c'est l'horreur ! Tu imagines, passer l'éternité avec tous les culs-bénis de la terre ?

– Je ne suis pas un cul-béni.

– Qui te dit que tu iras au paradis ? Tu es bien trop gentil pour être honnête !

Jason secoua la tête de dérision. Étrange conversation pour une nouvelle rencontre. Il est vrai que le lieu s'y prêtait.

– Bon, tu m'as dit que tu voulais que je t'aide, mais à ce que je vois, tu as l'air de très bien t'en sortir toute seule. Tu sais que tes parents se font un sang d'encre.

– J'ai vu ça. Primo, Caitlin n'est pas ma mère, mais la pute qui a épousé mon père pour toucher le gros lot. D'ailleurs, je suis sûre que c'est elle qui a fait passer l'info à tous les médias. Je suis vraiment dans la mouise.

– Pourquoi tu ne retournes pas les voir ?

– Hors de question.

– Pourquoi tu t'es enfuie ?

Vicky haussa les épaules.

– Tu ne devines pas ?

Jason y avait longuement réfléchi et avait soupesé de nombreuses hypothèses, pour finalement en privilégier une.

– Ils veulent te faire interner ?

Elle eut l'air agréablement surprise de sa déduction.

– Tu as mis dans le mille. Hors de question que je retourne ne serait-ce qu'un jour dans un de ces centres. Tu as vu *Vol au-dessus d'un nid de coucou* avec Jack Nicholson ?

Jason supposa qu'il s'agissait d'un film, mais aucun souvenir ne lui revint.

– Non.

Vicky fit la grimace et lui expliqua.

– Même quelqu'un de sain d'esprit finirait taré en sortant d'un tel établissement. En fait, ils nous assomment avec les médocs. On est tellement drogués qu'on devient des fantômes, des épaves, tout juste bons à se traîner pour aller manger, aux toilettes et dormir. Plus jamais ça.

– Tu es y allée plusieurs fois ?

– Trop. J'ai vingt-six ans. Je fais ce que je veux de ma vie. Personne ne peut m'obliger à retourner dans une de ces prisons !

Jason pouvait la comprendre, pourtant, peut-être était-ce le mieux pour elle. Il n'oubliait pas qu'elle avait tenté de se suicider le matin même en prenant la mer en pleine tempête.

Pourtant, il s'entendit dire :

– OK, mais qu'est-ce que je peux faire pour t'aider ?

– J'ai besoin d'un endroit où être tranquille. Si tu peux m'héberger pour ce soir et me prêter un peu d'argent, ce serait tellement adorable.

Héberger Vicky Lance ! Si Emma rentrait à l'improviste, serait-elle toujours aussi détachée ? Cela valait le coup de le savoir.

– Bien sûr, sans problème.

– Et est-ce que je peux te demander encore un service ?

Jason savait d'avance qu'il dirait « oui », mais répondit :

– Dis toujours.

– Tu fumes ?

– Non, mais je peux t'acheter un paquet si tu veux. Tu fumes quoi ?

– Du cannabis.

Il ne s'attendait pas à une telle réponse, mais avait tout de même la solution.

– Je vais te trouver ça. Tu sais qu'on est un des premiers États où c'est légal.

– Je sais, c'est bien pour ça que je t'en demande.

– Pourquoi ? Tu crois que je t'aurais dénoncée ?

– Non, je t'aurais demandé quand même, mais j'en reviens pas que tu ne fumes pas. Tu n'es vraiment pas un garçon normal. Tu as quel âge ?

– Vingt-huit ans.

– Et déjà si vieux dans ta tête, se moqua-t-elle.

– Va te faire voir, répondit Jason, et il lui fit un doigt d'honneur.

Vicky éclata de rire et, lui prenant la main, elle lui lécha le doigt de façon suggestive.

– C'est dégueulasse. Arrête !

Mais son attitude démentait ses paroles. Cette fille était décidément complètement folle, mais terriblement excitante.

– T'as raison, beurk, tes doigts sont à vomir. Je n'ose imaginer le reste.

– Mais tu es vraiment une saleté. Je crois que finalement je vais appeler ton père. Non, encore mieux, Angus Miller.

Vicky cessa soudain de sourire.

– Ne prononce jamais ce nom devant moi.

– Quoi ?

Vicky perdit de sa légèreté, et il revit l'oiseau blessé à qui il avait rendu visite à l'hôpital dans la matinée.

– Je déteste ce type, c'est un sale nazi. Sa place devrait être en prison.

– Disons qu'il n'est pas des plus sympathiques.

– Jason, tu ne sais rien de lui. C'est une pourriture, je le hais... mais comment tu le connais ?

Jason réalisa qu'il était temps qu'il lui raconte son entretien.

– Ton père m'a appelé cet après-midi.

Et il lui répéta toute la conversation qu'il avait eue avec les deux hommes à l'hôtel *Carlton.* Vicky l'écouta tout en regardant les pierres tombales autour d'eux. Quand il eut fini, elle lui dit simplement :

– Ils n'auraient pas dû te traiter comme ça. Tu n'es pas leur larbin, mais bon, on s'en moque. Ce soir, je veux tout oublier. Ne plus penser à eux.

Jason était en tout point d'accord, mais il se devait de la raisonner malgré tout :

– Je comprends, mais je me disais, pourquoi tu n'appelles pas ton père juste pour le rassurer ?

– Hors de question, je ne veux pas lui parler.

– Tu lui dis seulement que tu vas bien et que demain tu passes le voir. Ne le laisse pas dormir dans l'inquiétude. Il t'aime vraiment, du moins je crois.

Vicky soupira et se mit à tourner en rond. Jason comprenait son dilemme. Partagée entre son amour filial et sa crainte d'être enfermée.

– OK, mais si jamais ils ont tracé mon téléphone, je te tue.

– C'est toi qui m'as appelé tout à l'heure.

– Oui, mais je l'ai éteint, on ne peut pas tracer un téléphone éteint.

– Eh bien, tu refais pareil.

– Je ne sais pas, et si finalement on pouvait retrouver un portable même éteint ?

Grand fan de séries policières, Jason n'avait jamais entendu une telle chose, mais peut-être que le FBI ne disait pas tout.

– Franchement, je ne crois pas. Au pire, laisse-le ici. On le cache quelque part par là et tu reviens le chercher demain. Il y a peu de risque que quelqu'un le trouve dans un endroit pareil.

Vicky hésita de longues secondes, puis sortit le portable de la poche de son jogging et le ralluma. Quelques instants plus tard, elle appelait son père.

– Papa. Non, laisse-moi parler... je suis en sécurité. J'avais besoin de prendre l'air... Oui... Non, je ne dors pas dans la rue... Il y a des hôtels, mais je t'interdis d'en faire le tour, je passe te voir demain au *Carlton*... Non, n'annule pas le concert, je le ferai... À demain... Oui, oui, et surtout n'envoie pas Angus sur mes traces, je ne te le pardonnerais jamais... Je t'embrasse.

Elle raccrocha.

– Voilà. Monsieur est soulagé ?

– Oui, dit-il en sentant un poids quitter ses épaules.

– On le cache où ? demanda Vicky en montrant son téléphone.

– Là.

Il montra un pot de fleurs posé sur la dalle.

– Très malin, le caveau de la famille Zimmer. Tu crois qu'ils vont mettre combien de secondes avant de faire le lien entre cette cachette et Jason Zimmer, s'ils ont tracé l'appel ?

Jason eut un petit rire.

– Ça va... On n'a qu'à trouver une autre tombe. La plus moche, la plus abandonnée, celle où personne ne vient jamais.

– Élémentaire, mon cher Watson, s'en amusa-t-elle.

Ils s'éloignèrent du caveau familial et remontèrent par une allée transversale, en regardant chaque tombe. Brusquement, Vicky s'arrêta devant l'une d'elles, particulièrement fleurie.

– Oh non ! Je déteste ça.

Jason regarda la pierre tombale. Un petit visage d'ange en médaillon. Maria Lopez. 1997-2007.

– Dix ans, soupira-t-elle en se tournant vers Jason. Et toi, tu crois toujours en Dieu ?

– Je n'ai pas dit que j'y croyais. Je crois en quelque chose et, d'ailleurs, je pourrais te parler de cette tombe, mais tu vas me prendre pour un fou.

– Ça tombe bien, tout le monde pense que je suis folle. On devrait s'entendre. Dis-moi.

Jason avait toujours gardé cette anecdote pour lui, mais il osa croire qu'il pouvait la partager pour le bien de Vicky.

– La dernière fois que je suis venu ici avec ma grand-mère, il y avait un jeune couple près de cette tombe, et ma grand-mère m'a assuré qu'elle sentait la présence de cette petite fille. Une présence bienveillante et apaisée.

– Ta grand-mère t'a vraiment dit, ça ?

– Je n'inventerais pas une histoire pareille, répondit-il très sérieusement.

– Parfois, j'aimerais tellement croire qu'il existe autre chose, dit Vicky d'un ton empli d'espoir déçu.

– Mais peut-être que tu n'as pas choisi cette tombe par hasard, que cette petite fille t'a fait un signe.

Vicky eut un petit rire ému. Mais soudain, une ombre leur cacha le soleil couchant. Deux vagues silhouettes se tenaient en bordure du cimetière, près de la falaise. Une grande et une petite.

– C'est quoi, ces conneries ? s'étonna Vicky.

Jason était sous le choc. Dodi ? Même si la silhouette était floue, il était sûr que c'était elle. Il sentit ses poils se hérisser, alors que la vision disparaissait aussitôt.

– Dis-moi que tu as rien vu ?

Mais Jason ne répondit pas, il avait les yeux brillants de larmes.

Vicky était sidérée. Non. C'était une simple hallucination, rien de plus, un effet mirage, aucun doute. Elle se tourna vers Jason.

– T'es une vraie pleureuse, toi !

– Moque-toi ! Mais je sais que toi aussi, tu les as vues toutes les deux. Ne mens pas.

– J'ai rien vu du tout, dit-elle en voulant cacher son trouble.

Elle se baissa et dissimula son smartphone derrière un pot de fleurs.

– Je te le confie, Maria...

Mais sa voix se brisa quand elle sentit une présence bienveillante qui l'entourait.

# - 23 -

Keith regarda sa montre. 19h29.

« Nickel ! Avec une minute d'avance », se félicita-t-il.

Il sonna à la porte et une petite bouille lui ouvrit.

– Bonjour. Maman n'est pas encore prête, mais elle dit que vous pouvez entrer, l'accueillit Flint.

– C'est gentil.

Il entra dans le salon. Les enfants, eux, étaient déjà prêts.

– Au fait, c'est comment ton prénom déjà ? demanda Lisa.

– Je m'appelle Keith.

– Tu te rappelles comment je m'appelle ?

– Gertrud.

– Non ! C'est pas ça.

Flint s'était mis à rire.

– Ne te moque pas de ta sœur, Archibald, enchaîna Keith.

– Je m'appelle pas Archibald ! s'agaça Flint.

Ce fut au tour de Lisa d'exploser de rire.

– Qu'est-ce qui se passe ici ?

Roxane venait de descendre l'escalier et faisait son entrée dans le salon. Une vraie princesse.

Keith en resta bouche bée. Elle était sublime. Cette femme était un vrai caméléon. Danseuse hypersexy le matin, super-maman l'après-midi, femme fatale le soir.

– Votre robe est magnifique.

Mais il n'y avait pas que la robe, un fourreau noir qui moulait divinement son corps parfait. Son maquillage, sa coiffure, son sourire...

– La mienne aussi, elle te plaît ? demanda Lisa.

– Oui, elle est aussi belle que celle de ta maman, se reprit Keith, totalement subjugué.

– Et moi ? dit Flint.

– Tu veux porter une robe ?

– Non ! Je suis pas une fille.

– Je plaisante. Tu es très beau, toi aussi. Je suis très fier que vous m'accompagniez au restaurant.

Roxane se regarda dans le miroir du salon.

– Mon rouge à lèvres ne déborde pas ?

– Non, vous êtes parfaite.

Doutait-elle réellement de sa beauté ou s'amusait-elle à se faire complimenter ? Dans les deux cas, cela ne gênait nullement Keith.

– Et vous êtes à l'heure. Je dois avouer que je ne m'y attendais pas.

– C'est un compliment, ça ?

Son téléphone sonna. Il le sortit d'un air embarrassé.

– Allez-y, lui permit Roxane.

Keith décrocha.

– Salut, Sandy. Ça va ?

– Non, ça ne va pas du tout. Est-ce que je peux passer au bateau ?

La tuile. Surtout pas ce soir.

– En fait non, pas vraiment. Je vais au restaurant, je suis désolé.

– Comment ça ? À midi, tu m'as dit que tu ne faisais rien ce soir.

– Je sais, mais il se trouve que ça a changé. Écoute, je ne vais pas pouvoir...

– Keith, je t'en supplie, ne me laisse pas, je ne suis pas en état de rester seule.

Keith fit la grimace et s'éloigna du salon pour parler dans le couloir de l'entrée. Il pensa aussitôt à sa péripétie matinale et comment elle s'était fait larguer.

– C'est Paul ?

– Oui, mais pas que ça, c'est le boulot. Je suis sur une affaire terrible.

– Ton cadavre ?

– Oui, je te jure, j'ai besoin de décompresser.

Keith ne vit qu'une seule solution pour s'échapper.

– Appelle Jason. Emma n'est pas là ce soir. Il doit être tout seul.

– Déjà fait, il ne répond pas, se désola Sandy. Ne me lâche pas. Annule ton repas, trouve une excuse.

– Je ne peux pas dit-il en chuchotant. Tu sais, la fille dont je t'ai parlé à midi.

– La danseuse ? C'est elle que tu as invitée ? Je croyais que c'était juste professionnel, ironisa-t-elle.

– C'est le cas, on va au restaurant avec ses deux enfants, chuchota-t-il. Immersion totale avec le sujet d'étude.

Un petit rire moqueur lui répondit, avant que Sandy ne reprenne la parole :

– Si c'est ça, j'ai une très bonne idée.

– Tu me fais peur.

– Passez tous chez moi, je vous invite à manger.

– Je ne peux pas. Elle ne te connaît pas.

– Elle me connaîtra. Dis-lui que je veux la rencontrer pour parler danse. S'il te plaît. On est amis pour la vie, oui ou non ?

Maudite Sandy ! Elle jouait sur leur pacte de sang. Instinctivement, il regarda la paume de sa main gauche et la cicatrice qui la barrait, souvenir du jour où ils avaient échangé leur sang.

– OK, dit-il d'un ton las. Attends deux minutes.

Il revint dans le salon.

– Mon amie nous invite tous chez elle. Elle aimerait vous rencontrer.

– Moi ? s'étonna Roxane.

– Oui. Je lui ai parlé de vous à midi. Elle est passionnée de danse.

– Je veux bien, mais on ne va pas déranger ?

– Au contraire. (Puis baissant d'un ton, juste assez pour donner l'impression d'être discret, mais suffisamment pour que Sandy n'entende pas.) Elle ne va pas bien en ce moment. Si ça ne vous ennuie pas, ça me ferait très plaisir.

– On va plus au restaurant ! geignit Flint.

– On pourra acheter à emporter ce que vous voulez, proposa Keith.

– Des McDo ! s'exclama Lisa.

– Oui, des McDo ! s'époumona Flint qui retrouva le sourire.

– On n'a qu'à faire comme ça, mais je ne veux pas m'imposer, céda Roxane.

– Sandy adore recevoir chez elle. Vous allez voir, elle est adorable.

– Bon, mais je suis peut-être un peu trop habillée.

– Restez comme ça. Vous êtes parfaite.

– Oui, tu es parfaite, maman, renchérit Flint, tout joyeux.

– Et moi, je suis pas jolie ? s'inquiéta Lisa.

Roxane éclata de rire et prit sa fillette dans ses bras.

– Tu es à croquer !

Et elle fit mine de la manger.

Keith se remit à l'écart et plaqua de nouveau son smartphone sur sa joue.

– C'est bon, on passe.

– T'es un amour. Je te revaudrai ça, je te le promets.

– Par contre, on va acheter à emporter. McDo, ça te va ?

– Et pourquoi pas japonais ? dit Sandy.

– Tu abuses, Sandy ! grogna-t-il avant de raccrocher.

# - 24 -

– Très sympa. C'est toi qui as fait la déco ? lui demanda Vicky.

Après avoir fait des courses, ils venaient d'arriver dans l'appartement de Jason. Mobilier Art déco. Lampes Jumo, fauteuils club, canapé confortable assorti. La table basse ronde était très originale avec son plateau recouvert de verre, dont le placage était en « tranche de gâteau », soutenu par un pied central tubulaire noir, imitant le métal.

– En partie, mais c'est ma grande sœur qui s'est chargée du mobilier au tout départ.

– Ça fait combien de temps que tu vis ici ?

– Huit ans.

Elle traversa le salon et arriva près de la cuisine américaine. Elle posa les sacs de courses sur le plan de travail.

– Tu sais, on aurait très bien pu acheter tout prêt, fit remarquer Jason.

– Tu as peur de salir les ustensiles de cuisine ? Ne me dis pas que tu manges tout le temps des plats préparés ?

Même si c'était souvent le cas, il savait cuisiner l'essentiel, mais surtout, il avait toujours eu des petites amies pour lui préparer de bons petits plats. Mais il préféra répondre :

– Non, mais franchement, c'est gênant. Je t'invite chez moi et, direct, je te colle à la cuisine, pendant que moi je te regarde.

Vicky eut un petit sourire accompagné d'un « non » du doigt.

– Tu croyais que tu allais t'en tirer à si bon compte? Quand j'ai dit que je voulais préparer le repas, il était évident que tu allais m'aider. Pas question que tu me regardes sans rien faire.

– OK, pas de problème. Mais je crains de ne pas être d'une grande utilité. Tu ne veux vraiment pas qu'on commande quelque chose?

– Non, j'ai tout ce qu'il faut.

Ils avaient flâné une demi-heure dans l'épicerie située en bas de chez lui, puis chez le marchand de légumes bio voisin. Capuche bien enfoncée sur la tête, Vicky était entrée dans les boutiques et avait fait son choix, prenant son temps, persuadée de passer incognito dans cet accoutrement.

Par ailleurs, ils avaient eu la satisfaction d'entendre à la radio que l'appel de recherche la concernant était annulé. « Vicky Lance est en parfaite santé. Elle assurera son concert comme prévu demain », avait précisé le communiqué.

– Tu nous sers quoi à boire?

– Une bière, ça te dit?

– Parfait, et si tu pouvais aller me trouver de quoi faire un joint, ce serait plus que parfait.

À défaut d'en consommer personnellement, il était assuré d'en trouver chez son voisin.

– Je vais voir ça. Ne fais pas de bêtises, en attendant.

– Je vais être sage comme une image.

Jason sortit de son appartement et alla frapper à la porte des Bergson. Un jeune couple de Suédois, détenteurs de la carte verte. Lui travaillait dans un magasin de surf. C'est sa femme qui lui ouvrit.

– Bonjour, Jason.

– Salut, Ingrid. Je peux te demander un service?

– Bien sûr, entre.

Alors qu'il s'avançait dans l'appartement, il sut que la question qu'il allait poser était superflue. L'odeur caractéristique était déjà la réponse.

–Tu pourrais me vendre un peu d'herbe? J'ai des amis, et tu sais que je ne fume pas.

–Pas de problème. Mais laisse tomber, on te l'offre.

–Tu plaisantes, hors de question.

Ingrid alla en chercher dans sa réserve, tandis que Jason sortait cent dollars de son portefeuille. Elle revint avec un petit paquet d'herbe, du papier à rouler et quelques filtres.

–Ça ira?

–C'est parfait. C'est super-gentil.

–Tiens.

Il lui tendit l'argent.

–Laisse tomber. Tu nous rendras un service la prochaine fois.

–Merci.

Il sortit et retourna chez lui. Dès qu'il entra, il entendit les premières notes d'une chanson qu'il connaissait par cœur. « Sara » des Fleetwood Mac.

–Tiens, j'espère que tu sais les rouler.

–T'inquiète, je pourrais le faire les yeux fermés. Tu es vraiment adorable.

Jason posa le tout sur la table basse, face au canapé. Vicky avait sorti deux bières et les avait versées dans des verres.

–Je vois que tu as trouvé comment fonctionne la chaîne hi-fi.

–Je suis chanteuse, c'est le minimum, répliqua Vicky qui commença à sortir les feuilles de cannabis séchées.

–Pourquoi tu as mis ce morceau?

–C'est dans ta playlist. J'aime beaucoup Fleetwood Mac.

–Je vois, sourit Jason. Tu as ouvert le fichier de ma grand-mère.

–Ta grand-mère écoutait du rock?

–Oui, Dodi, celle qu'on a vue sur le front de mer.

–Arrête avec ça, c'était un mirage. Un simple mirage.

–Si tu le dis. C'est sans doute pour ça que tu viens, comme par hasard, de mettre un de ses morceaux préférés. Elle adorait « Sara ». Elle l'écoutait en boucle.

– Sans déconner, elle écoutait vraiment du rock ?

– Oui, elle était fan des Rolling Stones, des Grateful Dead, des Eagles, des Who...

– Waouh, j'aurais trop aimé avoir une grand-mère pareille.

– Et ce n'est pas tout. C'était une reine du surf dans les années 70.

– C'est pas vrai ?

– Je te jure. J'ai des vidéos. Elle était incroyable.

– Tu as eu de la chance d'avoir une telle grand-mère. Et toi, tu sais surfer ?

« Quelle question ! », s'en amusa Jason. Tout le monde surfe à Santa Barbara.

– Bien sûr.

– Si je reste un peu, tu pourras m'apprendre ?

– Trop vieille. On apprend enfant, après, c'est foutu.

– Hey, va te faire voir, Jason Zimmer !

Il attrapa sa bière en riant et la salua avant d'en boire une longue rasade.

– Tu sais à qui tu t'adresses, espèce de malotru ?

– Je ne sais pas. Dis-moi ?

– À la fille qui pourrait te pourrir la vie jusqu'à la fin de tes jours. Alors, fais gaffe quand tu me parles.

Il reprit une gorgée. Il se sentait bien. Vicky n'avait plus rien de l'oiseau blessé de la matinée. Une capacité étonnante à récupérer.

– Arrête, tu me fais peur.

– Allez, parle-moi un peu de toi. Au fait, tu as une petite amie ?

Jason se sentit pris au dépourvu. Alors que la réponse était évidente, il s'entendit répondre.

– C'est un peu compliqué.

– Je vois. Vous, les mecs, vous êtes incapables de vous fixer. C'est toujours compliqué avec vous.

– Mais tu vas arrêter de me vanner !

Tout en roulant son joint presque prêt, Vicky lui fit un clin d'œil.

– J'adore te chambrer. Tu as une tête à te faire chambrer.

– Tu sais que tu as vraiment de la chance que je doive veiller sur toi, sinon je te foutrais à la porte à coups de pied aux fesses.

– Tu ne ferais jamais ça ?

– Tu veux vraiment me tenter ?

Elle lui fit un autre clin d'œil et lui tira la langue, puis, d'un geste maîtrisé, elle lécha le bord de la feuille du joint, puis la recolla pour le fermer. Elle tassa les feuilles du bout, puis le ferma en effectuant une rotation de la feuille, faisant une mèche pour l'allumer.

– Et voilà ! Il est pas magnifique ?

– Tu pourras toujours te reconvertir quand ta carrière sera derrière toi.

– Hey, sale type !

– Un point partout.

Vicky lui fit un regard du genre « tu ne perds rien pour attendre ».

– C'est ta grand-mère, ça aussi ? demanda-t-elle alors que la playlist musicale enchaînait sur « Space Oddity ».

– Oui, elle adorait Bowie.

– Je suis fan. C'est son chef-d'œuvre. Tu sais que je le joue sur scène ?

– Non, mais je viendrai demain vérifier ça.

– Tu comptes venir me voir ?

– Pourquoi pas ?

– Il n'y a plus de place, c'est complet.

– Dommage, si seulement je connaissais quelqu'un pour me faire entrer.

– Je ne vois vraiment pas qui !

– Ah si. J'ai bien le numéro d'un certain Angus Miller, dit Jason en prenant son téléphone.

– Tu l'appelles, je te tue.

– Dans ce cas, refile-moi une place.

– OK, et en VIP. Je te convie même à l'after, dit Vicky. Tu as un briquet ?

Jason alla le lui chercher et se rassit dans son fauteuil, près du canapé. Avec le soleil couchant, une magnifique lumière entrait par la baie vitrée, baignant la pièce d'une atmosphère dorée.

Vicky alluma son joint et en aspira une large bouffée, avant de la recracher lentement.

– Putain, tes voisins, ils assurent trop. Il faut qu'ils me disent où ils en ont trouvé d'aussi bonne. (Elle ferma les yeux puis les rouvrit.) Je peux m'étaler ?

– Fais comme chez toi.

Elle ôta ses chaussures pour allonger ses jambes sur la table basse.

– Une bière, un joint, Bowie. Le bonheur, s'extasia-t-elle avant de se pencher vers Jason : Tiens.

Elle luit tendit le joint.

– Non, je ne fume pas.

– Arrête, tu m'as dit que tu étais surfeur.

– Oui, et tous les surfeurs ne fument pas.

– Tu fumes quand même de temps en temps, non ?

– Très peu. C'est pas mon truc.

– Allez, pour me faire plaisir, il n'y a rien de plus triste que de fumer toute seule. C'est un calumet de la paix. Je suis sûre que ta grand-mère fumait.

Ça, c'était clair. Elle n'avait jamais arrêté de sa vie, au grand dam de la famille.

– OK, on va dire que c'est pour lui rendre hommage.

– Ça me va.

Jason prit le joint et inspira lentement, mais il ne put s'empêcher de tousser tel un débutant.

Vicky secoua tête, plus attendrie que moqueuse.

Il essaya encore une fois, et ça passa tout seul. La situation était tellement improbable. Le matin, il risquait sa vie en croyant sauver une inconnue de la noyade. Le soir, il se retrouvait en tête à tête dans son propre appartement avec l'une des chanteuses de rock les plus en vue du moment. Décidément, la vie était pleine de surprises.

Il pensa à Emma et s'amusa en pensant à la tête qu'elle ferait quand il lui raconterait cette soirée.

# - 25 -

– Maman, elle est bizarre, cette maison ? s'inquiéta Flint.

– Elle me fait peur, ajouta Lisa.

Il était tout juste 20h, et ils venaient de sortir de la voiture de Keith qui les avait conduits au 1421 Lavista Road. Le quartier situé sur les hauteurs de Santa Barbara, en bordure de forêt. Maisons plus espacées et plus luxueuses.

– C'est un manoir. Mais vous n'avez pas à avoir peur, n'est-ce pas ? dit Roxane, tout aussi étonnée que ses enfants.

– Non, je vous promets qu'il n'y a pas de fantômes. Au contraire, il y a une salle de jeux pour les enfants.

– Quel genre de jeux ? demanda Flint.

– Plein de trucs, mais je crois bien qu'elle a la dernière Playstation.

– Je ne suis pas trop d'accord pour qu'il y joue, opposa Roxane.

– Maman, on joue jamais aux jeux vidéo ! se plaignit Flint.

Mais avant qu'elle réplique, la porte d'entrée s'ouvrit et Sandy vint à leur rencontre.

– Bonsoir, vous êtes Roxane ?

– Oui, enchantée. Sandy ?

Les deux jeunes femmes se serrèrent la main. Sandy apprécia aussitôt son contact, comme elle adora au premier coup d'œil les jumeaux qui la regardaient d'un air timide et se cachaient derrière les jambes de leur mère.

– Toi, comment tu t'appelles ? demanda Sandy.

– Flint.

– Et moi, c'est Lisa.

– Vous avez de très jolis prénoms. Et si vous êtes gentils, je vous offrirai un cadeau.

– Quoi comme cadeau ?

– Flint, on ne pose pas ce genre de question, intervint leur mère.

– C'est une surprise. Vous aimez les surprises ?

– Oui !

En retrait, Keith sourit à son amie.

– Allez, on rentre, c'est que c'est lourd tout ça.

Il montra les sacs qui contenaient leur repas.

Sandy les convia à passer le seuil du manoir.

– Waouh, c'est super-grand ! s'exclama Lisa, impressionnée par la hauteur sous plafond.

– Ça doit coûter super-cher, dit Flint.

– C'est vrai, mais il ne m'appartient pas, répondit Sandy. C'est un ami qui l'a acheté et qui me le prête.

– Vous avez des amis super, apprécia Roxane.

– Oui, j'ai beaucoup de chance, se félicita Sandy. Si vous voulez me suivre.

Ils quittèrent le vestibule et passèrent des doubles portes pour se retrouver dans un vaste séjour. D'un côté, un petit salon disposé près d'une cheminée et, au fond, une grande table pour les repas. Deux immenses portes-fenêtres de part et d'autre permettant d'accéder à une vaste terrasse et au jardin qui s'étendait tout autour de la maison.

– On va manger dehors. Qu'est-ce que vous en pensez ? proposa Sandy.

– Avec plaisir, se réjouit Roxane.

Dès qu'ils furent sur la terrasse, Flint et Lisa n'en crurent pas leurs yeux.

– Maman ! Il y a une piscine ! s'exclama Flint.

– Mais on n'a pas nos maillots, regretta Lisa. On peut aller les chercher ?

Roxane sourit et ouvrit son sac à dos. Elle en sortit leurs petits maillots.

– C'était ça la surprise, dit Sandy.

Tout de suite après avoir raccroché, elle avait rappelé Keith pour leur dire de ne pas oublier de quoi se baigner. Roxane avait décidé de garder le secret pour les enfants.

– Maman, tu es trop géniale ! On peut se baigner ?

– Vous mangez d'abord.

Keith déposa les sacs remplis de leur commande passée chez McDonald sur la table en teck de la terrasse. Le soleil avait glissé sous les pins qui bordaient le jardin. L'impression de fête était totale et extrêmement réjouissante.

– Vous avez une vue incroyable.

– C'est ce que je me dis tous les matins, acquiesça Sandy.

– Au fait, on est passés chez Shintori Sushi. Ça te va ? demanda Keith qui montra son second sac de courses.

Le restaurant japonais préféré de Sandy.

– À ton avis ? C'est une très bonne idée, mais il ne fallait pas si ce n'est que pour moi.

– J'adore manger japonais et, surtout, je ne suis pas très McDo, la rassura Roxane.

– Avec le corps que vous avez, ce serait dommage, valida Sandy. Keith, viens avec moi. On va mettre tout ça dans la cuisine et tu vas m'aider pour l'apéritif. On vous laisse quelques instants avec les enfants. Vous ne nous en voulez pas ? dit elle en s'adressant à Roxane.

– Vous plaisantez. Je pourrais rester des heures ici, rien qu'à regarder votre jardin.

Les enfants étaient déjà assis à table en train de faire le tri de leurs hamburgers et autres nuggets. Un grand verre de Coca posé devant eux.

***

– Elle est méga-top, le félicita Sandy, alors qu'ils arrivaient dans la cuisine.

– Elle est plutôt jolie, concéda Keith.

Tandis qu'ils sortaient du sac les petites boîtes contenant leurs plats japonais, Sandy s'arrêta tout net et le dévisagea d'un air effaré.

– Plutôt jolie ? C'est une bombe sexuelle ! À côté d'elle, je suis la fée Carabosse !

– Arrête, tu es super-mignonne.

– C'est ça. Avec des hanches trop larges et un petit bidon. Tu aurais pu me prévenir.

– Qu'est-ce que ça change ?

– Je ne vous aurai pas parlé de la piscine. Jamais je ne me mets en maillot à côté d'une fille pareille.

– S'il te plaît, il faut que tu arrêtes. Tu es super comme tu es. Et, franchement, je ne crois pas que Roxane soit du genre à juger qui que ce soit. Elle est incroyable, cette fille.

Sandy sourit.

– Quoi ? Ne me regarde pas comme ça.

Il ouvrit le four micro-ondes et commença à réchauffer les plats préparés.

– Tu as le béguin pour elle. Avoue !

– Non, je fais juste mon travail. Une chronique pour le *Santa Barbara News*. Rien de plus, rien de moins.

– À d'autres ! Je te parie que, dans même pas une semaine, tu l'embarques sur ton bateau, toutes voiles au vent.

– Je ne dis pas que je ne le reverrai pas une fois l'article écrit, mais en toute amitié. Tu sais ce que je pense des enfants.

– Et tu as bien tort. Je te verrais très bien en papa poule.

– Arrête et parle-moi plutôt de toi. Que s'est-il passé ?

Sandy n'avait plus vraiment envie de revenir là-dessus, mais elle savait qu'il fallait qu'elle extériorise ou elle passerait la plus mauvaise nuit de sa vie.

– Tu sais, le cadavre dont je t'ai parlé à midi.

– Oui. J'ai entendu ça aux informations. Ils disent que c'est un accident.

–C'est ce qu'on laisse croire, mais c'est très certainement un meurtre.

–OK. Mais je ne comprends pas. Pourquoi ça te bouleverse à ce point ? Tu le connaissais ?

Elle était certaine que Deckard verrait d'un très mauvais œil qu'elle divulgue des éléments de l'enquête à un journaliste. Mais Keith n'était pas n'importe qui. Il était un ami fiable avant tout.

–Tu me promets de ne rien répéter ?

–Tu es lourde ! Est-ce que, une seule fois, j'ai trahi ce que tu m'avais confié ?

–D'accord, le type qu'on a retrouvé mort, on a fouillé chez lui et on a récupéré son ordinateur.

Keith continuait à faire chauffer les plats au microondes, les uns après les autres.

–Et ?

–On a découvert un fichier. Un fichier rempli de photos de gamines. Des dizaines de photos prises au téléobjectif.

–Ça ne veut rien dire.

–Sauf quand le fichier s'appelle « Million Dollar Baby ».

Keith s'arrêta et demanda :

–Et donc ?

Sandy leva les yeux au ciel. Les mecs étaient tous débiles, ou quoi ?

–Ce type était un prédateur sexuel qui kidnappe des enfants et les revend.

Keith fit la moue.

–Tu ne crois pas que tu t'emballes un peu vite ? Ça peut aussi bien être un père à qui on a retiré la garde de ses enfants et à qui on a interdit de s'approcher de son ex-femme.

–Non. Je te le dis, j'en suis sûre, c'est un pervers sexuel, je le sens au plus profond de moi.

Keith comprit qu'il ne lui ferait pas entendre raison et trouva la parade.

– De toute façon, on s'en fout. Il est mort. Il ne risque plus de faire de mal à personne.

– On doit retrouver ces gamines. Savoir si elles ont déjà été kidnappées ou pas.

Cette idiote commençait à lui mettre le doute.

– Mais pourquoi vous n'en parlez pas aux infos ? demanda Keith. Faites diffuser les visages.

– Malheureusement, ils sont tous floutés. Mon père...

– Ton père ?

– Oui, mon père... Ne me coupe pas, s'il te plaît. Il croit pouvoir trouver le moyen de déflouter les photos.

Keith était stupéfait d'une telle histoire.

– En tout cas, ne parle pas de ça au repas.

– Tu me prends pour une débile ?

– Je suis désolé.

– Je te jure. Alors que ces photos n'ont rien de choquant, mais d'imaginer ce que ce type a pu leur faire, ça me rend malade. J'ai juste envie de prendre mon flingue et de tirer sur tous ces pédophiles qu'on remet en liberté.

La question d'avoir purgé sa peine était un grand débat. Combien cela méritait d'années de prison d'avoir brisé une vie ? Était-on absous de tout, une fois sa peine exécutée ? Pouvait-on tout effacer ? Keith était partagé sur la question. Il croyait à la rédemption, tout en sachant qu'il ne pardonnerait jamais à qui toucherait à un cheveu de ses proches.

– Bon, écoute. On va essayer de passer une très bonne soirée. Et en premier lieu, si tu pouvais sortir une bonne bouteille de vin, ça pourrait aider.

– Tu l'as dit, je crois que je vais me bourrer la gueule.

– C'est ça ! Devant deux enfants !

– De toute façon, je tiens trop bien l'alcool.

– C'est clair, tu vas finir alcoolique comme toute bonne vieille caricature de flic de roman noir !

– Je t'adore.

Et elle ouvrit le placard du haut à la recherche de verres à vin.

# - 26 -

– Je peux goûter ? demanda Jason.

Posté dans le coin cuisine, il venait de finir de couper un concombre, alors que Vicky mixait une sauce à base d'échalotes et de crème fraîche.

– Attends. Laisse-moi goûter d'abord.

Elle mit dans le bol le bout de son index qu'elle lécha.

– Hum, c'est parfait.

– Ne sois pas sadique. Fais-moi goûter, s'il te plaît.

Elle tendit son doigt vers lui, et au moment où il s'approchait, elle lui posa le reste de sauce sur le bout du nez.

– Très amusant.

Il récupéra le peu de sauce et le goûta à son tour.

– Mmm, pas mal du tout. Je crois qu'on pourra t'inscrire pour le *Top Chef* de l'année prochaine.

– Et pourquoi pas ? J'espère que tu sais que j'ai déjà gagné un concours de télé ?

– Je sais, et franchement, pour une rockeuse, ça la fout mal.

Vicky avait décroché la victoire en finale de *The Voice Kids*, douze ans plus tôt.

– J'avais quatorze ans, et en plus je n'ai pas à rougir des morceaux que j'ai chantés.

Jason en avait regardé certains passages sur YouTube l'après-midi même. Elle était parfaite à chacune de ses prestations. Mais elle méritait d'être chambrée.

– Frank Sinatra, c'est trop la loose.

– C'était plus Lisa Minnelli, ma version, fit Vicky qui saisit une spatule pour la sauce et s'en servit comme micro.

Elle se mit à chanter, tout en claquant des doigts de la main gauche : *Start Spreadin' the news. I'm leavin today.*

– Oui, c'est ça, va-t'en, se moqua Jason, malgré tout bluffé par cette voix puissante qui avait soudain jailli de sa gorge.

– *I want to be a part of it, New York, New York !*

Jason sourit. Comme tout le monde, il connaissait la chanson. Il se mit lui aussi à claquer des doigts pour marquer le tempo, et à chanter, même si ce n'était pas vraiment son point fort.

– *These vagabond shoes are longing to stray,* chantèrent-ils en chœur. *Right through the very heart of it.*

Jason planta son doigt dans la crème et, d'un geste sûr, lui en barbouilla une joue.

– *New York, New York.*

Vicky, sans se démonter, mit deux doigts dans le bol et, très lentement, tout en chantant *I wanna wake up in a city that doesn't sleep...*, lui étendit la crème de la joue gauche à la joue droite en passant sous le menton.

Jason lui fit les gros yeux et plongea ses quatre doigts, puis les lui posa sur le front, descendit entre les deux yeux, les fit glisser sur son nez, ses lèvres, puis le menton, sans cesser de chanter *And find I'm king of the Hill...*

Vicky, qui ne comptait pas baisser les bras dans ce duel culinaire, tenta le tout pour le tout. Au rythme de sa chanson, elle prit lentement le bol et le leva bien haut. Tout en effectuant une danse improvisée, elle s'approcha de Jason, se plaqua contre lui et lui renversa tout le contenu du bol sur la tête. Tandis que la crème lui coulait sur les cheveux, imperturbable, il continuait de chanter à tue-tête.

– *It's up to you, New York, New York* !!!!

Il fit une révérence et prit sa duettiste dans ses bras.

– Alors, qui a gagné ?

– C'est moi évidemment, crâna Vicky. Va te laver, tu es plein de crème.

Jason jeta un coup d'œil sur le miroir de la crédence de la cuisine. Ça coulait de partout.

– Mauvaise joueuse !

Il lui lança un torchon à la figure avant d'aller dans la salle de bains se laver la tête.

Il réapparut cinq minutes plus tard et trouva le couvert mis sur le bar. Vicky avait allumé une lampe d'ambiance, la lumière du soleil se faisant plus discrète en ce début de soirée estivale.

Elle s'était essuyé le visage et avait retrouvé ses couleurs.

– Si Monsieur veut bien déboucher la bouteille.

Jason ne se fit pas prier et servit son invitée et lui-même dans de beaux verres à pied en cristal.

– On trinque à quoi ?

– À la fin du monde ?

– C'est gai !

– Moi, je trouve. J'aime bien l'idée de se dire que c'est peut-être notre dernière journée sur terre. Et la passer en bonne compagnie, c'est plutôt sympa.

– C'est moi, la bonne compagnie ?

– Tu es plus que ça. Un jour, je te raconterai ma vie, et tu comprendras tout, dit Vicky.

– Et pourquoi pas ce soir ?

Vicky eut un petit soupir amusé.

– Si tu tiens à ce que je plombe l'ambiance, il n'y a pas de problème. Je suis la reine pour ça. (Elle attrapa le saladier et le servit.) Tiens, mange.

– Merci. Mais pour revenir à notre sujet, ça va si mal que ça ?

– Oui et non. C'est la vie, et c'est la mienne. Il faut se faire une raison et justement essayer de profiter des rares moments de bonheur.

Jason n'en revenait pas. Il y avait tant d'amertume dans ce constat.

– Excuse-moi, mais je dois avouer que j'ai du mal à comprendre. Tu as tout pour être heureuse. Tu vis de ta passion, tu voyages dans le monde entier. Des millions de gens adorent tes chansons et te clament leur amour. Tu peux faire ce que tu veux.

Vicky goûta sa salade composée.

– Mmm, je suis vraiment trop forte. Il faut absolument que je m'inscrive à *Top Chef*. Je vais me reconvertir.

– Arrête d'esquiver. C'est quoi le problème ?

Vicky prit le temps de savourer une gorgée de fumé banc Oakville de Robert Mondavi.

– Tu tiens vraiment à le savoir ?

– Oui, s'il te plaît.

– OK. Primo, sache que tout le monde se plante sur la vie d'une star. Il n'y a rien de glamour là-dedans. Et si tu veux que je te fasse un petit résumé de ma vie : c'est de la merde !

Jason ne s'attendait pas à une réplique aussi péremptoire.

– Tu n'exagères pas un peu ?

Vicky ne souriait plus.

– Je n'ai pas eu d'enfance. Même si j'adore mon père, il a tué l'enfant que j'aurais pu être. Il a toujours voulu faire de moi la star que je suis. J'ai fait tous les concours de mini-miss. Ensuite, quand on a découvert mon talent pour la musique, il m'a inscrite à tous les concours possibles. J'ai passé toute mon enfance à apprendre la musique, le solfège, le piano, la guitare, le chant. Je suis super-douée. J'ai gagné tous les concours de l'Arkansas, pour finalement remporter, à quatorze ans, *The Voice Kids*, et là, tout s'est accéléré... Albums, tournées, médias.

– Ce n'est pas la pire des jeunesses.

– C'est ce que j'ai longtemps cru, jusqu'à ce que je me rende compte que je passais à côté de tout, et surtout de l'essentiel... Dis-moi, tu vas la goûter ma salade ?

Jason s'excusa, comme pris en faute, mais il était fasciné par ce nouveau visage et n'avait pas encore commencé à manger.

Il piqua dans son assiette et avala plusieurs bouchées avant de répondre.

– *Top Chef* sans problème, dit-il, avant de demander : Alors c'est quoi l'essentiel ?

– La vie. La vraie vie. Ce n'est pas une vie que d'être enfant-star. Je n'ai aucun ami, et quand je te dis aucun, c'est aucun. Que des relations, que des personnes qui sont avec toi uniquement pour obtenir quelque chose. Tu ne peux avoir confiance en personne, ou plutôt j'ai souvent fait confiance, mais j'ai toujours été trahie. Chaque fois, ce n'était pas moi qu'on appréciait mais la star qui pouvait changer la vie de mes proches. Personne ne s'intéresse vraiment à ce que je ressens, ce que je veux, et je vais te dire, je ne sais même plus moi-même ce que je veux.

– Tu sais, c'est un peu le cas de tout le monde. Moi, en vérité, je n'ai que trois meilleurs amis. Les autres, ce sont des relations, des personnes que j'apprécie, mais mes vrais amis, ils sont trois.

– C'est déjà beaucoup, je t'assure. Moi, je n'ai absolument personne à qui parler. Et je ne te dis rien de mes relations amoureuses. Que des connards. Pas un pour rattraper l'autre. Chaque fois, ils étaient avec moi pour prendre un peu de ma lumière ou de ma thune. Je crois que tu dois en connaître certains ?

Jason hocha la tête. Elle était sortie avec nombre de petites stars du showbiz, des acteurs, des chanteurs, et même des sportifs. Un bon moyen de faire la une des médias et des réseaux sociaux.

– J'ai une image déplorable de dépravée, de folle, et pour plein de mecs ça fait bien de s'afficher avec moi. En même temps, je ne peux pas leur en vouloir, je suis la fille la moins intéressante au monde.

– Ne dis pas ça. Qu'est-ce que tu racontes ?

– Je n'ai rien vécu. Toute ma vie, c'est du vent. Quand je me regarde, je vois un fantôme, une fille transparente. C'est quoi ma vie, mes rêves ? Je n'en sais rien. J'ai vingt-six ans, je suis millionnaire. Qu'est-ce que je peux attendre de la vie ? J'ai déjà tout, et je m'ennuie. Tu ne peux pas imaginer combien la vie peut être ennuyeuse quand on a tout.

Jason eut un petit sourire. Sans s'en rendre compte, elle lui donnait enfin la clé d'une réponse.

– Tu te trompes. Tu crois que l'argent pourrit tout, empêche d'apprécier la vie, d'avoir de vraies relations ?

– C'est clair. Pourquoi tu crois que la plupart des stars meurent avant trente ans, et si ce n'est pas le cas, vivent sous médocs et l'alcool ? Trop d'argent pourrit la vie.

– Je peux te jurer que c'est faux. C'est sans doute ta vision des choses, peut-être de ton milieu, mais tous les millionnaires ne sont pas dépressifs.

– Ne le prends pas mal, mais combien gagne un garde-côte ? Tu ne peux pas imaginer ce que c'est d'avoir des millions et de pouvoir s'acheter tout ce qu'on souhaite à ne plus savoir qu'en faire. Je n'ai plus aucun désir. Je me lasse de tout à une vitesse incroyable.

Jason la regarda droit dans les yeux.

– Vicky, je vais sans doute t'étonner, mais je suis bien plus riche que toi.

La jeune chanteuse le regarda sans comprendre avant de réaliser.

– Je vois, tu parles de la richesse spirituelle. Oublier l'argent, voir le monde différemment. Mais l'argent est une drogue. Je sais que je devrais tout envoyer balader, partir à Katmandou ou je ne sais où, mais si je déteste ma vie, je sais malheureusement que je ne pourrais pas vivre sans mon argent. Je suis addict.

– Non, je parle bien d'argent. Mon père est à la tête d'une très grande société. Elle fait plusieurs milliards de chiffre d'affaires.

Vicky s'arrêta de manger, complètement abasourdie.

– Qu'est-ce que tu racontes ?

– La vérité. Si tu avais pris le temps de faire des recherches sur ma famille, comme je l'ai fait pour toi, tu aurais su qui j'étais. Jason Zimmer, fils de Terrence Zimmer.

– C'est pas sympa de dire ça. Je n'avais aucune raison de mettre en doute ce que tu m'avais dit et d'aller voir sur Internet qui tu es vraiment.

– Je retire, excuse-moi.

– Tu as intérêt. J'ai plein de défauts, mais je ne suis pas qu'une fille narcissique et nombriliste, dit-elle, vexée. Dis-moi, pourquoi tu es garde-côte ?

– Mon père voulait que j'apprenne la vraie vie avant de travailler avec lui. Il voulait que j'y passe deux ans. Pour dire la vérité, je n'en avais aucune envie. Mais depuis, il ne se passe pas un jour sans que je le remercie de cette décision.

– C'est dingue. Tu es sûr que tu ne me racontes pas des craques ?

Jason saisit sa tablette, et quelques instants plus tard, il lui montrait l'article le concernant.

– C'est pas vrai ! Je suis tombée sur un millionnaire. C'est bien ma veine ! Je déteste les riches.

– Merci !

Vicky lui fit un clin d'œil et, soudain, eut une question :

– Ton appartement est très sympa, mais pas vraiment impressionnant. Pourquoi ne pas prendre plus grand ?

– Il me suffit. On a l'hacienda familiale quand j'ai besoin d'espace.

– Une hacienda ? Il faudra que tu me montres ça. Avec des chevaux ?

– Non, avec une oliveraie et des vignes à flanc de colline. Tu devrais aimer.

– J'imagine. Et tes amis dont tu m'as parlé, je suppose qu'ils sont tous aussi riches que toi ?

– L'un d'entre eux, oui, mais les deux autres, pas du tout. Au contraire.

Vicky secoua la tête.

– C'est impossible. On ne peut pas avoir d'amis pauvres, ou même pas très riches. Tout de suite, ils nous jalousent. Ils ne voient en nous qu'une grosse tirelire.

– La différence, c'est qu'on est amis depuis le collège, et tu sais, à douze ans, l'argent, les millions, on s'en fiche. Avec les années, on est restés amis et, surtout, comme tu l'as justement dit, on ne sait plus quoi faire de notre argent. Alors, règle numéro un, c'est de le partager. Vois-tu, dans notre milieu, les gens préfèrent faire des dons à coups de millions de dollars à des œuvres caritatives, à des personnes anonymes, plutôt qu'à leur entourage. Même si je suis contre la charité, mes amis ne manquent de rien. Loin de là. Avec Nathan...

– Qui est Nathan ?

– Mon autre ami milliardaire. On aide Keith et Sandy comme s'ils étaient de notre famille. C'est aussi simple que ça. L'argent peut tout pourrir, tout corrompre, mais peut aussi t'apporter beaucoup de bonheur. Je vais te dire, je suis le plus heureux du monde, ou disons que l'argent ne me rend absolument pas malheureux. Je crois même que je serais très embêté si j'en avais plus.

Vicky fit la grimace.

– En fait, j'ai vraiment raté ma vie. Pas d'enfance, pas d'amis, soupira-t-elle. Je t'envie, Jason Zimmer.

Elle leva son verre.

– À ma vie de merde !

– Tu trouves que cette soirée est merdique ?

Vicky fit une drôle de tête.

– Non, en vérité, je passe un très bon moment. Je n'aurais jamais imaginé qu'en venant faire ce concert ici, je finirais la soirée à préparer le repas à un inconnu qui m'a sauvé la vie. Un type qui me donne rendez-vous dans un cimetière où les fantômes de sa grand-mère et d'une petite fille nous regardent. Un garde-côte qui est en fait un milliardaire. Tu sais, dit comme ça, on dirait que ça sort d'un roman à l'eau de rose, plein de bons sentiments, et tout le toutim.

– Et c'est un problème, les bons sentiments ?

– Je n'ai pas dit ça. Mais les meilleurs romans sont ceux qui parlent de la vraie vie, du côté obscur de l'âme humaine. Pas un monde imaginaire où tout serait beau et sirupeux.

– C'est ton avis. Mais tu es très paradoxale. Tu viens de me dire que tu passais une très bonne soirée, alors que, entre nous, reconnais-le, on est un peu sirupeux ?

– Oui, mais là c'est pas pareil.

– En quoi ce n'est pas pareil ? Pourquoi, dans la vraie vie, rechercher le bonheur et n'apprécier que des histoires terribles dans les livres ou dans les films ?

– Pour justement savoir ce qu'est la vraie vie.

– Mais n'as-tu pas compris que la vraie vie est loin d'être aussi terrible que tu l'imagines ? C'est dans ton milieu qu'on pense que l'être humain est un monstre toujours en proie à vouloir faire le mal, mais l'immense majorité des hommes sont aimables et ne cherchent qu'une chose, vivre en paix.

– Je n'y crois pas une seconde. Les gens sont jaloux, tordus, méchants. C'est un miracle que la terre n'ait pas encore explosé.

Jason sourit.

– On n'a vraiment pas la même vision du monde. La question est : pourquoi tu m'aimes bien alors que je suis un gentil garçon ?

– Tu serais un personnage de roman, je te détesterais, mais en vrai, c'est plutôt cool.

– Paradoxal.

– Oui, j'assume... Vicky se tut avant d'ajouter : Je viens d'avoir une idée.

– Je t'écoute.

– On finit de manger et après, tu m'emmènes à la plage.

– Tu en es sûre ?

– S'il te plaît.

Jason la regarda et se dit qu'elle n'était vraiment pas comme les autres filles.

# - 27 -

– Délicieux, se félicita Sandy. Il n'y a pas à dire, les shintori sushi sont vraiment les meilleurs.

Elle venait de croquer dans son premier sushi et il fondait dans la bouche.

– C'est clair. Je suis fan de la cuisine japonaise, approuva Roxane.

– Parfois, je me dis que l'Amérique serait bien meilleure si les Japonais nous avaient envahis, déclara Keith qui, devant le regard troublé des deux jeunes femmes, ajouta : Je plaisante. Un peu d'humour, les filles.

Ils étaient installés à la table de la terrasse et dégustaient leur repas. Sandy avait allumé les lumières extérieures. Derrière la frondaison des arbres qui entouraient le jardin, le soleil s'éteignait doucement alors que les enfants jouaient dans la piscine.

– Fais attention à ta sœur...

Mais le petit garçon avait déjà pris son élan et se jetait à l'eau en boule, jambes ramassées sous lui, éclaboussant tout ce qui était autour de lui.

Lisa reçut un paquet d'eau plein le visage.

– Maman !

Roxane se leva et s'approcha du bord de la piscine.

– Tu as vu, comment j'ai sauté ? se vanta le garçon, très fier de lui.

– Flint, tu ne m'as pas écoutée. Tu ne recommences pas ou tu sors de l'eau.

– Mais pourquoi ?

– Tu n'as pas fait attention à Lisa.

– Oui, il l'a fait exprès, pleurnicha sa jumelle.

Flint se mit à bouder, et en allant nager dans son coin, s'exclama :

– C'est pas vrai !

Roxane revint s'asseoir.

– Excusez-moi, mais...

– Je vous comprends, compatit Sandy. J'ai un petit frère qui a douze ans de moins que moi. Quand je le surveillais à la piscine, il faisait exprès de faire l'intéressant, incapable de réaliser les risques qu'il prenait. Il me rendait folle.

– On n'en parle quasiment jamais, mais un collègue m'a fait passer des statistiques, intervint Keith. Près de trois mille enfants meurent d'accidents domestiques chaque année.

– Tant que ça ? s'étonna Roxane.

– Et je ne vous parle pas des dizaines de milliers de blessés et de handicapés à vie. Pire que la voiture.

– Très intéressant, mais franchement on s'en fout, on peut parler de sujets plus légers ? déclara Sandy.

Keith réalisa sa maladresse.

– Désolé. Déformation professionnelle, je ne recommencerai plus. Promis.

– Vous voyez, Roxane, Keith est bourré de qualités, mais il a un énorme défaut.

– Ah, bon ? Et lequel ?

– Fais attention à ce que tu dis, toi, la menaça Keith qui avait attrapé sa serviette en papier.

– Il veut toujours nous en imposer avec sa science, Monsieur le journaliste.

Et avant que Keith ne réplique vertement, Roxane prit sa défense :

– Ce n'est pas l'image que j'ai eue. Au contraire.

– Voilà qui est parole de vérité.

– C'est parce que vous ne le connaissez pas bien, enchaîna Sandy, moqueuse.

– Hey, tu vas arrêter, saleté, s'agaça faussement Keith qui lui jeta sa serviette roulée en boule.

Mais elle l'évita et fit amende honorable :

– Je plaisante. Keith est quelqu'un de très bien. La preuve, il me supporte depuis près de quinze ans !

– C'est vrai qu'il a du courage. Je ne sais pas si je pourrais vous supporter aussi longtemps, tenta Roxane.

Sandy ouvrit la bouche sans savoir quoi répliquer. Keith applaudit des deux mains, hilare.

– Vous savez que vous venez de moucher une flic ?

– N'importe quoi ?

Mais, devant le regard de Sandy, elle demanda :

– Vous êtes vraiment dans la police ?

– Sergent Dawson pour vous servir. Vous avez un problème avec la police ?

– Non, du tout, je suis la plus sage des femmes... Non, mais sans rire, vous travaillez vraiment dans la police ?

– Oui, et parfois j'ai besoin de décompresser, et je vous remercie de votre bonne humeur, vous me faites un bien fou, Roxane.

– C'est gentil, mais je n'en reviens pas, vous n'avez pas vraiment l'air d'un flic.

– Je dois le prendre comme un compliment ?

– Madame Wilson, vous allez vraiment finir en prison, s'en amusa Keith.

Roxane rit de bon cœur.

– Je suis vraiment la reine des gaffeuses.

– Non, juste spontanée, j'adore ! Allez, parlez-moi de vous, il paraît que vous êtes danseuse.

– Oui, mais peut-être pas le genre auquel vous pensez.

– Keith m'a dit que vous travaillez au *Gentlemen's Club*. Et si je dois avouer que je ne suis pas fan de ce genre de clubs, j'ai un respect total pour les danseuses.

– Merci, mais vous savez, les clients se tiennent à carreau. Je n'ai jamais eu de problèmes. Je fais mon show. Point final. Pas d'escort et tout ce que vous pouvez imaginer.

Sandy réalisa que Roxane devait voir la flic en elle. Du coup, elle décida qu'ils allaient tous se tutoyer.

– Je ne suis pas au travail. Tu peux me parler librement.

– Mais je vous le jure, tout se passe très bien. C'est un club très bien tenu. Je vous le promets.

– Je te crois. Malgré tout, si jamais un jour quelqu'un t'embête, tu n'hésites pas à m'en parler et je te jure, il passera le plus mauvais quart d'heure de sa vie.

– C'est gentil, mais j'espère que je n'en aurai pas besoin.

– On n'est jamais à l'abri d'un sale type. Je connais bien les hommes.

Keith sentit qu'elle partait dans un mauvais trip et comprit qu'il était temps d'intervenir.

– Sandy, s'il te plaît, ce n'est pas toi qui demandais qu'on ne parle qu'avec légèreté.

– Excuse-moi, dit-elle en se resservant à boire. (Elle tendit la bouteille de vin et s'adressa à Roxane.) Un verre ?

– Non merci, je crois que j'ai déjà trop bu.

Sandy prit une gorgée et déclara :

– Tu sais, la danse, c'était mon rêve. j'aurais adoré en faire mon métier.

– Et pourquoi tu n'as pas essayé ?

Pas la peine de lui raconter ses souffrances d'enfance.

– Rien de spécial, je n'étais pas hyperdouée.

– Arrête, tu es super-douée. J'adore te regarder danser, déclara Keith. Tu as quand même gagné le concours de danse du Velvet Jones il y a huit ans. C'était tout simplement incroyable. Tu volais sur la piste. (Il se tourna vers Roxane.) Pourquoi tu ne lui ferais pas une démonstration dans ta salle de danse ?

– Tu as fait installer une salle de danse dans ton manoir ? s'exclama Roxane.

Sandy fit la moue.

– En premier lieu, ce n'est pas mon manoir. Il est à un ami qui me le prête pour une durée indéterminée.

– Keith, je peux être ton ami ? implora Roxane.

Le journaliste vit clairement que la jeune femme ne tenait vraiment pas bien l'alcool, mais il apprécia ce petit air pompette.

– Malheureusement, elle parle d'un autre ami.

– Ce n'est pas grave, je t'aime bien quand même.

Sandy sourit et reprit :

– Deuzio, je ne l'ai pas fait construire, et ce n'est pas une salle de danse, mais une salle d'échauffement qui y était déjà.

Roxane ouvrit alors de grands yeux.

– Ne me dis pas que c'est le manoir de Jack Weston ?

– Tu le connais ?

– Qui ne le connaît pas ! J'aurais adoré intégrer ses cours, mais il ne m'a jamais prise, pourtant je m'étais donnée à fond. Je l'admire, il était tellement doué, dit Roxane qui demanda : Tu connais son histoire et la tragédie qu'il a vécue ?

Sandy et Keith se regardèrent d'un air complice.

– Qu'est-ce que j'ai dit ? Vous avez découvert quelque chose dans les combles. Le secret de Jack Weston ?

– Désolée, on ne peut rien te dire.

– Vous en avez trop dit, ou pas assez.

– On n'a rien dit.

– Allez, ne m'obligez pas à vous supplier.

Keith mourait d'envie d'en parler. Une si jolie histoire, si triste mais si touchante.

– Après tout, on peut le lui dire, ce n'est pas vraiment un secret, plaida-t-il.

– Ça a un rapport avec son départ ?... Attendez, il a quitté la ville il y a sept ou huit ans... quand tu as gagné ton concours au Velvet Jones. Ne me dis pas que c'est lié ?

– C'est totalement lié, mais c'est une longue histoire, dit Sandy.

– Et tragique, ajouta Keith.

– J'ai tout mon temps. Parlez, pendant que je mange.

Et Sandy commença son récit par le tout début et la rencontre avec la fille de la plage...

Un quart d'heure plus tard, elle finissait de lui raconter cet épisode de leur vie, complété par les interventions de Keith.

– C'est complètement dingue, s'en étonna Roxane, totalement fascinée.

Keith intervint à nouveau.

– C'est clair, et depuis, Jack Weston a vendu sa maison et on n'a plus aucune nouvelle de lui, ni de cette fille de la plage.

– Vous n'avez plus jamais eu aucune nouvelle d'eux ?

Sandy avait longtemps espéré les revoir. Elle avait passé des heures à chercher sur Internet et même après, quand elle était entrée dans la police. Mais aucune trace, rien.

– Non, mais j'espère qu'ils vont bien tous les deux.

– C'est incroyable. Et maintenant, tu vis seule dans cette grande maison ?

– Si tu me demandes si je suis mariée, la réponse est non, si j'ai un petit ami, oui. Jusqu'à ce matin.

– Comment ça ?

– Je me suis fait larguer au lever du lit. Je dormais chez lui quand sa femme a débarqué. Je suis vraiment Miss la Poisse.

Mais, remarquant l'air gêné de Roxane, elle ajouta aussitôt.

– Pour que les choses soient claires, j'ignorais que ce monsieur était marié. Je l'ai appris ce matin. Comme je te le disais tout à l'heure, les hommes sont des monstres.

Roxane préféra en sourire.

– C'est ce que je pense. Des monstres, mais surtout des lâches. Aucun courage.

– Très juste. Si on envoyait les femmes à la guerre, l'affaire serait vite réglée... Aïe !

Keith venait de lui envoyer, sous la table, un petit coup de pied dans les tibias. Un peu trop fort, peut-être.

– Quoi, qu'est-ce qu'il y a ? s'agaça Sandy.

– Rien, répondit Keith.

Mais Roxane avait compris.

– Mon mari était militaire. Il est mort en Syrie.

– Oh, je suis désolée, dit-elle se trouvant soudain très bête. C'est le père de Flint et Lisa ?

Ils reportèrent leur regard sur la piscine où, à présent, les deux enfants jouaient ensemble comme des petits fous, insouciants de la conversation des adultes.

– Chaque fois que je les vois, je me dis qu'il n'est pas tout à fait parti.

– Je croyais que tu étais divorcée. Je suis vraiment confuse.

– Il n'y a pas de quoi. Je crois que personne sur cette terre n'a la vie dont il avait rêvé. Keith m'a raconté la sienne, et toi, si j'en crois ta galère de ce matin, ce n'est pas toujours le rêve. Mais cela ne nous empêche pas d'être heureux quand même.

– Tu l'as dit. L'important, c'est aussi de se serrer les coudes. Avoir des gens sur qui compter. Tu as été bien entourée ?

Roxane eut un soupir plein de dérision.

– Tu parles ! Je me suis retrouvée toute seule à élever mes deux enfants. Tu sais, les gens du voisinage n'aiment pas parler à une fille qui fait mon métier. Mon mari était tout le temps là pour me défendre mais, depuis sa mort, je suis seule. Je n'ai pas vraiment d'amies. Au travail, c'est « bonjour, bonsoir ». Je vois juste mes beaux-parents de temps en temps. Ils habitent en Louisiane. Ce n'est pas facile.

– Les gens sont durs, c'est plus fort qu'eux. Toujours jaloux, toujours prêts à médire. Tu connais le dicton : « Pour vivre heureux vivons cachés », dit Sandy.

– Si seulement j'en avais les moyens. Le pire c'est que je vais devoir changer de métier.

– Mais pourquoi ? demanda Keith qui sentit les failles chez Roxane.

– Par rapport aux enfants. Pour l'instant, ils n'ont aucune idée du genre de dansc que je pratique, mais je ne veux pas qu'à l'école on les montre du doigt. Pour beaucoup de parents, je suis une fille facile. Et encore, je reste polie.

– Je comprends, mais tu pourrais intégrer un ballet, non ?

– Je suis trop vieille. L'ennui, c'est que je ne sais rien faire d'autre. J'ai arrêté les études au collège. Je n'ai aucun diplôme, et je ne me vois pas faire un autre métier.

– On va te trouver un homme plein aux as, veuf avec deux enfants. Gentil, attentionné, plein d'humour et qui va t'aimer comme jamais.

– Si tu me trouves ça, je te serai redevable toute la vie.

– Malheureusement, je crains que l'homme parfait n'existe pas. J'ai bien du « Keith » en réserve. Mais, je reconnais que ce n'est pas ce qu'il y a de mieux sur le marché, se moqua Sandy.

– S'il te plaît, si tu n'aimes pas ça, n'en dégoûte pas les autres, se rebiffa l'intéressé.

– Non, en vérité, je suis très bien comme je suis. Je n'ai pas de temps pour un homme.

Sandy en doutait fort. Pour sa part, elle savait qu'elle ne serait jamais heureuse seule. Elle avait besoin de quelqu'un avec qui partager sa vie. Le dicton disant qu'il valait mieux être seul que mal accompagné ne la concernait pas. De son point de vue, elle aurait plutôt dit l'inverse.

– Tu as bien raison, répondit-elle cependant, se voulant compréhensive. Ça te dit qu'on aille voir la salle d'échauffement à l'étage ?

– Et comment ! s'exclama Roxane, qui retrouva le sourire qui lui allait si bien.

– D'ailleurs, si tu pouvais me faire une démonstration, ça m'arrangerait.

– Et pourquoi donc ? s'étonna Keith.

– Pour pouvoir la refaire. Tous les mecs bavent devant les filles qui font de la pole dance.

– Ça, c'est clair, valida Roxane. Mais ne te fais pas d'illusions. Tu sais, les hommes couchent avec les filles sexy, mais se marient avec celles qui ressemblent à leur mère.

Sandy explosa de rire. C'était tellement vrai !

– N'importe quoi ! Sexisme primaire, soupira Keith. Bon, et si vous arrêtiez de dire des bêtises ? Moi je vais me baigner avec les enfants, et vous allez me préparer une danse rien que pour moi.

Sandy regarda Keith, elle l'aurait pris dans ses bras. Il se sacrifiait pour surveiller les deux nageurs. Il avait compris qu'elle avait juste besoin d'être avec une fille, de parler de trucs de filles afin de faire le vide.

# - 28 -

– On était obligés d'aller si loin ? demanda Vicky quand ils sortirent de la voiture.

Ils avaient roulé un quart d'heure le long de la plage. Jason avait décidé de se rendre sur Blue Beach où il connaissait une crique cachée derrière les rochers. Le meilleur endroit pour être tranquille.

– Oui, fais-moi confiance, tu vas adorer.

Le soleil avait passé la ligne d'horizon et seul un maigre halo de lumière flottait encore sur l'océan.

Il sortit du coffre les affaires de plage, une enceinte Beats et surtout des torches d'extérieur à enfoncer dans le sol.

– Tu m'aides ?

Vicky lui prit le sac ainsi que les serviettes.

Ils quittèrent le bord de la route et marchèrent sur le sable en direction de l'océan. Un petit vent chaud soufflait de l'ouest. Un panorama de toute beauté.

– J'avoue, c'est sublime. On est totalement seuls.

– Je te l'avais dit. C'est pas toi qui disais que c'est la fin du monde ?

– C'est vrai. En plus, on a de quoi survivre, dit-elle.

Elle souleva le sac contenant les bouteilles.

– Alcoolique.

– Quand la terre va exploser, je préfère être totalement bourrée.

– À quelle heure ça doit péter ? s'en amusa Jason.

– À minuit, forcément !

Ils arrivèrent près d'une barre de rochers.

– Suis-moi, et fais attention où tu poses les pieds, ça peut être glissant.

Vicky grimpa sur le premier rocher, et puis un second. Ses yeux s'étant habitués au clair-obscur, elle distingua nettement une crique cachée derrière la barrière de rochers.

– Waouh ! Tout ça, rien que pour nous ?

– Alors, ça ne valait pas le coup de faire un peu de route ?

– Tu es un génie !

Ils escaladèrent les derniers rochers et trouvèrent le sable. La petite plage ne faisait pas plus de trois cents mètres carrés, enclavée entre la roche et l'océan.

Vicky enleva aussitôt ses chaussures.

– J'adore cette sensation du sable sous mes orteils.

Jason lui sourit et ils se déshabillèrent en un rien de temps pour se trouver en simple maillot. Caleçon pour Jason, bikini pour Vicky. Celui d'Emma ! Il lui allait comme un gant.

Ils étalèrent leurs serviettes non loin du rivage, mais suffisamment à distance du ressac pour ne pas être trempés au retour des vagues.

Jason planta les quatre torches qu'il alluma, et sortit l'enceinte Beats. Ils avaient fait une compilation rock. « Leavin all the Rest » de Linkin Park plana sur les alentours.

Vicky eut un sourire triste :

– Si seulement il était en vie ! Il était tellement gentil.

– De qui tu parles ?

– Chester Bennington, le chanteur de Linkin Park. Je l'ai rencontré plusieurs fois. J'ai même joué en première partie de leurs concerts. Jamais, je ne l'oublierai.

Jason se souvint du drame qui avait fait la une des médias.

– Il s'est suicidé, c'est ça ?

– Oui, comme son meilleur pote, Chris Cornell. Lui aussi était adorable. À cause de toi, je n'ai pas pu les rejoindre.

– Ne dis pas une chose pareille.

– Je te taquine. Je te remercie de m'avoir sauvé la vie. Mais tu sais, je n'ai pas peur de la mort. Je te l'ai dit, ma vie est une merde. Des journées interminables à ne rien faire. Plus d'envie, plus de désir, plus de but.

– Arrête avec ça. Tu as vingt-six ans. Tu as tout à apprendre.

Vicky retrouva le sourire.

– Trop tard. Ce soir, c'est la fin du monde, mon petit Jason.

« Numb » prit le relais à la sono.

– Putain, ce morceau est incroyable !

Elle se mit à se déhancher au rythme de la musique, sa longue chevelure volant autour de son visage auréolé par la lumière des torches.

Jason mourait d'envie de prendre son portable. Et puis merde ! Il le sortit et la filma sous tous les angles, Vicky ne s'en formalisa pas. Elle chantait sur la musique. Telle une tigresse, elle hurlait avec force et véhémence sur les paroles de son pote défunt.

Jason était au spectacle. Cette fille dégageait un tel charisme. Pas étonnant qu'elle soit une star. Elle avait la musique dans la peau. Il repensa à la malédiction des artistes : la mort à vingt-sept ans.

S'il en était vraiment ainsi, il ne restait à Vicky plus qu'une année à vivre... Non, elle aimait la vie, ça se voyait, se réconforta Jason.

Et pourtant, pourquoi avait-elle des pensées aussi sombres ?

Dans ce cas : pourquoi passait-elle sa soirée avec lui, à s'amuser, si elle ne voulait plus vivre ?

Les sautes d'humeur d'une bipolaire ? Du désespoir à l'euphorie. Les symptômes de la dépression ?

Le morceau arriva à la fin. Un autre enchaîna : « Kosmic Blues » de Janis Joplin.

– Allez, on va se baigner ?

Et sans attendre, elle enleva son bikini et se retrouva nue, sans aucune pudeur. Jason éteignit son portable.

Avait-elle conscience de ce qu'elle faisait. Certes, ils avaient plus qu'abusé du vin, mais ils étaient loin d'être ivres.

– Tu me suis ?

Jason était subjugué. Une vraie beauté. Pas le corps parfait, mais tellement excitant dans ce clair-obscur. Une vraie déesse de désir à la longue chevelure féline.

– J'arrive.

Il se débarrassa de son short de bain et courut derrière Vicky qui venait de se jeter dans les eaux sombres. Il plongea à son tour dans l'océan. Et en émergea avec un grand sourire. Vicky nageait vers le large. Elle possédait un bon rythme, mais lui aussi. Exécutant un crawl impeccable, il ne tarda pas à la rattraper et à nager à ses côtés.

Ils firent une pause alors qu'ils étaient déjà à plus de vingt mètres de la plage.

– C'est trop cool. Putain, je me sens en vie ! Yeah ! hurla Vicky qui leva un poing fermé vers les cieux.

Elle s'enfonça dans les eaux et en ressortit quelques secondes plus tard. Juste devant lui. Le regard brillant d'une étrange lumière.

– Vicky...

Mais il ne put terminer sa phrase. Elle venait de se plaquer à lui pour déposer un baiser sur sa bouche. Ainsi soudés, ils s'enfoncèrent ensemble dans les eaux.

Ils se séparèrent et remontèrent à la surface. Riant de bon cœur, ils nagèrent vers le rivage.

Jason sentit son sexe se mettre au garde-à-vous. L'instinct animal prenant le dessus sur la raison. Plus d'Emma ! Plus d'obligation morale ! Juste vivre cet instant, comme si c'était le dernier. La fin du monde !

Vicky s'étendit sur la serviette. À la lumière des torches, il savoura cette image excitante d'un sexe offert qui n'attendait que le sien.

Il se baissa, s'allongea sur elle et l'embrassa avec fougue.

– Prends-moi, lui souffla-t-elle dans le creux de l'oreille.

Jason n'attendait que ce moment...

# - 29 -

– À moi, à moi ! cria Lisa.

Immergé jusqu'à la taille, Keith attrapa la petite fille sous les bras et la souleva en l'air avant de la rejeter à l'eau, comme il venait de le faire avec Flint.

Le petit garçon revint à la charge.

– Encore !

– Flint, ça suffit, j'avais dit une dernière fois, intervint Roxane.

Tout le monde était dans la piscine. Sandy avait oublié ses complexes et avait rejoint dans l'eau cette déesse au corps de rêve.

– Maman, juste une fois.

– Très bien, mais après on sort.

Flint lui fit un large sourire et Keith l'envoya encore plus haut avant qu'il ne retombe dans un grand splash.

– Bon, allez, on sort maintenant, ordonna Roxane.

– Mais pourquoi ? s'insurgea Lisa.

Sandy s'approcha de la petite fille :

– Parce qu'il se fait tard. Mais si vous êtes sages, vous pourrez revenir une autre fois.

– C'est vrai ?

– Bien sûr. Mais il faut que vous écoutiez votre maman.

Lisa et Flint se dépêchèrent alors de nager vers l'échelle et furent les premiers à sortir de l'eau.

– Merci. Heureusement que tu es là, dit Roxane. Ils ne m'écoutent jamais.

– Les enfants profitent toujours de notre bienveillance. De vrais petits monstres.

Keith était déjà dehors et en portait un dans chaque bras.

– À la douche, maintenant !

Tout le monde retourna dans le manoir. Sandy indiqua la salle de bains du rez-de-chaussée, équipée de tout le nécessaire pour les invités.

Keith et elle-même montèrent au premier pour utiliser celle des chambres.

– Tu prends ta douche en premier ? demanda Keith.

– Non, vas-y, je la prendrai après toi, avant d'ajouter : Désolée si j'ai gâché la sortie que tu avais prévue avec elle, mais j'ai adoré cette soirée.

– Tu plaisantes ! Tu as vu comme ils sont heureux ? C'est moi qui devrais te remercier. Cela faisait longtemps qu'on n'avait pas passé un si bon moment. On devrait profiter plus souvent de ta piscine.

– La magie d'avoir des enfants.

– Oui, un de ces quatre, il va falloir qu'on s'y mette, nous aussi.

Elle pensa à Paul... Encore un sale type qui l'avait trahie.

– J'espère.

Keith lui posa une main réconfortante sur l'épaule.

– Ça va venir, je suis sûr que tu vas trouver ton prince charmant très vite.

– Si seulement... En tout cas, si j'étais toi, je ne lâcherais pas une fille pareille. Roxane est parfaite.

Keith recula légèrement.

– Je te l'ai dit, ça ne va pas être possible. Du moins pour une vraie relation.

– Tu t'es vu avec ses enfants, on dirait que ce sont les tiens.

– Oui, mais non, je suis comme ça avec tous les enfants. Écoute, on peut parler d'autre chose ?

Sandy vit qu'il était gêné. Se pourrait-il qu'il doute ?

– OK. Je n'en parle plus. Mais même si tu ne veux plus voir Roxane, moi, je compte bien l'inviter à nouveau. Tu seras le bienvenu si tu veux.

– On verra...

Un portable sonna. Sandy reconnut la sonnerie du sien. Qui pouvait l'appeler à 10h du soir ?

Elle laissa Keith rentrer sous la douche et redescendit au rez-de-chaussée. Le temps qu'elle revienne sur la terrasse, son portable avait cessé de sonner.

Elle le trouva sur la table. Un appel de son père. Un bip se fit entendre. Des SMS. Elle hésita à regarder. Elle avait passé une soirée parfaite qui lui avait totalement fait oublier l'horreur de sa fin d'après-midi.

Elle entendit, par la fenêtre de la salle de bains, les cris des enfants qui prenaient leur douche avec leur mère.

Elle reposa le smartphone, mais il sonna à nouveau.

« Eh merde », se dit-elle tout en répondant à son père.

– Allô ?

– Sandy, je ne te dérange pas ?

– Non, ça va. Qu'est-ce qui se passe ?

– Je suis parvenu à déflouter les photos, je t'en ai envoyé quelques-unes par MMS, mais en fait, elles sont toutes pareilles.

– C'est-à-dire ?

– C'est le même visage sur toutes les photos. Ce type s'apprêtait sûrement à kidnapper cette petite fille. Mais peut-être l'a-t-il déjà fait et qu'elle est séquestrée quelque part. Vous devriez lancer un avis de recherche, mettre tous vos services en action...

– OK, je vais appeler mon chef. Je te tiens au courant.

– Sandy ?

– Oui.

– Tu sais, je voulais te dire. Je suis fier de toi.

Sandy n'avait pas vu venir le compliment. Cela faisait des mois qu'il râlait contre son métier. Peut-être voyait-il enfin à quoi elle servait ?

– Merci, papa. Je t'embrasse.

Elle raccrocha et se sentit bêtement émue. C'était la première fois qu'il la félicitait d'être dans la police.

Elle rouvrit son smartphone et alla sur les MMS qu'il venait de lui faire parvenir.

Sandy sentit son cœur palpiter un peu plus. Tant que l'image était floutée, d'une certaine façon, cette petite fille était virtuelle. Mais, dès qu'elle aurait vu son visage, cela deviendrait encore plus difficile.

« Tu n'as pas le choix, c'est ton travail, ouvre-les. »

Et elle ouvrit le premier.

Aussitôt son cœur bondit dans sa poitrine. Impossible ! Tellement improbable et tellement insupportable !

Elle regarda vite une deuxième photo pour être sûre, mais c'était bien elle, sans doute possible. Elle connaissait cette enfant, cette petite fille qui avait l'air si pleine de vie. Une petite fille qui venait de passer sa soirée dans sa piscine.

Elle retourna dans le manoir, monta les marches quatre à quatre et courut jusqu'à la salle de bains où Keith prenait sa douche. Elle entendait l'eau couler. Elle frappa à la porte. Keith ferma le robinet. Elle frappa de nouveau plusieurs coups.

– C'est bon, j'arrive.

Keith ouvrit la porte, une serviette autour du bassin.

– Qu'est-ce qui se passe ? Tu en fais une tête ?

– Mon père a déflouté les visages des enfants.

– Je croyais que tu ne voulais plus parler de ça ce soir.

– Je sais, mais regarde.

Elle lui tendit son portable.

– Sandy, on vient de passer une très bonne soirée...

– Regarde ! le coupa-t-elle, presque hystérique.

Keith, réalisant qu'elle était en état de choc, prit à contrecœur le smartphone. Il l'alluma et vit une photo de la fille de Roxane dans un parc.

– C'est Lisa. D'où tu sors cette photo ?

– Tu es sourd ou tu le fais exprès ! C'était dans l'ordinateur du pédophile qu'on a retrouvé mort.

Keith prit enfin conscience de la gravité de la situation.

– Tu déconnes ?

– Non, en fait, toutes les photos représentent Lisa. Ce type se préparait à la kidnapper.

– Bordel, mais qu'est-ce que tu comptes faire ?

– Il faut en parler tout de suite à Roxane.

– Attends. Tu dis que le type est mort, c'est bien ça ?

– Oui, mais peut-être avait-il des complices.

Le choc passé, Keith réfléchissait à toute vitesse.

– Attends un peu. Primo, rien ne dit que ce type est un pédophile, rien ne dit non plus qu'il voulait la kidnapper et encore moins qu'il avait des complices.

– Et tu proposes quoi comme théorie ?

– J'en sais rien, mais il doit bien y avoir une explication moins dramatique.

– Moi, j'en vois pas. Je vais appeler mon chef.

Keith détestait quand Sandy s'emballait. Elle était toujours dans l'excès.

– Écoute, calme-toi. Ce soir, je veille sur Roxane, je ne la lâche pas. Mais toi, promets-moi de ne pas lui en parler. On vient de passer une très bonne soirée, je ne veux pas la gâcher et qu'elle finisse en cauchemar. Et je te le redis, rien ne prouve que quelqu'un va s'en prendre à elle.

Sandy réalisait qu'il n'avait peut-être pas tort, cependant, elle ne voulait pas prendre le moindre risque.

– Je ne sais pas.

– Sandy, je vais rester devant chez elle. Je vais la surveiller. Un kidnapping, ça ne se fait pas comme ça. Les pédophiles font très attention à ne pas se faire remarquer. Ils ne vont pas entrer dans une maison où il y a la mère et ses deux enfants. Ils attendent plutôt les sorties d'écoles, les enfants isolés. Entrer dans une maison habitée est mille fois trop risqué.

Ce n'était pas faux.

– OK, mais tu ne la lâches pas des yeux.

– Tu peux en être sûre.

Sandy n'était pas certaine que cela soit la bonne décision, mais elle devait admettre que Keith avait raison. Lisa ne risquait rien. L'homme était mort. Nul doute que s'il avait des complices, ces derniers prendraient toutes leurs précautions avant d'agir.

– J'espère qu'on ne se trompe pas, dit-elle en voulant le croire.

# - 30 -

Jason se sentait d'humeur bizarre. Au volant de son Hummer, il retournait vers le centre-ville. Vicky était silencieuse et écoutait la musique qui s'échappait de l'autoradio.

Ils venaient de passer une soirée mémorable sur la plage. Contrairement au début de la soirée dans l'appartement, ils n'avaient quasiment pas dit un mot. Seuls leurs corps s'étaient exprimés.

Après avoir fait l'amour, ils étaient restés l'un contre l'autre à se caresser, silencieux, prenant toute la mesure de ce moment hors du temps. Le bruit monotone du ressac, l'océan qui scintillait sous la lumière de la lune, la musique en sourdine, les torches qui illuminaient leurs corps d'ombres dansantes, tout était là pour créer une ambiance magique.

Ils avaient encore fait l'amour, s'étaient baignés à nouveau, puis caressés avec tendresse, serrés l'un contre l'autre.

Enfin, la fatigue les avait rattrapés. Il était temps de rentrer après cette journée épuisante.

Un extrait de « Bon appétit » de Katy Perry résonna dans l'habitacle. C'était la sonnerie liée au numéro d'Emma.

« La poisse ». Il ne risquait pas de répondre.

Mais Vicky mit sa main dans sa poche et lui sortit son téléphone.

– Emma ? demanda-t-elle.

Il fit la grimace.

– C'est la fille « c'est compliqué » ? demanda-t-elle.

– C'est ça.

– Tu sais, je ne te juge pas. Je passe mon temps à tromper mes mecs.

Jason n'avait aucune envie d'engager une telle conversation, mais il n'avait pas le choix. Un bip. Il vit qu'il avait un message en absence. Il freina et s'arrêta sur le bord de la route.

– Je dois la rappeler. Ça ne t'embête pas ?

– Tout va bien.

Il sortit de la voiture et fit son numéro.

– Tu es où? demanda Emma.

Jason se força à sourire, espérant que sa voix ne trahirait pas son trouble.

– Avec mes potes, avant d'enchaîner : Et, toi, ta soirée entre filles se passe bien ?

– Non, on s'est pris la tête. Katia est encore partie dans les tours, elle ne tient vraiment pas l'alcool. Je viens de rentrer à l'appart. Tu me rejoins ?

Il regarda Vicky qui avait la tête posée contre la vitre de la voiture.

– Je ne vais pas rentrer ce soir. Je vais dormir sur le yacht de Keith. On se fait une soirée cinéma.

– Allez, reviens, je te promets, tu pourras me faire tout ce que tu veux.

Jason eut un petit rire.

– Très tentant, mais non. Cet après-midi, je t'ai proposé de rester avec moi, et tu as refusé. Tant pis pour toi. Ce soir, c'est l'intégrale *Star Wars*.

– Pff, tu es un vrai gamin. Tu préfères ces films de débile à mon petit cul ?

– Emma, s'il te plaît. C'est toi qui as décidé de sortir. À présent, je ne vais pas lâcher mes amis parce que les tiennes t'ont laissée tomber.

– OK, je vois.

Elle lui raccrocha au nez. Insupportable.

Il fut tenté de la rappeler... et puis, merde, qu'elle aille se faire voir !

Jason retourna dans la voiture.

– Alors ?

– Changement de programme, on va devoir dormir ailleurs.

– Pourquoi ?

– Elle m'attend à l'appartement.

Vicky eut un petit sourire.

– On va où ?

– On a le choix. On peut aller au *Carlton*, comme ça, demain, tu pourras rassurer ton père dès le saut du lit.

– Certainement pas. Tu n'as pas mieux ?

– Ce ne sont pas les hôtels qui manquent. Il y a le...

– Et si on allait chez toi ? Je veux parler de ton hacienda familiale.

Jason était étonné qu'elle s'en souvienne.

– Pourquoi pas ? Mais on risque de croiser mes parents.

– Eh bien, on leur dira bonjour. J'ai vraiment envie de voir où tu as vécu.

– OK, dans ce cas, je leur envoie un SMS pour les prévenir.

Il l'écrivit et remit le contact. Le Hummer s'enfonça vers les hauteurs de Santa Barbara, avant de s'en éloigner et d'arriver dans une zone isolée, là où se trouvait la propriété familiale avec ses vignobles et l'oliveraie.

Jason s'arrêta devant un immense portail. Il en activa l'ouverture, puis fit entrer le 4x4 dans la longue allée qui menait à la résidence.

Des lampadaires illuminaient l'entrée de l'hacienda et lui donnaient un aspect fantasmagorique. Presque un château à l'architecture néo-hispanique.

– Maintenant je te crois, que tu es milliardaire ! Même moi, je ne pourrais pas me payer une baraque pareille.

Il se gara sous l'abri où des voitures de luxe étaient garées. Une Ferrari, une Maserati, une Bentley...

– Rassure-moi, tes parents ne travaillent pas pour la mafia ?

– Tu sais, on dit beaucoup de mal de la mafia, mais...

– Quoi ?

– Je rigole. Bien sûr que non. Allez, viens.

Ils entrèrent par la grande porte. Au fond d'un hall spacieux, sol en marbre, décoration luxueuse, il y avait un escalier majestueux qui desservait l'étage.

– Personne. Viens, on va directement dans ma chambre, j'irai saluer mes parents après.

Ils gravirent l'escalier et parvinrent au premier étage. Ils longèrent un large couloir dont le sol était recouvert d'une épaisse moquette qui absorbait le bruit de leurs pas. À mi-chemin, ils bifurquèrent pour passer dans l'aile droite du bâtiment.

– C'est un vrai labyrinthe. Vous vivez à combien là-dedans ?

– Mes parents et ma petite sœur.

– Vous ne devez pas vous marcher dessus.

– Sur Internet, j'ai vu ta villa à Beverly Hills, c'est pas mal non plus, pour une fille seule.

– Un point pour toi.

Ils arrivèrent enfin au bout du couloir devant une porte en chêne massif.

– Et voici l'antre de la Bête.

Il ouvrit la porte révélant un petit loft.

La pièce maîtresse était un lit monumental dressé sur une estrade, disposé face à une grande baie vitrée débouchant sur une terrasse.

Vicky s'avança jusqu'à la baie. Au loin, éclairé par la lune, par-delà les vignobles, elle pouvait distinguer l'océan.

– Ça devait être l'horreur, quand tu te réveillais, pour trouver le courage de quitter cette chambre.

– Ne m'en parle pas, j'étais tout le temps à la bourre.

Vicky se retourna dans la pièce et sauta sur le lit.

– Humm ! Que ça fait du bien !

Elle s'était allongée, les bras en croix, totalement exténuée.

– Je te laisse, je reviens tout de suite, pas de bêtises. OK ?

– Je vais dormir comme un bébé.

Il sortit et alla directement au grand salon.

Son père regardait un match de football sur l'écran géant.

– Bonsoir, papa. Maman est déjà au lit ?

– Oui. Elle était fatiguée. Elle ne savait pas que tu devais venir.

– J'irai la voir avant de me coucher. Mais auparavant, il faut que je te dise quelque chose.

Terence Zimmer prit la télécommande et mit sur pause.

– Tu t'es disputé avec Emma ?

– Pas vraiment. C'est plus compliqué.

– J'ai vu que tu es rentré avec une fille. Tu fais ce que tu veux, fils, mais courir deux lièvres à la fois, c'est la certitude de se créer de graves ennuis. Les femmes peuvent être des plaies, parfois.

– Eh bien, bravo !

Père et fils se retournèrent en même temps pour découvrir la jeune sœur de Jason. Emily.

– Qu'est-ce que tu fais là ? Tu ne devrais pas être couchée ? dit Jason en regardant ostensiblement la pendule du salon qui indiquait 23h14.

– Avec tout le bruit qui tu fais avec ta grosse bagnole, certainement pas.

Emily était une écologiste convaincue et ne jurait que par le vélo et les voitures électriques.

– Tu peux nous laisser ? demanda Terrence.

– Ça va aller, tu peux rester. D'ailleurs autant que tu le saches, intervint Jason.

– Que je sache quoi ? demanda Emily.

Elle s'avança et vint s'affaler dans un des confortables fauteuils du salon.

– J'ai une invitée très spéciale.

– C'est ce que j'ai cru comprendre, et je trouve ça lamentable. Je devrais appeler Emma pour la peine.

Seize ans et déjà un sacré caractère. Elle le tenait de sa grande sœur, une avocate très en vue, très investie dans la cause féministe.

– Ne fais pas ça, la coupa-t-il. Attends au moins que je t'explique.

– Tu n'as aucune excuse. Tu trompes Emma, et ça ne se fait pas.

– Je ne trompe pas Emma, j'aide une amie.

– Ah oui, et tu l'invites dans ta chambre.

– Elle ne sait pas où dormir. Elle a besoin de calme et je me suis dit que l'hacienda était l'endroit parfait.

– Alors, pourquoi ne pas en parler à Emma ?

Jason commençait à en avoir assez et fit les gros yeux.

– Non, mais tu vas arrêter ! Est-ce que je me mêle de tes affaires ?

– Mais je n'ai rien à me reprocher, moi.

– Hey, vous allez arrêter tous les deux ! Vous allez réveiller votre mère, intervint Terrence Zimmer.

Le silence s'installa.

– Bon, on va héberger ton amie. Mais pour Emma, je suis d'accord avec Emily. Mentir n'arrangera rien.

– Je vous demande juste un peu de temps. Ce n'est pas n'importe qui que j'ai recueilli.

– Ne me dis pas que c'est celle à qui je pense ? dit Emily.

– Et tu penses à qui ? demanda Terrence.

– Vicky Lance.

Jason ne put s'empêcher de rougir.

Terrence eut un large sourire :

– Amoureux de la fille que tu as sauvée. J'avoue que c'est plutôt romantique.

– C'est tout simplement lamentable. Elle ne t'aimera jamais. C'est une folle, une cinglée. Tout le monde le sait, c'est une nymphomane ! Tu es ridicule !

– Tais-toi, je t'interdis ! Tu ne la connais pas. Je croyais que tu défendais les femmes, et tu tombes dans les pires préjugés. Forcément, c'est une salope si elle accumule les mecs. Qui es-tu pour la juger ?

– J'ai pas dit ça. Mais elle se drogue aussi, ajouta Emily, prise de court.

– C'est faux. Tu n'en sais rien. Tout ça, ce ne sont que des ragots et tu tombes en plein dedans !

Emily était très mal à l'aise, réalisant qu'elle s'était trop vite emportée.

– OK, ça va. Fais comme tu veux, mais je ne mentirai pas à Emma si elle me demande ce qui s'est passé ce soir.

Elle repartit d'un pas vexé.

– Ne t'en fais pas. Je vais aller lui parler. Elle ne dira rien, le rassura son père.

– J'espère. Vicky ne va pas bien, elle a besoin de repos et de calme.

– Je comprends. J'ai appris que tu l'avais sauvée. Je suis très fier de toi.

– Je n'ai fait que mon travail.

– Non, tu as fait bien plus. Tu as risqué ta vie. Tu es un héros.

Jason haussa les épaules.

– Tu me promets de ne rien dire ?

– Oui, ne t'inquiète pas. Tu veux en parler à ta mère ou c'est moi qui lui en parle ?

– Tu peux le faire ?

– D'accord. En revanche, ne laisse pas traîner les choses avec Emma. Si tu ne l'aimes plus, dis-le-lui le plus vite possible. Tu lui briseras le cœur, mais elle s'en remettra mieux que si elle apprend que tu l'as trompée durant des semaines.

Jason n'était même pas persuadé de lui briser le cœur tant elle était insensible, parfois.

– Merci, papa.

Terrence lui sourit affectueusement et se retourna vers la télévision. Le match reprit.

Jason quitta le salon et, reprenant le dédale de corridors, il retrouva enfin sa chambre.

Quand il ouvrit la porte et entendit comme un léger ronronnement, un petit sourire naquit sur ses lèvres.

Vicky dormait, nue, au milieu du grand lit.

– Dors bien, lui murmura-t-il, tout en se déshabillant.

Deux minutes pas tard, collé à elle, il s'endormit lui aussi d'un sommeil profond.

# - 31 -

– Tu tournes à gauche et nous y sommes, indiqua Roxane d'une voix douce.

Elle chuchotait presque. Les enfants s'étaient endormis à l'arrière de la voiture.

– Quel dommage ! Ça veut dire qu'on va devoir se dire au revoir.

Keith avait tout fait pour garder l'esprit léger, mais il ne cessait de penser à Lisa et aux photos volées. Il mourait d'envie de lui en parler. Mais pourquoi l'inquiéter, alors qu'elle paraissait si heureuse ?

– Eh oui, les meilleures choses ont une fin. On se voit demain, si tu veux. En revanche, je travaille tout l'après-midi et le soir.

– Ça nous laisse toute la matinée. Je t'apporte le petit déjeuner. Tu aimes quoi ?

Il venait de déboucher dans sa rue. Il fit exprès de rouler au ralenti pour profiter de ces derniers instants.

– Tu n'es pas obligé.

– Ça me fait plaisir, et c'est le journal qui paie. Alors ?

Vicky sourit.

– Dans ce cas, d'accord. Prends ce que tu veux. J'aime tout.

– Un petit déjeuner français ?

– Des croissants ? Avec plaisir.

Il se gara au bord du trottoir, et soudain Roxane se figea.

Keith vit aussitôt le changement. Elle avait les yeux fixés sur sa maison.

– Un problème ?

– La chambre est allumée. J'aurais juré avoir tout éteint avant de partir, s'inquiéta-t-elle.

Keith se pencha et lui aussi vit de la lumière à l'étage.

– Ne bouge pas, je vais aller voir, dit-il d'un ton très inquiet.

– C'est gentil, mais ce n'est pas la peine. Les enfants ont dû laisser allumer sans que je m'en rende compte.

Et si c'était les prédateurs ? Et s'ils étaient venus chercher Lisa ? Keith laissa le moteur en marche.

– Prends ma place. Si tu entends le moindre coup de feu, tu pars tout de suite et tu appelles Sandy. D'accord ?

– Tu me fais peur. Ce n'est pas vraiment drôle.

Il voyait qu'elle était angoissée, mais il ne pouvait pas faire autrement.

– Je ne plaisante pas, Roxane. Donne-moi tes clés. Assieds-toi au volant, et au moindre mouvement suspect, tu mets les voiles, direct. Si quelqu'un s'approche de la voiture, aussi inoffensif qu'il te paraisse, tu te tires avec les enfants et tu appelles Sandy.

Roxane le regarda, hébétée.

– Et je te laisse en plan, te faire tuer ? dit-elle en secouant la tête. Tu dramatises trop. Je suis persuadée que c'est juste les enfants qui ont oublié. Ce ne serait pas la première fois.

– Roxane, crois-moi. Fais ce que je te dis. Laisse-moi entrer seul dans ta maison et si tout se passe bien, tu pourras te moquer de moi pour le restant de tes jours.

– OK, mais je suis sûre que tu te trompes.

– Je l'espère.

Elle lui donna les clés de la maison.

Keith sortit de la voiture et, sans claquer la portière, il se dirigea vers l'entrée. Pas de bruit. Toujours la lumière allumée à l'étage. Il actionna la poignée. La porte était toujours fermée à clé. Personne ne l'avait forcée.

« Tu es parano, mon vieux. Roxane a raison, ce n'est qu'un oubli des enfants. »

Il mit la clé dans la serrure et entra. Il appuya sur l'interrupteur de l'entrée et eut à peine le temps d'apercevoir un homme, cagoule et tenue noires, qui s'enfuyait du salon.

Un voleur... ou bien pire ?

Le sang de Keith ne fit qu'un tour, et sans savoir si l'homme était armé, il bondit en avant.

Le fuyard partit en courant et passa par la baie vitrée du salon qui était grande ouverte.

Keith faillit trébucher sur le canapé, mais parvint à se rattraper et sortit à sa suite. Il vit la silhouette s'enfuir par le jardin, sauter par-dessus la haie qui la séparait de la maison voisine.

Keith sentit l'instinct du chasseur monter en lui. Il allongea sa foulée et, jugulant son souffle, sauta par-dessus la haie au moment où le fuyard était à seulement quelques mètres devant lui. L'homme avait quitté les jardins et réussi à rejoindre le trottoir. En cette heure avancée de la nuit, pas de voiture dans ce quartier paisible.

Keith n'était que haine et colère. Qui étaient ces types qui avaient voulu s'en prendre à Lisa ?

L'homme jeta un coup d'œil en arrière et, malgré sa cagoule et la distance, Keith fut certain de lire du sadisme dans ses yeux.

« Je vais t'avoir, sale ordure ! »

Il trouva un regain de force et, mètre après mètre, il sut qu'il le rattrapait.

L'homme se retourna encore une fois et obliqua dans une rue adjacente. Mais Keith ne le perdit pas de vue.

Une voiture jaillit au loin et les éblouit de ses pleins phares.

Keith grogna, mais garda la silhouette en ligne de mire.

« Tu es foutu et tu le sais. »

La voiture passa près d'eux et accéléra dès que son conducteur pensa qu'il s'agissait d'une poursuite entre deux voyous, du fait de l'homme cagoulé.

Pas la peine de compter sur un bon Samaritain qui serait venu à la rescousse.

Keith ressentait une douleur qui lui brûlait les poumons. Il réalisait qu'il n'avait plus le souffle de ses années étudiantes.

« Mais toi non plus, pourriture ! »

Il n'avait plus que sept mètres d'avance.

« Je vais l'avoir. »

Une nouvelle fois, l'homme se retourna. Soudain, il s'arrêta et resta campé sur ses jambes. Dans sa cagoule et sa combinaison noires, il faisait peur à voir.

Keith ralentit et eut de gros doutes. Ce type semblait tout droit sorti d'un film d'espionnage ou d'arts martiaux. Il ne ressemblait pas à un pédophile tel qu'il se l'imaginait.

– Mets-toi à genoux ! hurla Keith.

L'homme mit ses mains derrière son dos.

Keith était à deux mètres. Il voyait la sueur briller autour de ses yeux, à la lumière des réverbères de la rue.

Brusquement, l'homme pointa une arme. Keith bondit en avant pour lui sauter dessus et le désarmer. Mais il n'en eut pas le temps. Le tir était parti et le toucha à l'abdomen. Il s'effondra aussitôt sur le sol. Incapable de bouger.

Dépité, Keith entendit le bruit d'un moteur, une voiture qui approchait.

Une portière qui claque. Des bruits de course affolée. Un visage anxieux qui se penche au-dessus du sien.

– Dis-moi que tu vas bien, dis-moi que tu vas bien ! hurla Roxane, les larmes aux yeux

Keith se toucha le ventre.

– Ça va aller, ça va aller.

Il se redressa et s'assit à même le sol. L'homme l'avait tazé et une terrible décharge électrique l'avait immobilisé. Plus de peur que de mal.

– Je l'ai vu te tirer dessus !

– Un simple tazer.

Elle se baissa et le prit dans ses bras.

– J'ai tellement eu peur. Qu'est-ce qui s'est passé ?

– Il ne faut pas rester ici. Il faut appeler la police, dit Keith toujours sous le choc.

# - 32 -

Sandy s'avança sur le pas de la porte de la chambre.

– Je peux entrer ?

Keith venait de l'accompagner à l'étage de la maison. Roxane était avec ses deux enfants qui ne cessaient de pleurer.

– Bien sûr, fit Roxane.

– Il faut que je te parle, seule à seule ?

– Je comprends. Flint et Lisa, allez en bas avec Keith.

– Mais, maman, on veut rester avec toi !

– S'il vous plaît, soyez gentils.

Keith leur tendit la main. De mauvaise grâce, chacun prit sa peluche, et il les emmena au rez-de-chaussée.

Le moteur d'une voiture se fit entendre. Sandy alla à la fenêtre et vit que c'était Deckard.

Quand elle avait eu l'appel de Keith, et avant qu'il ne lui explique les événements, elle avait craint le pire. Heureusement, plus de peur que de mal. Roxane et les enfants étaient sains et saufs, mais il s'en était fallu de peu.

Elle avait aussitôt appelé Deckard, et lui avait dit de foncer 152 Cooper Road. Ce qu'elle avait également fait.

– Comment tu te sens ?

– À ton avis ? On a tiré sur Keith ! Le pire est qu'il semblait le prévoir. Comment est-ce possible ? Il m'a dit que tu me dirais tout.

Elle était en panique totale.

Sandy s'assit à côté d'elle sur le bord du lit et lui posa une main rassurante sur les genoux.

– Tu ne risques plus rien. Tout va bien se passer, je te le promets.

– Mais pourquoi risquerais-je quelque chose ?

Ils entendirent des pas dans l'escalier. C'était Deckard, qui les rejoignit dans la chambre.

– Madame Wilson ?

– Oui. Qui êtes-vous ?

– Lieutenant James Deckard, se présenta-t-il en sortant sa plaque. Vous connaissez ma collègue ?

– Oui, on a passé la soirée ensemble. Mais dites-moi ce qui se passe. C'est insupportable de ne pas savoir.

Deckard referma la porte derrière lui.

– Ce matin, nous avons trouvé un corps près du lac Cachuma.

– Oui, je crois bien que j'en ai entendu parler aux infos.

– Nous avons toutes les raisons de croire qu'il s'agit d'un meurtre. En enquêtant sur cet homme nous avons découvert un fichier dans son ordinateur personnel.

– Quel rapport avec moi ?

– Nous avons trouvé ça.

Il sortit une tablette de sa sacoche et l'alluma.

– Mais c'est Lisa ! C'est le parc Alameda.

Il fit défiler toutes les photos du fichier. Roxane était sans voix, absolument horrifiée.

– Mais qu'est-ce que ça veut dire ? Pourquoi avait-il ces photos ?

Deckard fit la moue.

– Nous n'avons aucune certitude à cette heure. Nous privilégions plutôt la thèse d'une tentative de kidnapping. Nous craignons que l'homme qui est entré chez vous soit son complice.

– Mais pourquoi ? Je ne suis pas riche. Jamais je ne pourrais payer une rançon !

– Notre enquête débute à peine. Mais je peux vous assurer que toutes les forces de police et même du FBI vont se mettre sur cette affaire. Votre famille ne risque plus rien.

– Facile à dire, il s'est échappé !

– Vous allez être mise sous surveillance permanente. Vingt-quatre heures sur vingt-quatre.

– Mais ce n'est pas possible, je suis en plein cauchemar.

– Roxane, on ne va te lâcher, la rassura Sandy. On va retrouver cet enfoiré et le foutre au trou pour un bon moment.

– Un bon moment, pour toujours, oui ! Je ne vivrai jamais tranquille tant que je le saurai en liberté.

– On va le retrouver, je vous en fais la promesse, s'avança Deckard. Mais vous comprendrez sans peine que nous allons avoir besoin de votre aide.

– Mais je ne peux rien faire pour vous aider.

– On ne sait jamais. Peut-être connaissez-vous les coupables. Des gens proches de vous, des collègues...

– Oh, non, c'est pas vrai ! s'exclama Roxane.

– Tu penses à quoi ? demanda Sandy.

– Il y a un client. Il était super-lourd, il me draguait ostensiblement. Il a été interdit du *Gentlemen's Club*. Pour se venger, il m'a dit qu'un jour il me ferait payer. Je n'y ai pas cru une seconde. Mais si c'était lui ?

– Il va falloir que tu nous donnes son nom. On va tout vérifier.

– Je ne m'en souviens plus. Il faudrait demander à William Collins, c'est mon patron, il vous le dira.

– Il y a peut-être d'autres personnes. Tu as déjà reçu des menaces ?

– Non, jamais. Je ne sais plus. Vous croyez que c'est peut-être un de mes proches ? Un parent d'élève ? Un type que je croise à l'école ? Ou alors un de ses professeurs ? Son professeur de danse ?

Roxane recommençait à s'affoler.

– Calme-toi. On va te laisser tranquille. Tout va bien. Tu as besoin de dormir. Keith est d'accord pour que tu dormes chez lui.

– Je ne pourrai plus jamais dormir dans cette maison en sachant que le type qui y est entré est toujours en liberté et peut revenir à tout moment.

– Sergent Dawson, vous resterez avec Madame Wilson, pour ce soir. Vous avez votre arme de service ?

– Non, elle est au commissariat.

– Vous passerez la prendre.

– À vos ordres, lieutenant. Puis se tournant vers Roxane : Tu ne risques plus rien, je te promets qu'on va l'arrêter. Ce n'est qu'une question de temps. Allez, va rejoindre tes enfants.

Roxane sortit de la chambre et les laissa seuls.

Deckard se racla la gorge.

– Sergent, je peux savoir par quel étrange hasard vous vous êtes retrouvée avec la mère de cette fillette ?

Sandy se doutait qu'il aurait du mal à la croire. La meilleure chose à faire était de dire la stricte vérité. Elle lui expliqua que Keith était un ami journaliste et qu'il préparait un article sur cette jeune femme.

– ... bref, juste du hasard, ou plutôt le destin, conclut-elle. Je crois en ce genre de choses. Je crois surtout qu'on a eu beaucoup de chance.

– C'est clair. Mais à l'avenir prévenez-moi aussitôt, quand vous avez une telle info. Cela aurait pu mal tourner.

– Pas la peine de le dire. Si vous saviez combien je m'en veux.

Deckard se passa la main sur les joues avant d'exprimer une nouvelle théorie :

– Vous savez, je ne suis pas du tout persuadé que nous ayons affaire à une tentative d'enlèvement.

– Vous plaisantez ?

– Non, si on réfléchit bien, tous ces clichés ressemblent davantage au travail d'un détective privé.

– Ce type n'était pas détective. Il était sans travail. Vous avez oublié ?

– Il était avant tout un petit voyou. Peut-être était-il un ami du père de Lisa et il surveillait sa fille. Qu'est-ce qu'on sait de son ex-mari ? Vous m'avez dit qu'elle vivait seule. Son ex-mari est peut-être un malfrat, aussi bien c'est lui qui a agressé votre ami journaliste...

– Je vous arrête tout de suite. Son mari est mort à la guerre.

– À la guerre ?

– Il était soldat. Il est mort en Syrie.

– OK, mais cela ne change rien. Peut-être un ancien petit copain jaloux. On va devoir lui poser la question. Il faut qu'on connaisse tous les noms de ses ex-petits amis.

Sandy réalisa enfin qu'elle s'était trop vite emballée et certainement fourvoyée. Si l'homme était un pédophile, ils auraient trouvé d'autres fichiers de nature réellement ignoble. Deckard avait raison, ce n'était sans doute que le copain d'un ex qui voulait lui faire peur.

« Il faudra que tu arrêtes de regarder des films de sérial killers ! Et surtout que tu réfléchisses avec plus de discernement ! » se dit-elle avant de déclarer :

– Attendez demain. On devrait la laisser tranquille cette nuit. Surtout si vous avez raison.

– On a un homme en fuite, on n'a pas de temps à perdre. Plus vite on aura des noms, plus vite l'enquête avancera.

Sandy hocha la tête. Pauvre Roxane, elle allait devoir penser à tous ses ex et imaginer ceux qui auraient pu vouloir du mal à sa fille.

# - 33 -

Jason se retourna dans le lit et sortit lentement de son rêve. Nuit noire dans la chambre. L'eau coulait dans la salle de bains. Il tendit le bras. Pas de Vicky à ses côtés. Il comprit qu'elle prenait une douche nocturne.

Il regarda l'heure. Minuit et quart. Il avait à peine dormi trois quarts d'heure.

Il repositionna son oreiller derrière sa tête et les images de ses ébats sur la plage lui revinrent. Il y avait eu tant de passion et de fougue. Même s'il aimait faire l'amour avec Emma, cela avait été quelque chose de bien plus fort. Plus qu'une simple jouissance physique, il avait eu l'impression de l'avoir véritablement dans la peau. Une totale communion des corps et des esprits. Un être unique qui venait de retrouver sa moitié d'orange.

Jason sourit et sentit l'excitation monter en lui. Cette fille était vraiment incroyable. Elle avait une telle énergie et recelait pourtant une terrible part d'ombre. Peut-être était-ce là le secret du bonheur ? Être dans l'extrême en permanence. Dans la joie comme dans la douleur. Profiter de tout pleinement. Oublier la modération. Vivre à fond, quitte à prendre tous les risques.

Il s'étonna de ces pensées, lui qui était plutôt raisonnable et réfléchi. « Sauf quand tu te jettes à l'eau au risque de ta vie ! »

Jason ne s'était jamais senti aussi vivant depuis longtemps. Il entendait toujours couler l'eau et une idée lui traversa l'esprit. Le sexe dressé, il se sentait d'attaque pour de nouveaux ébats.

Il alluma la lampe de chevet et se leva du lit pour aller la rejoindre dans la salle de bains attenante. Un rai de lumière passait sous la porte. Il l'ouvrit et entra.

Le bruit de la douche se fit plus fort. Il s'avança et s'étonna de ne pas distinguer la silhouette de Vicky derrière la vitre embrumée. Pourtant l'eau coulait à flots.

Il s'approcha et découvrit une image qui fit redescendre aussitôt sa libido.

Vicky était recroquevillée dans un coin, ses bras enserrant ses genoux, la tête penchée sur ses cuisses, tandis que l'eau ruisselait sur ses cheveux et son corps.

– Vicky ?

La jeune fille redressa la tête. Il lut dans son regard toute la détresse du monde. Sur son visage trempé, les larmes étaient mêlées à l'eau.

– Laisse-moi, va-t'en.

Sa voix n'était qu'un filet, presque un murmure.

– Qu'est-ce qui se passe ?

Il arrêta l'eau et s'assit à ses côtés.

– Je ne suis pas celle que tu crois.

– Sais-tu au moins ce que je pense de toi ?

Elle le regarda avec une tendresse triste.

– Je ne suis pas une fille bien. Si tu savais ce que j'ai fait, tu ne me parlerais plus.

Le grand secret dont elle avait voulu lui parler quand il était allé lui rendre visite à l'hôpital. Elle allait enfin le lui révéler.

– Dis-le-moi.

– Je ne peux pas, c'est trop dur. Chaque fois que j'y pense, j'ai envie de m'enfouir sous terre. Je regrette tellement.

Mais qu'avait-elle donc fait ? Jason était incapable de comprendre.

– Tu regrettes quoi ?

Elle le regarda d'un air désespéré.

– Je suis une meurtrière, lâcha-t-elle enfin.

Jason n'en crut pas ses oreilles, mais n'eut pas la cruauté de la faire répéter. La phrase était terrible. Cela était-il possible ? Non. Comment aurait-elle pu tuer quelqu'un sans que personne ne le sache ? Un accident ?

– Qu'est-ce que tu racontes ? Mais comment ?

Vicky le fixa de son regard de chien battu.

– J'ai tué ma petite fille, réussit-elle à articuler, avant que les larmes reprennent de plus belle.

Jason la serra dans ses bras, complètement stupéfait par une telle révélation.

# - 34 -

– Faites attention à ne pas glisser, les prévint Keith.

Ils étaient sur la passerelle qui menait au yacht. Tenant ses enfants par la main, Roxane la parcourut et rejoignit son hôte sur le pont du bateau.

Arrivé devant une porte vitrée, Keith déverrouilla l'alarme, puis ouvrit la baie pour qu'ils puissent entrer dans le grand salon.

– C'est super-beau ! s'exclama Lisa.

Canapé couleur ivoire, petit bureau en acajou, sur les murs lambrissés, des marines de belle facture. Dans un angle, un petit escalier en colimaçon desservait les différents niveaux.

– Je vais vous montrer vos chambres.

Chargé de la valise de la petite famille, Keith passa devant et descendit le premier au niveau inférieur. Après avoir passé un couloir assez étroit, ils traversèrent un petit bureau, qui les conduisit à une autre coursive sur laquelle s'alignaient plusieurs portes. Keith ouvrit la première.

– Je peux te proposer celle-ci pour les enfants.

– Je vais dormir avec eux, si ça ne te gêne pas.

– Bien sûr.

Il alla tout au fond de la coursive et lui présenta une grande chambre.

– C'est la tienne ?

– Non, c'est la vôtre à présent.

– On peut dormir dans la petite. Ça ne me pose aucun problème.

– À moi, ça m'en pose un. Vous êtes mes invités et je me dois de bien vous recevoir. Laissez-moi juste le temps de changer les draps.

– Merci.

Keith posa la valise sur un petit banc et sortit des draps d'un placard. Quelques instants plus tard, le lit était prêt.

– La salle de bains est là.

Il poussa la porte attenante.

– C'est pas un bateau, c'est un château ! s'exclama Flint.

– J'aime trop, j'aime trop, on pourra revenir souvent ? demanda Lisa.

– Autant que vous le voudrez, lui assura Keith.

Il était heureux de voir que les enfants avaient retrouvé le sourire.

– Je vous laisse, je suis en haut. Si vous avez besoin de quoi que ce soit, vous vous servez. Et si vous ne trouvez pas, vous me demandez. Je vais dormir dans la petite chambre, Sandy prendra l'autre.

– C'est gentil. Je couche les enfants et je viens vous voir.

Keith lui sourit et les laissa s'installer. Il remonta au salon et, désormais seul, il se servit un gin, puis alla sur le pont arrière.

Accoudé au bastingage, il savoura une première gorgée d'alcool. Il se sentait étonnamment serein. Comme si cette folle fin de soirée n'avait été qu'un simple cauchemar. Tout semblait si calme, si paisible. Et pourtant « quelqu'un a voulu kidnapper Lisa », se dit-il. La colère revint.

Cependant, son attention fut attirée par une voiture qui venait d'entrer dans la marina. Keith reconnut celle de Sandy.

Il retourna à l'intérieur du yacht et lui prépara un verre pour l'accueillir. Elle débarqua quelques instants plus tard.

– Salut. Roxane est avec toi ?

– Oui, ils sont en bas. Je leur ai donné ma chambre. Ils vont tous dormir ensemble.

– OK.

– Tu veux boire quelque chose, lui proposa Keith.

Elle jeta un coup d'œil sur le verre qu'il lui tendait :

– Non merci. Ça va aller. Je suis en service.

– Tu plaisantes. Bois un coup. Ça va te détendre.

Sandy n'avait pas du tout l'esprit à la légèreté. Elle s'en voulait profondément. Si Keith n'avait pas été là, peut-être Lisa aurait-elle été enlevée, et jamais elle n'aurait pu se le pardonner.

– Je n'ai pas besoin d'être détendue.

– Sandy, regarde-toi. Tout va bien. Roxane est en sécurité.

– Je sais, mais je n'arrête pas de penser que si tu n'avais pas été là, Lisa aurait peut-être été kidnappée, et cela à cause de moi.

– Qu'est-ce que tu racontes ?

– Je n'aurais jamais dû te laisser seul les raccompagner. On aurait dû les mettre sous surveillance tout de suite quand j'ai su qui était sur les photos.

– On ne pouvait pas se douter.

– Moi, j'aurais dû. Je suis flic, c'est mon métier de protéger mes concitoyens.

– Tu en as fait déjà beaucoup. Roxane est en train de coucher les enfants. Tout va bien. Détends-toi.

Sandy souffla un grand coup et accepta enfin le verre qu'il lui tendait.

– Si seulement tu avais pu attraper l'ordure qui s'est enfuie.

– On va le retrouver. À présent, il sait qu'on est sur leur piste.

– C'est justement ce qui m'inquiète. Ils vont être beaucoup plus sur leurs gardes. Ils vont vouloir se faire oublier durant des jours, des semaines, voire des mois, pour mieux préparer leur revanche.

C'était la pire des éventualités que Keith pouvait imaginer : Roxane serait-elle obligée de vivre avec cette épée de Damoclès au-dessus de sa tête ? Irait-elle jusqu'à changer d'identité pour protéger ses enfants ? Devait-elle tout recommencer à zéro ?

– L'enquête ne fait que commencer. Vous avez l'ordinateur. Vous avez bien plus que des photos. Vous avez regardé ses mails ?

– Non, Deckard a tout envoyé à Los Angeles. C'est le FBI qui va s'en charger.

– Alors, notre type est cuit. Vous allez l'arrêter, j'en suis persuadé.

– Que Dieu t'entende.

Elle avala une rasade de gin et, sans prévenir, elle sortit son pistolet de son étui.

– Tu sais te servir d'une arme ? demanda-t-elle à son ami.

– Je suppose. On vise et on tire. Mais pourquoi cette question ?

– Je vais faire la première garde, mais je ne tiendrai peut-être pas toute la nuit. Si je te réveille, tu prends la relève.

– On n'aura pas besoin de ton arme.

– On ne prend aucun risque, Keith. Ces hommes sont prêts à tout. C'est une chance que tu sois encore en vie.

Ce n'était pas faux, mais Keith était contre les armes à feu et n'aimait pas l'idée d'avoir à s'en servir.

– Je vais enlever la sécurité. Comme tu dis, tu n'auras qu'à viser et à tirer, mais surtout, sois sûr de ta cible.

Il ne manquerait plus qu'il tire sur un des enfants qui déboulerait en voulant lui faire une surprise !

– C'est bon, on va faire comme ça. Mais prions pour que ce ne soit pas nécessaire.

Sandy fit la moue, mais voulait y croire.

# - 35 -

– Ça va mieux ? demanda Jason qui revenait de la cuisine.

Assise en tailleur sur le lit, vêtue d'une simple chemise blanche empruntée à Jason, Vicky secoua la tête. La chambre n'était éclairée que par l'une des lampes de chevet. La fenêtre et les volets étaient ouverts, laissant admirer la lune qui montait dans le ciel.

Jason posa sur le drap le plateau où se trouvaient quelques tranches de pain de mie, du beurre et deux bols de thé.

– C'est pour toi. Mange un peu.

– Merci, mais je ne peux rien avaler.

– Bois un peu, alors ?

Vicky prit le bol et sirota une petite gorgée, tandis que Jason venait s'installer sur le lit.

– Dis-moi tout. Je suis prêt à tout entendre.

– Je te l'ai dit, je ne veux pas en parler. Je n'aurais jamais rien dû te dire.

– Arrête. C'est ça qui te bouffe la vie depuis des années. Tu ne peux pas garder ça pour toi. C'était un accident ?

Vicky le regarda dans les yeux. Elle gardait ce secret depuis si longtemps. Personne en qui faire confiance. Personne à qui se confier.

– Tu ne me trahiras pas ?

Il prit le couteau posé sur le plateau et le pointa sur la paume de sa main.

– Tu vois cette cicatrice ?

Elle hocha la tête.

– Quand j'avais douze ans, j'ai fait un pacte avec mes trois meilleurs amis. On s'est juré de ne jamais se laisser tomber, d'être toujours là les uns pour les autres. En seize ans, on ne s'est jamais trahis. Alors oui, tu peux me faire confiance.

Vicky lui prit le couteau, et sans sourciller, lentement s'ouvrit la main. Ayant compris son geste, Jason reprit le couteau et fit de même.

Ils se serrèrent la main, pouce vers le haut. Du sang coula sur les draps, mais aucun des deux ne s'en préoccupa.

Puis, serrant plus fort, comme la main tendue qu'elle attendait depuis tant d'années, Vicky regarda son amant droit dans les yeux :

– J'ai fait un déni de grossesse. C'était il y a huit ans. Je ne me suis rendu compte de rien. Je n'ai pas pris un gramme. Ce n'est que lorsque j'ai eu des douleurs au ventre, une semaine avant le terme, que j'ai fait un test de grossesse et que j'ai compris que j'étais enceinte.

Le sang avait cessé de couler. Jason était hypnotisé par le regard de Vicky.

– Je ne voulais pas de cet enfant. J'avais dix-neuf ans, je ne savais même pas qui était le père. J'étais en pleine ascension dans ma carrière. J'en ai parlé à mon père. Il m'a aussitôt comprise. J'ai décidé d'accoucher sous X et de le confier à l'adoption. En fait, de l'abandonner. Personne ne devait savoir que j'avais un enfant. Personne.

Une foule de questions se bousculaient dans la tête de Jason. Mais ce n'était vraiment pas le moment de l'interrompre. Il continua à la fixer d'un air plein de compréhension.

– On a trouvé une clinique privée. Mon père a acheté le silence d'un médecin pour que tout se passe dans l'anonymat. Une clinique à Santa Barbara.

Jason commençait enfin à comprendre.

– Je vois.

– Non, laisse-moi finir. J'étais dans un état lamentable. Je buvais beaucoup et me droguais un peu. Je détestais cet enfant. J'étais persuadée que j'allais accoucher d'un monstre. Un enfant avec des malformations terribles et des séquelles au cerveau. J'avais envie de m'ouvrir le ventre et de m'en débarrasser.

Terrible pensée. Jamais il n'aurait imaginé qu'une mère puisse détester à ce point son enfant à venir.

– Et puis, le grand jour est arrivé. J'étais terrorisée. J'étais persuadée que j'allais mourir en couches. Mais tu vois, il y a une sorte de justice divine qui m'a punie. Ce n'est pas moi qui suis morte, mais ma petite fille. Elle était mort-née. Je n'ai même pas pu voir son corps, on me la tout de suite retirée.

Jason, qui s'attendait à une fin encore plus dramatique, ne réalisa pas tout de suite.

– Mais tu m'as dit que tu l'avais tuée.

– Tu ne comprends donc pas ? C'est moi qui l'ai tuée, par mon déni, par ma haine envers ce bébé qui ne demandait qu'à naître. Je l'ai tuée. Mon corps a fait un rejet. Elle serait en vie si je l'avais aimée.

Jason n'était pas spécialiste en obstétrique, mais il n'avait jamais entendu parler de ce genre de cas.

– Ne pense pas des choses pareilles. Tu crois vraiment que l'esprit peut influencer la formation de ton enfant ? (Il eut un petit rire plein de dérision.) Non, tu te trompes, tu n'y es pour rien. Ce sont des choses qui arrivent. Il y a beaucoup de femmes pleines d'amour pour leur enfant à naître qui malheureusement ont eu des enfants mort-nés.

– Je sais, je sais, mais il y a toujours des exceptions. Je sais que je l'ai tuée. J'ai tué mon bébé.

Elle lui serra encore plus fort la main jusqu'à lui faire mal.

Elle se pencha vers lui, et ils restèrent ainsi, un long moment, dans les bras l'un de l'autre. Jason lui caressant doucement le dos.

Le temps semblait suspendu.

À la lumière de la lune, il avait l'impression d'être dans un univers parallèle. C'était une histoire terriblement triste. Tellement dramatique.

Serré contre Vicky, il ressentait toute la douleur qui s'était lovée en elle depuis des années.

– C'est fini. Tu ne dois plus y penser. C'est fini.

Elle se rebiffa.

– Comment veux-tu arrêter d'y penser, quand le passé revient à toi comme un coup de fouet ?

– Qu'est-ce que tu veux dire ?

Vicky se dégagea de son emprise et recula sur le lit.

– Il y a une semaine, j'ai reçu des messages d'un homme qui prétendait que ma fille n'était pas morte à la naissance, mais qu'elle était bien vivante et qu'il savait où elle était.

– C'est impossible.

– Apparemment, il savait dans quelle clinique j'avais accouché. Il m'a envoyé des photos d'une enfant qu'il prétendait être ma fille. Elles sont dans mon téléphone. Je te jure que c'est vrai.

– Dans ce cas, tu pourrais la retrouver.

Elle eut un petit rire triste.

– Cette ordure a flouté le visage.

– Je vois, il ne veut pas que tu la retrouves par toi-même.

Vicky darda sur lui un regard plein d'espoir.

– Et si c'était vrai ? Et si mon bébé n'était pas mort ? J'étais prête à lui payer des millions pour qu'il me dise où elle est. Tu ne peux pas imaginer combien je regrette d'avoir tué ma fille. Si je pouvais revenir en arrière, jamais je ne l'abandonnerais, jamais, et je la garderais auprès de moi.

Jason avait bien compris que l'histoire finissait mal, et il ne put s'empêcher de demander :

– Tu as payé, et il n'est jamais venu. C'est ça ?

– Presque. On a payé, et il est parti avec l'argent.

Seulement, on a reçu un SMS de sa part le lendemain où il a avoué que le bébé était bien mort. Il s'était foutu de moi. Il m'a laissée croire qu'elle était en vie, que ma petite fille était vivante, uniquement pour me soutirer de l'argent.

Vicky se remit à pleurer. Jason trouvait le destin bien atroce. Mais il ne voyait là aucune vengeance de la vie. Juste le simple fait que le monde n'était pas un paradis et que si le bonheur existait, il fallait le chercher avec les dents, tout étant fait pour que l'homme soit un animal maudit et triste. Argent ou pas. Le destin funeste de l'humanité.

Pourtant, son caractère optimiste lui disait qu'il fallait toujours garder espoir. L'homme n'était pas destiné à souffrir pour l'éternité. Non, on pouvait combattre la fatalité, ne jamais abandonner, même dans les cas les plus désespérés il y avait toujours une petite lueur, ne serait-ce que pour donner l'exemple.

– Et s'il t'avait menti ?

Vicky leva la tête.

– Qu'est-ce que tu veux dire ?

– Si cet homme t'avait menti pour te faire souffrir ? Maintenant qu'il a l'argent, il a trouvé amusant de te dire qu'elle était morte, mais peut-être que c'est faux. On n'en sait rien. Il faut retrouver ce type pour en avoir le cœur net.

– Laisse tomber. C'est sûr qu'elle est morte. Comment aurait-elle pu survivre ? Elle est mort-née. J'ai voulu croire à une jolie fable, c'est tout.

– Tu ne peux pas en être certaine à cent pour cent puisque tu ne l'as pas vue. On doit prévenir la police.

– Surtout pas. Je veux que personne ne sache. Tu m'as promis.

– Je sais et je ne ferai rien sans ton consentement, mais il faut faire quelque chose.

Vicky eut un soupir.

– Mon père a envoyé son homme de main. Il est chargé de le retrouver, et s'il n'est pas capable de le faire, c'est que personne ne le pourra, dit-elle d'un ton chargé de sous-entendus.

– Tu parles du psychopathe que j'ai vu chez ton père ? Le type au crâne rasé qui n'a jamais souri de sa vie ?

– Angus Miller. Oui.

– Vicky, excuse-moi, mais à ta place, je n'aurais aucune confiance en ce type. Laisse faire la police. On doit retrouver l'homme qui te faisait chanter. On doit être sûr pour ta fille.

– Elle est morte. J'en suis sûre.

– Sûre au fond de ton âme ?

– Je n'en sais rien, arrête de me poser des questions. Tu aurais mieux fait de me laisser me noyer ce matin.

– C'est pour ça que tu voulais en finir ?

– Oui, j'ai réellement cru la retrouver, et la perdre à nouveau, c'est insupportable. Je préfère en finir.

– Arrête, Vicky. (Il l'attrapa par les épaules.) Regarde-moi. Même si tu ne crois en rien, écoute-moi bien : je pense qu'on ne s'est pas rencontrés par hasard. Peut-être que je suis là pour t'aider. Pourquoi refuser mon aide ?

– La destinée... Jason Zimmer, tu es vraiment un gentil garçon, mais non, je ne crois pas à ces conneries.

– S'il te plaît. J'ai une amie dans la police. Elle pourra faire des recherches, en secret si tu veux, mais elle aura au moins des outils que ton Angus ne peut avoir. Elle pourra nous aider.

– Comment peux-tu être certain qu'elle ne parlera pas ?

Il leva la main et, malgré le sang qui avait souillé sa paume, il lui montra l'ancienne scarification.

– Sandy est l'une de mes trois meilleurs amis. On va retrouver cette ordure qui sait où est ta fille.

Dans un élan du cœur, Vicky se pencha vers lui pour le prendre dans ses bras, mais si violemment qu'elle le fit tomber en arrière et se retrouva plaquée sur lui sur le grand lit.

Ils restèrent ainsi, durant de longues minutes, enlacés l'un contre l'autre, silencieux, alors que la lune continuait imperturbablement son ascension dans le cœur de la nuit.

# - 36 -

## *Samedi 27 juin*

– Je t'en supplie, sauve-moi ! le supplia Roxane.

Keith avança vers elle, un petit sourire en coin. Il sortit son long couteau de son étui et remonta le sol craquelé du vieux hangar désaffecté. Par les interstices des vieux volets à la peinture écaillée par le sel et le temps, passait un rai de lumière.

– Dépêche-toi, ils vont revenir.

Vêtue d'un seul string, suspendue dans les airs par ses mains ligotées avec une corde accrochée à un croc de boucher, elle avait depuis longtemps cessé de se débattre.

Keith arriva auprès d'elle et, levant son couteau, il entreprit de cisailler ses liens.

Il avait son visage à hauteur de ses seins et fut ému par ce doux contact.

– Plus vite, je les entends.

Keith aussi les entendait, mais il savait ce qu'il faisait. Ne jamais se précipiter. Tout était réglé comme du papier millimétré.

Il entendit une porte grincer lentement. Un des hommes du cartel entrait prudemment, un fusil-mitrailleur à la main.

– Quelle bonne surprise ? Deux enflures pour le prix...

Mais l'homme ne finit jamais sa phrase. Un couteau lui traversa la gorge, alors que Keith venait juste de libérer Roxane de ses liens.

– Merci, mais comment on va faire, maintenant ?

Keith courut près du corps inerte et récupéra le fusil-mitrailleur.

– Fais-moi confiance, bébé.

Il tira en rafale dans une des cloisons du hangar, l'impact de balles fit comme un pointillé de la forme d'une porte.

– Tu es prête ?

– Prête pour quoi ?

– Pour ça.

Il la prit à bras-le-corps et partit en courant avec son précieux fardeau contre la cloison, tandis que derrière eux des aboiements se faisaient entendre.

D'un violent coup de pied il défonça la taule qu'il venait de découper à la mitraillette, et soudain l'océan leur apparut.

– *Hasta la vista, baby* ! cria Keith qui plongea en avant et... s'écroula sur une surface très dure !

– C'est comme ça que tu montes la garde ! le gronda Sandy.

Keith était par terre, un peu abasourdi. Il s'était endormi sur la table du salon. Sandy qui l'avait un peu secoué, l'avait fait tomber sans le vouloir.

– Tu m'as fait mal, lui reprocha Keith qui se massait l'épaule.

– Moins mal que si des hommes cagoulés étaient venus te tirer une balle en pleine tête.

– Quelle heure est-il ?

– 7h. Comme convenu.

Keith vit les cernes sous les yeux de son amie. Et le soleil qui se levait sur l'océan.

– Tu as réussi à dormir un peu ?

– Si peu, et si mal. Plein de cauchemars.

– Moi aussi, mentit Keith. Roxane est réveillée ?

– Oui, je l'ai entendue. Heureusement que c'est moi qui t'ai trouvé la premièrc. Sinon, bonjour l'image du bodyguard !

– Je ne dormais que d'un œil.

– Bien sûr. Va te laver, je prends la relève.

Keith se leva et s'étira de tout son long.

– Comment on s'organise aujourd'hui ?

– Dès que tu es prêt, je passe au commissariat et je prends des nouvelles.

– Tu nous laisses seuls ?

– Vous ne bougez pas du bateau. Je ne peux pas imaginer qu'ils prennent le risque de tenter quoi que ce soit durant la journée.

En plein été, la marina était bondée de monde. Qui oserait tenter un assaut ?

– OK. Tu ne crois pas que tu devrais aller dormir, pour faire une vraie nuit ?

– On verra.

Même si elle était toujours inquiète, sa micro-nuit de sommeil avait suffi à l'apaiser. Peut-être était-ce l'effet du soleil levant, elle n'arrivait pas à ressentir le danger de façon aussi présente que la veille au soir. Le choc de l'intrusion et de l'attaque de Keith était passé. Elle redevenait l'analyste rigoureuse qu'elle était.

Ils avaient bien des atouts dans leur jeu. Non seulement Roxane et ses enfants allaient être mis sous bonne garde, mais surtout, sachant toutes les polices de l'État et le FBI à leurs trousses, aucun doute qu'ils allaient mettre la main sur ces pourritures. Quand l'État s'en donne les moyens, il y arrive toujours. Aucun criminel n'échappe bien longtemps à une traque.

– Allez, va te faire propre.

# - 37 -

Jason vit un rai de lumière qui grossit, grossit, et il ouvrit les yeux.

Le soleil venait tout juste de passer l'horizon, et sa douce lumière entrait dans la chambre par la fenêtre grande ouverte.

Il entendit l'eau couler et tous les souvenirs de la veille lui revinrent. Il se leva d'un bond et fonça dans la salle de bains.

Vicky était de dos, nue devant le miroir du lavabo.

Elle se retourna et lui adressa son plus beau sourire.

– Je t'ai réveillé ?

– Non, c'est le soleil.

– Comment ça ? Je ne suis pas ton soleil ?

Il s'approcha d'elle et se plaqua contre son dos. Ils se regardèrent dans le miroir. Lui, sa tête penchée sur son épaule.

– Ça va ? lui souffla-t-il dans l'oreille.

– Oui, excuse-moi pour hier soir, mais j'étais tellement fatiguée, épuisée.

– On le serait à moins.

« Quelle journée marathon ! », se dit-il en repensant à tous les événements de la veille avec un final des plus dramatiques.

– Je sais que tu vas vraiment finir par me prendre pour une folle, mais tu n'imagines pas combien je me sens mieux ce matin. J'ai l'impression que tout s'éclaire dans ma tête.

Qu'on le veuille ou non, le sommeil était le médicament le plus naturel au monde. Jason compatissait avec ceux qui avaient du mal à le trouver.

– Tant mieux.

Il posa ses mains sur les hanches de Vicky qui minaudait toujours devant la glace.

– J'ai repensé à ce que tu m'as dit quand tu m'as demandé ce que je ressentais au fond de mon âme ?

– Et donc ?

– Je crois que tu as raison. Je suis sûre que ma fille est en vie. Je me dis que peut-être que c'est lui qui a élevé mon enfant et qu'il ne veut surtout pas me le rendre.

Jason trouva l'hypothèse des plus plausibles et qui expliquerait bien des choses.

– Pourquoi pas ? Dans ce cas, si c'est lui qui a élevé ton enfant, pourquoi ne pas te faire chanter plus tôt ?

– Peut-être qu'il ne savait pas que j'étais sa mère quand il a adopté un enfant né sous X. Après, il a pu chercher à savoir qui étaient ses vrais parents et il a réussi à remonter jusqu'à moi.

Bien sûr, ça coulait de source.

– Tu sais que tu es géniale ? Tu devrais être flic. On va retrouver ta fille. Il faut que j'appelle mon amie.

Vicky secoua la tête.

– Non, j'ai réfléchi Attends encore un peu. Je veux d'abord parler à mon père.

– Mais pourquoi ?

– Je préfère que cela reste discret pour l'instant.

– Mon amie ne dira rien, je t'assure.

– Elle, non, mais il y aura des fuites. Il y a toujours des fuites, et si la presse s'empare du sujet, le type risque de fuir à l'étranger avec mon enfant. Je ne le supporterais pas.

– C'est comme tu veux.

Vicky se retourna et lui passa les mains autour du cou.

– Je ne sais pas ce que tu m'as fait, mais, je te jure, je me sens euphorique. J'ai l'impression qu'un nouveau chapitre de ma vie vient de démarrer.

– C'est tout le mal que je te souhaite.

Elle avança son visage vers le sien et ils s'embrassèrent d'abord avec douceur, puis avec passion.

Sa main experte lui saisit le sexe.

Jason attrapa Vicky par les fesses. Elle enroula ses jambes autour de sa taille et se laissa porter jusqu'à la chambre. Il la posa sur le bord du bureau et, sans préliminaires, il la pénétra en douceur.

Vicky gémit et lui griffa le dos.

Jason commença de lents va-et-vient avant d'accélérer régulièrement. Vicky ne cessait de le fixer les yeux dans les yeux.

Jason vit la sueur perler sur le front de la jeune femme. Il aimait la façon dont elle le regardait. Il entendit un chant d'oiseau. C'était un rouge-gorge qui s'était posé sur le rebord de la fenêtre, avec en arrière-plan les hectares de vignes qui s'étalaient sur la vallée, en contrebas de l'hacienda.

« Blanche neige et je suis son prince », s'en amusa-t-il.

Jason lui saisit le bout des seins et commença à les titiller. Vicky gémit de plus belle. Elle s'agrippa à nouveau à lui, et sans se détacher d'elle, il la porta du bureau jusqu'au lit.

Quelques minutes plus tard, épuisé et à bout de souffle, Jason se répandait en elle, certain que le meilleur était désormais à venir pour Vicky.

# - 38 -

– Si vous voulez bien vous donner la peine, dit Keith d'un ton cérémonieux en indiquant la table dressée pour le petit déjeuner.

Lavé, habillé et fin prêt, il était remonté le premier dans le salon du pont supérieur du yacht et avait tout préparé.

– Ça a l'air trop bon, dit Lisa qui se rua vers la table.

– Moi, j'aime pas la confiture ! déclara Flint.

– Dans ce cas, Monsieur sera ravi d'apprendre qu'il y a des croissants, mais aussi des donuts au chocolat...

– Oui, je veux un donut !

– Moi aussi, ajouta Lisa.

– Les enfants, vous pourriez commencer par dire merci.

– Merci, répondirent-ils en chœur.

Roxane finit de monter l'escalier en colimaçon. Elle avait revêtu une tenue moins habillée que celle de la veille au soir, mais elle était toujours aussi magique, même en jean et tee-shirt.

– Je te prie de m'excuser, je les ai très mal élevés.

– Oh oui, je n'en doute pas. Je suis horrifié.

– Un homme aussi prévenant que toi aurait dû dire « mais pas le moins du monde, mais non, mais pas du tout », le reprit Roxane avec un demi-sourire.

– Je suis moi-même très mal élevé.

– Je n'en doute pas. « Je suis horrifiée », l'imita-t-elle, en lui faisant un clin d'œil.

Keith eut un vrai sourire. Non seulement, il était soulagé de la voir en de si bonnes dispositions après le drame de la veille mais, surtout, il adorait son humour léger et sa façon d'être.

Une mère de famille célibataire qui tenait bon, contre vents et marées, sachant que le plus important était le bonheur de ses enfants.

Il lui tira une chaise.

– Madame ?

– Voilà qui est mieux, dit-elle.

Elle s'assit près de ses enfants, et Keith prit la dernière place.

– Mmm, c'est trop bon, dit Lisa. Je pourrais en avoir un deuxième ?

– Tant que tu veux, répondit Keith.

– Est-ce que je peux avoir du jus d'orange ?

Roxane attrapa la brique ouverte et en servit un grand verre à Lisa, et aussi à Flint.

– Tu en veux ? proposa-t-elle à Keith.

– Avec plaisir.

Keith la laissa le servir et la remercia.

Tous les malheurs de la veille semblaient s'être envolés comme par magie. Il arrivait presque à en oublier son agression.

– Tu as encore mal ? demanda Roxane avec sollicitude.

Il réalisa qu'elle venait de mettre la main sur son torse.

– Pas du tout. Au contraire, je me sens en pleine forme.

– On va rester ici longtemps ? demanda Lisa qui venait de laisser un morceau de son donut pour entamer un brownie.

Elle avait la bouche pleine de chocolat.

– Tant que vous le souhaiterez. Vous êtes mes invités.

– Mais on va quand même pouvoir retourner à la maison ? J'ai tous mes jouets là-bas.

– Bien sûr, c'est juste qu'il faut le temps au réparateur de vérifier que l'électricité marche bien, improvisa Roxane.

– Moi, je suis très bien ici. Vous savez piloter votre bateau ?

– Oui, et si tu es gentille, je vous emmènerai au grand large, là où on ne voit plus la côte. C'est très impressionnant.

– On verra des baleines ? demanda Flint.

– Non, mais de gros poissons. On pourra même pêcher.

Keith se sentait dans un état bizarre. Tellement bien, tellement serein. Il voyait bien le regard dont l'enveloppait Roxane.

Plus que de la reconnaissance, pas vraiment de l'admiration. Il connaissait ce regard, mais il n'était pas certain de pouvoir y répondre.

Malgré l'image idyllique d'une famille modèle américaine au moment du petit déjeuner, il savait qu'il n'était pas à sa place. Il n'était pas prêt pour ça. Pas du tout prêt.

– Tu veux que je te prépare un café ?

– Avec plaisir, répondit Roxane.

Il se leva de table, tout en se maudissant de ne pas pouvoir réagir comme tout un chacun. Il n'y pouvait rien, il avait l'indépendance chevillée au corps. Se mettre en ménage, surtout avec des enfants, c'était pour lui la fin de tous ses rêves.

Non, il ne céderait pas.

# - 39 -

L'esprit perturbé, Sandy roulait sur Marina Drive et ses résidences grand luxe. Elle venait de quitter le commissariat et, après un débriefing avec Deckard, elle ne savait plus quoi penser.

Son supérieur avait eu l'air étonnamment calme, essayant de la rassurer, lui expliquant que la scientifique de Los Angeles s'occupait de décrypter toutes les données de l'ordinateur de Roy Lukather et que, a priori, ils auraient des informations importantes à leur communiquer.

Quand Sandy avait tenté d'en apprendre davantage, il lui avait seulement dit qu'il n'en savait pas plus lui-même pour l'instant, et qu'il attendait. Puis, très vite il avait changé de sujet et lui avait demandé d'aller interroger le directeur du *Gentlemen's Club*.

Sur le moment, elle n'y avait pas prêté attention, mais désormais le doute s'insinuait en elle. Comme l'impression qu'il voulait la mettre de côté...

« Tu deviens totalement parano ! », se dit-elle.

S'il y avait quelqu'un en qui elle pouvait avoir confiance, c'était bien Deckard.

Son portable qui se mit à sonner chassa ses pensées confuses. En tentant de le sortir de sa poche, elle fit une embardée. Une voiture qui arrivait en sens inverse la klaxonna, et elle redressa sa direction.

« Tu es flic, bon sang, tu te dois de donner l'exemple », se dit-elle avec une certaine ironie.

Elle continua de rouler et laissa sonner, reportant toute son attention sur la route.

Marina Drive était certainement une des plus belles avenues de la ville. Excentrée, elle longeait la plage loin de la foule et abritait, sur des hectares, de somptueuses résidences cachées au milieu d'une végétation extrêmement dense. L'impression d'être aux abords d'une jungle exotique était totale.

Elle arriva enfin au numéro 4165 où habitait William Collins, le patron du *Gentlemen's Club*.

La propriété était protégée par une longue palissade. À peine se présenta-t-elle devant le portail que ce dernier coulissa, lui permettant d'entrer. Elle appuya sur l'accélérateur et remonta une large allée bitumée, bordée de magnifiques palmiers qui montaient à plus de huit mètres de hauteur, regorgeant de parterres de fleurs aux couleurs éclatantes. Un véritable feu d'artifice parfumé. Au bout de l'allée, face à la résidence, il y avait un grand bassin avec, en son centre, un jet d'eau qui sortait de la bouche d'un dauphin en bronze.

Sandy ressentit toute la force du pouvoir et de l'argent de cet homme. Cependant, habituée à se rendre chez Jason et chez Nathan, cela faisait bien longtemps qu'elle n'était plus impressionnée par cet étalage de richesses.

Elle se gara sous l'abri prévu à cet effet, puis se présenta devant la porte qui s'ouvrit, avant qu'elle ne frappe, sur une femme au visage sans âge.

– Monsieur, va vous recevoir, si vous voulez bien me suivre.

Sandy s'avança dans un vaste vestibule. Elle traversa un grand salon, où, par les immenses verrières, elle vit des jeunes filles en maillot qui nageaient dans la piscine, jouaient au ballon, riant et criant joyeusement.

Sandy fit la moue et, marchant dans les pas de sa guide, elle arriva enfin devant une lourde porte massive.

La domestique frappa deux coups et attendit l'inévitable « entrez » pour inviter Sandy à se présenter à son hôte, avant de disparaître.

Dans une immense pièce éclairée par trois baies vitrées qui donnaient sur les jardins, un homme se tenait assis à un imposant bureau en verre. La quarantaine, complet gris, cheveux courts, visage carré, musclé.

– Sergent Dawson, je présume ?

– C'est exact.

– Alors, que me vaut votre visite ? Votre appel était des plus mystérieux.

– Il n'en est rien. J'aimerais vous poser quelques questions au sujet d'une affaire.

– Je vous en prie, asseyez-vous.

Sandy était surprise. Elle s'attendait à rencontrer la caricature du patron de boîte, libidineux, adipeux et dégarni, voilà qu'elle était accueillie par un businessman.

Elle prit place face à lui :

– Nous enquêtons sur une tentative d'intrusion au domicile d'une de vos employées, commença-t-elle. Roxane Wilson.

William Collins ouvrit un petit coffret en bois et en sortit un gros cigare.

– La fumée ne vous dérange pas ?

– Non.

Rectification. L'homme était quand même une caricature ! se dit-elle.

– Et en quoi puis-je vous aider ?

Il prit, sur le bureau, le briquet incrusté dans un petit bloc de granit et alluma son cigare.

– Nous aimerions savoir si, parmi vos clients, certains auraient pu proférer des menaces à son encontre

– Je vois, mais je ne suis pas certain de pouvoir vous aider. Vous dites qu'on a tenté de la cambrioler, si j'ai bien compris ?

Elle n'avait pas vraiment besoin de lui raconter l'histoire des photos. Pour l'heure, les médias n'étaient pas au courant, et c'était bien mieux ainsi.

– Une intrusion. Peut-être un pervers.

L'homme tira sur son cigare et recracha une large bouffée de fumée. L'odeur agressa Sandy qui regretta de l'avoir autorisé à fumer.

– Vous le savez sans doute, mon établissement est des plus sélects, et je mets un point d'honneur à ce qu'un certain niveau de standing y règne. Puisque vous êtes dans les forces de l'ordre, vous devez savoir qu'il n'y a jamais d'incidents au *Gentlemen's club*. Nous sommes très attentifs quant à notre clientèle. Au moindre début de débordement, nous les excluons manu militari et leur interdisons l'entrée à vie.

– Je n'en doute pas, mais parmi ces gens-là peut-être avez-vous des noms à me donner ?

L'homme la regardait d'une façon appuyée et ne répondit pas à la question.

– Je vous ai déjà vue. Je vous connais.

– Je ne crois pas, répondit Sandy.

– Si, je suis sûr que je vous connais.

– Ne le prenez pas mal, mais voir des filles à moitié dénudées se contorsionner autour d'une barre de fer, très peu pour moi.

Collins eut un petit rire.

– Vous ne m'aimez pas. Vous pensez que j'exploite toutes ces jeunes femmes pour mon propre intérêt ?

Sandy repensa aux filles à peine majeures qui s'ébattaient dans la piscine et se retint de répondre une évidence.

– Je ne vous juge pas. Je vous demande seulement votre collaboration.

– Ces filles méritent votre respect. Il n'y a rien de dégradant à danser à moitié nue autour d'une barre. C'est un spectacle, un show comme un autre. Et c'est cela qui vous dérange. Vous devriez savoir qu'aucune de mes danseuses ne pratique l'escort ou la prostitution.

– Heureuse de l'apprendre.

Sandy se demandait pourquoi il était à ce point sur la défensive alors qu'elle ne l'avait pas agressé. Avait-il des choses à se reprocher ou, plus simplement, voulait-il se dédouaner de gagner beaucoup d'argent sur le dos de ces filles ?

– Je les considère beaucoup mieux que ne le fait notre société. Elles méritent tout notre respect, continua Collins. Et c'est pour ça que je vais vous aider. Je n'ai malheureusement pas un nom à vous donner, mais plusieurs. Certains de nos clients ne font pas la différence entre le spectacle et la femme. Ils oublient que ce n'est qu'un show et qu'elles ne dansent pas que pour eux. Oui, j'ai des noms à vous soumettre, mais je vous demande vraiment de rester discrète. Rien ne dit que ces hommes qui ont eu, certes, un comportement déplacé dans mon établissement, sont de véritables pervers.

– Cela restera entre nous, je vous le promets.

Et soudain le regard de William Collins s'illumina.

– Ça y est, je sais qui vous êtes.

Sandy fronça les sourcils.

– Vous avez dansé au concours annuel du Velvet Jones, il y a quelques années. Vous aviez bluffé tout le monde. J'ai essayé de vous contacter, mais vous ne m'avez jamais répondu. Vous étiez douée.

Sandy sentit le rouge lui monter au visage. Elle ne savait pas si elle devait se réjouir ou s'offusquer d'être complimentée par un type pareil. Pour être honnête avec elle-même, elle devait reconnaître que, malgré tout, elle en était fière.

– Écoutez, c'était juste un petit concours, et je crois qu'il y a plus urgent pour l'instant. Vous pouvez me donner cette liste ?

William Collins garda son sourire de vainqueur.

– Bien sûr que je vais vous aider, mais de vous à moi, vous gâchez votre talent en restant dans la police.

– Ça, c'est mon problème.

Sandy regrettait d'être venue ici. Cela lui rappelait de douloureux souvenirs, le deuil de son rêve de devenir danseuse. Mais bon, le principal était d'avoir ces noms en espérant que le coupable figure sur la liste.

# - 40 -

– Merci de m'avoir accompagnée, mais tu sais, tu n'es pas obligé de venir, dit Vicky.

– Je suis avec toi, répondit Jason qui se gara sur le parking.

Ils avaient quitté l'hacienda familiale, et après être repassés par le cimetière pour récupérer le téléphone de Vicky, ils venaient tout juste d'arriver au *Carlton.*

– C'est gentil, mon ange gardien.

Elle l'embrassa furtivement sur la bouche et sortit du Hummer.

Ils entrèrent dans l'hôtel et allèrent directement vers la suite royale. Ce fut Caitlin, sa belle-mère, qui leur ouvrit la porte. Maquillée avec soin, elle paraissait presque aussi jeune que sa belle-fille.

– Bonjour, Vicky. Tu nous as fait une de ces peurs.

– Je veux voir mon père.

– Je suis là. Entre, tonna une voix puissante.

Vicky s'avança dans le salon et se pencha pour embrasser son père qui se tenait assis près de la cheminée, en compagnie d'Angus Miller, leur garde du corps.

– Ma chérie, ne me refais plus jamais un coup pareil. Je me suis fait un sang d'encre.

Elliot Lance la serra dans ses bras, et il releva la tête.

– Merci, Jason, d'avoir veillé sur elle.

– C'est tout naturel, dit-il en sentant le poids du regard d'Angus sur ses épaules.

– Est-ce que tu pourrais nous laisser quelques instants, nous avons à discuter en famille.

Mais avant qu'il ne réponde, Vicky se détacha de l'étreinte de son père.

– Papa, il reste avec nous. Il sait tout.

– Il sait tout quoi ? s'étonna Elliot.

– Pour mon enfant. Je lui ai tout dit.

Le visage d'Elliott se crispa.

– Tu n'aurais pas dû faire ça, soupira-t-il. Mais bon, de toute façon, je crois que tout le monde ne va pas tarder à être au courant.

– Je ne dirai rien, je sais tenir ma langue, se froissa Jason.

Caitlin s'approcha.

– Il ne parlait pas de vous, mais de la presse. Nous devons élaborer un communiqué.

– Comment ça, tout le monde va être au courant ? s'étrangla Vicky. C'est hors de question. C'est ma vie privée, et tant que je n'aurai pas les réponses à mes questions, personne ne parlera à la presse !

– Chérie, tout va bien, assieds-toi.

– Non ! hurla la jeune fille. Je veux d'abord savoir si c'est vrai que ma fille est morte. Je veux l'entendre de la bouche de l'ordure qui m'a fait chanter.

Elle jeta un regard sur Angus qui restait impassible dans son coin. Les mains jointes au niveau du bas-ventre, dans la posture typique du garde du corps.

Jason le trouva vraiment menaçant.

– Ce ne sera pas la peine.

– Si, c'est la peine ! Je suis sûre qu'elle n'est pas morte, je le sens au plus profond de moi.

Elliot se leva et s'approcha de sa fille. Il appuya ses mains sur ses épaules pour la calmer.

– Chérie, tu ne comprends pas. Calme-toi et laisse-moi t'expliquer. Tu as raison. Ta fille est bien vivante. Ce type nous a menti.

– Quoi ? s'exclama Vicky qui se figea.

Jason tombait des nues. Il ne s'attendait pas à un tel aveu.

– Oui, ta fille est vivante. Et on va te la rendre, je t'en fais la promesse.

– Papa, mais comment ? Vous avez retrouvé ma fille ?

– Oui. Mais calme-toi. Le plus dur reste à venir. On va devoir élaborer une stratégie de communication.

– Mais je m'en fous ! Je veux simplement voir ma fille !

– Ce n'est pas aussi simple, Vicky. Il va falloir expliquer d'où sort cet enfant.

– Comment ça, d'où sort cet enfant ? On dira que j'ai retrouvé ma fille, c'est aussi simple que ça !

– On ne peut pas dire à la presse que tu l'as abandonnée. Pour ton image, ce serait terrible. Les gens pardonnent beaucoup de choses, mais pas l'abandon d'un enfant... Ta carrière sera foutue.

Jason était outré. Comment un père pouvait-il parler ainsi à sa fille ? La seule chose qui l'intéressait était l'argent qu'elle lui rapportait. Aucune empathie, juste la peur de perdre le confort d'une vie au crochet de son enfant !

Parfois, Jason pensait que son père n'avait pas toujours été le meilleur des pères, mais face à cet homme, il prenait conscience de la chance qu'il avait eue.

– Monsieur Lance, je crois que vous vous trompez.

– Ne te mêle pas de ça, petit, le rabroua sèchement Elliott.

La carapace à présent fendue, il montrait son vrai visage.

– Tu ne lui parles pas comme ça. Et je ferai ce que je veux. Dis-moi où elle est, je veux la voir.

– Vicky. Je ne te dirai rien tant que tu ne seras pas calmée. Quant à vous, jeune homme, vous allez sortir d'ici gentiment et nous laisser.

Jason n'avait aucune envie de laisser Vicky entre les mains de ces trois odieux personnages. Qu'allaient-ils lui faire ? Et si c'était une ruse ? Si tout était faux et que leur seul but était de faire enfermer Vicky ?

– Non, je reste, et si vous tentez quoi que ce soit, je vous jure que j'appelle la police.

– Jason, ne te mêle pas de nos histoires de famille. Cela ne te regarde pas. Attends-nous dans les jardins, s'interposa Caitlin.

– Tant qu'il sera dans cette pièce, je ne dirai plus rien, se ferma Elliott. C'est toi qui vois, Vicky.

La jeune femme semblait totalement perdue. Partagée entre son désir de tout savoir et sa crainte de se retrouver seule et désarmée.

– Jason, va m'attendre dehors, je te rejoins tout de suite.

– Tu es sûre ?

– Oui, fais-le pour moi, j'arrive.

Jason hocha la tête et tourna les talons. Non sans avoir, auparavant, jeté un regard mauvais sur les trois individus qu'il considérait comme des monstres assoiffés de sang prêts à se jeter sur une enfant en détresse.

# - 41 -

– Vraiment, je ne sais pas comment te remercier, dit Roxane.

– Tu vas arrêter avec ça ? la reprit Keith. Si ça ne me faisait pas plaisir, jamais je ne te proposerais de t'aider. En plus, ça va me faire un papier d'enfer. Peut-être même que j'aurai la une du journal.

Le petit déjeuner terminé, ils étaient fin prêts pour retourner chez Roxane, prendre d'autres affaires.

– Si tu as une prime, tu partages ?

– Je te l'offrirai en entier !

Ils se tenaient sur le pont arrière du yacht. Le soleil se levait dans un somptueux ciel bleu, moucheté de deux ou trois légers voiles de nuages. Des plaisanciers se tenaient eux aussi sur le pont des bateaux alentour. Un début de week-end idéal à passer en famille sur la plus belle marina de la côte.

– Voilà, on est prêts ! dit Lisa.

Les deux enfants apparurent par la baie vitrée et les rejoignirent.

– Tu viens avec nous ? demanda Lisa qui tira le bras de Keith.

– Je vous l'ai dit, je ne vous lâche plus tant que la maison ne sera pas réparée.

– Tu me portes ?

– Tu abuses, Lisa. Tu es grande maintenant, la gronda gentiment Roxane.

– Mais non, viens là.

Keith attrapa la fillette dans ses bras, tandis que Flint faisait la moue, n'osant rien demander.

Ils empruntèrent la passerelle et débarquaient sur le ponton de bois quand, dans un grand vacarme, sirène en action, ils virent débouler deux voitures de police qui se garèrent sur le parking de la marina.

– C'est Sandy ? demanda Roxane.

– Très certainement.

Mais Keith était étonné qu'elle ne l'ait pas appelé pour le prévenir. Et si ce n'était pas de bonnes nouvelles ? Et si, au contraire, on venait leur annoncer que c'était plus grave que prévu ?

– Moi, j'adore Sandy, elle est trop forte, déclara Flint.

– Oui, c'est la meilleure, répondit-il d'un ton distrait.

Il venait de voir quatre hommes en uniforme remonter le ponton et, le moins qu'on puisse dire, c'est qu'ils avaient l'air peu amicaux.

« Et merde, plus de doute, des mauvaises nouvelles. »

Keith avait reconnu le shérif en personne, chapeau sur la tête et étoile fièrement épinglée sur le revers de son blouson. Ils finirent de remonter le ponton et se retrouvèrent sur le parvis de la marina.

– Shérif, vous avez des nouvelles ? demanda-t-il.

L'homme l'ignora et s'avança vers Roxane.

– Vous êtes Roxane Wilson ?

– Oui, c'est moi-même. Vous avez arrêté les coupables ?

Le shérif secoua la tête.

– Roxane Wilson, vous êtes en état d'arrestation. À partir de cet instant...

– Quoi ? le coupa Keith, interloqué. Mais vous délirez ! Qu'est-ce que vous faites ?

– Ne vous mêlez pas de ça, intervint un sergent qui posa la main sur son étui.

C'était du délire. Keith n'en croyait ni ses yeux ni ses oreilles, tandis que le shérif continuait à énoncer ses droits à Roxane qui, elle-même, le regardait d'un air hébété.

– Vous avez conscience de l'erreur que vous êtes en train de commettre ? s'insurgea Keith.

– Je crois que c'est vous qui n'avez pas bien compris. Restez en retrait et ne vous mêlez pas de ça.

– Maman, mais qu'est-ce qu'ils te veulent ? s'inquiéta Flint.

Le shérif finit de lui lire ses droits et sortit une paire de menottes. Avec Lisa toujours au bras, Keith était cloué sur place. C'était totalement insensé.

– C'est elle, la victime, bande d'abrutis ! Vous êtes vraiment des tarés.

– Un mot de plus et je vous arrête pour outrage à un représentant de la loi, le prévint le shérif.

– Keith, tais-toi. Occupe-toi de mes enfants et appelle Sandy, le calma Roxane.

Il comprit que c'était la seule chose sensée à faire. Si lui aussi se faisait arrêter, Flint et Lisa seraient conduits dans un centre social.

Il reposa Lisa sur le sol et prit son téléphone. Sa main tremblait de rage. Le shérif venait de passer les menottes à Roxane.

– C'est toi, Lisa ? demanda l'un des agents.

– Vous êtes méchants ! Laissez ma maman !

– Tu l'embarques, fit le shérif. On y va.

Et sans plus de formalités, l'agent Carter prit la fillette à bras-le-corps. Elle se mit à hurler d'une petite voix aiguë à briser les tympans.

– Mais qu'est-ce que vous faites ? Laissez-la ! se révolta Roxane.

– On l'emmène. La prochaine fois, vous réfléchirez un peu avant d'agir.

Keith était en train d'appeler Sandy. Il baissa son smartphone devant ce nouvel incident.

– Mais lâchez-la. Qu'est-ce qui vous prend ?

– Soyez heureux, Monsieur Morrison, que nous ne vous soupçonnions pas de complicité. Mais pour votre gouverne, apprenez que cette femme n'est pas du tout celle que vous croyez. Elle a kidnappé cette fillette et nous allons la rendre à sa mère légitime.

Keith était complètement abasourdi. C'était absurde.

– Ne le crois pas, se défendit Roxane. C'est faux. Vous dites n'importe quoi ! Lisa est ma fille.

Celle-ci continuait de se débattre, mais l'agent Carter la maintenait fermement malgré les griffures et les cris.

– Shérif, ce sont des jumeaux. Si Lisa n'est pas sa fille, qu'en est-il de son fils ? C'est complètement débile !

Le shérif sembla tiquer, mais n'en démordit pas.

– Restez en dehors de ça, ça vaut mieux pour tout le monde. Allez, suivez-nous, Madame Wilson.

– Keith, appelle Sandy et trouve-moi un avocat. Le meilleur. Je te promets que je te rembourserai.

Keith avait des envies de meurtre, mais il savait qu'au moindre esclandre de sa part, il serait lui aussi embarqué. Et dans ce cas, quid de Flint ?

Il prit sur lui de ne plus bouger et regarda, le cœur serré, Roxane et sa fille se faire emmener.

Flint se mit à courir vers elles. Keith se ressaisit et le poursuivit pour le prendre dans ses bras.

– Laisse, Flint, je vais tout arranger. Sandy va les sortir de là. Je te le promets, on va les sortir de là.

Et pendant que le shérif appuyait sur la tête de Roxane pour la faire monter dans la voiture de police, menottes aux mains, Keith reprit son téléphone et, sous les cris de Lisa qui était à son tour enfermée dans la seconde voiture, il remit à plus tard l'appel à Sandy, et fit le seul numéro qui pouvait les sauver.

Sous le regard des plaisanciers attirés par l'odeur du scandale, il lança l'appel à son avocat et pria pour qu'il accepte.

# - 42 -

Pendant qu'elle roulait en direction du commissariat, Sandy regarda une nouvelle fois son portable qui n'arrêtait pas de sonner. Keith.

Ses doigts la démangeaient de répondre. Mais elle avait promis à Deckard de ne pas le faire. Le lieutenant venait de l'appeler en toute urgence et lui avait demandé de revenir aussitôt au poste et surtout, pour le bien de l'enquête, de ne prendre aucun appel, surtout pas de ses amis.

Elle lui avait demandé ce qui s'était passé, mais il n'avait rien voulu lui dire, lui promettant qu'elle saurait tout, une fois de retour.

Elle tourna sur Figueroa Street et eut enfin le commissariat en vue, mais aussi des camionnettes garées en dépit de la réglementation et une flopée de journalistes et de cameramen massés sur le parking. Elle klaxonna avec véhémence et la meute s'écarta pour la laisser passer.

« Qui a appelé la presse ? Tu n'as pas fait ça, Keith ? »

Elle sortit de son véhicule et alors que des micros et des caméras se tendaient vers elle, elle garda son regard fixé sur l'entrée et fonça à l'intérieur du bâtiment. Elle monta directement à l'étage où elle retrouva Deckard dans son bureau, téléphone à l'oreille.

Dès qu'il la vit, le lieutenant se dépêcha de couper court à sa conversation.

– Je vous rappelle, on se tient au courant. (Et il raccrocha.) Bonjour, Sandy.

L'homme avait le visage fatigué. Le fringant trentenaire semblait avoir pris dix ans.

– Lieutenant, je peux savoir à quoi rime tout ce remue-ménage ? demanda Sandy.

– Roxane Wilson.

– Quoi, Roxane Wilson ?

– Le shérif vient de l'interpeller sur le bateau de votre ami.

– Mais pourquoi ?

Il haussa les épaules.

– Je n'en sais pas plus. C'est Walberg qui a tout géré. Il a eu des informations. Elle ne serait pas aussi innocente qu'elle le prétend.

– C'est-à-dire ?

– Je sais que cela va vous paraître insensé, mais si on en croit nos sources, elle aurait enlevé un de ses enfants.

Sandy lui aurait ri au visage si ce n'était pas si dramatique.

– Qu'est-ce que vous voulez dire par « enlever » ?

– Lisa ne serait pas sa fille. Elle l'aurait kidnappée à la naissance.

C'était tellement absurde. Sandy ne put se retenir plus longtemps, et un rire plein de dérision et de mépris jaillit de sa gorge.

– Flint et Lisa sont des jumeaux. Je sais que vous êtes un homme, mais faut-il que je vous explique comment ça marche dans le ventre d'une femme ? Des jumeaux. On parle de jumeaux !

– Je sais bien. Je vous répète seulement ce que le shérif a bien voulu me dire.

– Et vous ne lui avez pas expliqué que c'était impossible ?

– Sandy, c'est plus compliqué que vous ne le pensez.

– Ah oui ? Qu'est-ce que je dois savoir encore ?

Deckard était très mal à l'aise.

– Vous êtes dessaisie de l'enquête.

– Quoi ?

– En raison de vos liens privilégiés avec la suspecte, vous ne pouvez plus enquêter.

– Je ne la connais pas. Qu'est-ce que vous racontez ?

– Elle était chez vous hier soir avec ses enfants, non ?

Sandy n'en revenait pas. Elle n'aurait pas cru Deckard capable d'une telle trahison.

– Pourquoi êtes-vous allé raconter ça au shérif ?

– Parce que c'est mon devoir. Êtes-vous, oui ou non, intime avec Roxane Wilson ?

– Je ne la connais que depuis hier, mais ce n'est pas une amie. C'est l'amie d'un ami. Mais à ce rythme, toute la ville est amie avec moi, et je ne peux plus être flic.

– Vous ne recevez pas tout le monde chez vous, Sandy.

– Je vois. Quoi que je dise, j'aurai tort, c'est ça ? Vous croyez vraiment que je suis prête à falsifier des éléments de l'enquête pour aider une soi-disant « amie » ?

– Le shérif ne veut prendre aucun risque et je suis d'accord avec lui.

– Merci. Je suis heureuse de l'apprendre.

Deckard prit un air compatissant et embarrassé.

– Sandy, vous êtes un excellent sergent, et comme je ne cesse de vous le répéter, vous serez une très bonne lieutenante, mais vous devez faire la part des choses. On ne doit jamais enquêter sur des proches.

– Roxane Wilson n'est pas une proche. Elle n'est rien pour moi. Comment faut-il vous le dire ?

Deckard la regarda droit dans les yeux.

– Si vous êtes capable de le redire devant elle et ses enfants, je demande à Walker de revoir sa position.

Aussitôt, Sandy s'imagina face à la petite famille et réalisa que même si c'était pour le bien de Roxane, elle ne pourrait jamais affirmer une chose pareille devant Flint et Lisa. Ils étaient trop petits pour comprendre la subtilité de certains mensonges.

– Ce n'est pas bien ce que vous venez de faire, lieutenant.

– Au contraire. Prenez votre journée et rentrez chez vous. Laissez-nous gérer.

– Je vous laisse gérer, mais je reste. Je n'ai aucune raison de poser un jour de congé pour rien.

Elle le fusilla du regard et ressortit du bureau en claquant la porte.

# - 43 -

Jason était en stress total. Accoudé au bar de l'hôtel, il en était à son deuxième Martini, les yeux rivés sur son smartphone. Il espérait des informations de dernière minute, mais rien n'était sorti. Quand la nouvelle allait se répandre, cela risquait de faire comme un coup de tonnerre.

Il pensa à Keith, et se dit que son ami aurait certainement aimé avoir un tel scoop: « Vicky Lance retrouve sa fille qu'elle avait abandonnée. » Mais jamais il ne serait déloyal envers Vicky. C'était à elle d'annoncer la nouvelle, le jour venu.

À chaque bruit de pas sur le sol de marbre du *Carlton,* Jason se retournait, avec l'espoir de la voir revenir le chercher. Cette fois, enfin, il la vit arriver.

Le visage blafard, elle n'était que l'ombre d'elle-même.

Vicky vint s'asseoir sur un des tabourets du bar.

– De mauvaises nouvelles ? demanda Jason.

Elle le regarda à peine, perdue dans ses pensées.

– S'il vous plaît, resservez-nous la même chose, dit-elle en montrant le verre à moitié vide de Jason.

Le serveur qui s'était approché prit la commande, et pendant qu'il leur préparait deux Martini, Vicky prit celui de Jason, posé sur le comptoir, et en but une rasade comme si c'était un simple soda.

– Alors, qu'est-ce que ton père a décidé ? demanda Jason.

– Attends une minute, s'il te plaît.

Elle reprit le verre et le finit d'un trait. Une sacrée descente. Mais Jason n'avait aucune envie d'en sourire.

Le serveur posa leurs deux verres devant eux.

– Viens, suis-moi.

Elle le conduisit dans le salon où ils prirent place dans des fauteuils club, à l'abri de toute oreille indiscrète.

Derrière les baies vitrées, les jardins aux couleurs flamboyantes et, plus loin, l'océan qui continuait son ressac régulier, indifférent aux tragédies humaines.

– Je crois que je ne vais pas pouvoir.

– Pouvoir, quoi ?

Vicky faisait tourner l'alcool dans son verre et en but une petite gorgée.

– Rencontrer ma fille.

– Ils l'ont vraiment retrouvée ?

– Oui, c'est la police qui l'a récupérée. Ils sont en route.

– La police ? Mais comment ça ?

– Je n'en sais trop rien. Je n'y comprends pas grand-chose. Une femme aurait kidnappé mon bébé à la maternité et l'aurait élevée depuis des années dans le plus grand secret.

Jason était abasourdi. C'était atroce et absolument ignoble. Croire pendant des années qu'il était mort, alors qu'on le lui avait kidnappé.

– La salope. C'est pour ça que les toubibs ont préféré dire que tu avais eu un enfant mort-né. Pour cacher l'enlèvement de ta fille.

– C'est ce que mon père suppose, mais on n'en sait pas plus pour l'instant. La police va faire son enquête.

– Ils ont mis la main sur ton maître-chanteur ?

– Je ne sais pas. Mon père est dans tous ses états. Surtout, il veut qu'on communique le moins possible et que je ne dise rien. Et il ne veut plus que je te voie.

– Et tu comptes faire quoi ? demanda-t-il.

– Tu es sérieux, là ?

– Je n'ai pas envie qu'on se quitte, mais je peux...

– Tais-toi. Évidemment que tu restes avec moi. J'ai besoin de toi, ne me laisse surtout pas tomber. Tu es mon ange gardien, ne me lâche pas.

Jason était heureux de l'entendre. Il posa une main protectrice sur ses genoux.

– Il faudra me passer sur le corps avant que quiconque t'approche.

Vicky eut un sourire triste.

– Je me sens tellement mal.

– Tu vas voir. Tout va bien se passer.

– Et si elle ne m'aimait pas, et si elle me rejetait ?

– Tu es sa mère. C'est sûr qu'elle va t'aimer.

– Je ne sais pas, je ne la connais pas. Je suppose qu'elle a dû tisser des liens avec l'autre.

– Peu importe. Les liens du sang sont plus forts que tout. C'est ta fille et elle va vite le comprendre. Tu n'as pas à t'en faire.

Vicky apprécia le réconfort de ses paroles, sans pour autant être vraiment apaisée. Elle prit son verre de Martini et le porta à nouveau à ses lèvres, mais Jason arrêta son geste.

– Ne fais pas ça. Ta fille va arriver. Je crois que tu ferais mieux de boire un jus d'orange et de grignoter un peu.

Vicky admit que c'était plus raisonnable.

– OK. Je finis mon verre, après j'arrête.

Jason la laissa faire. Qui pouvait empêcher une tigresse de faire ce qu'elle voulait ?

Ils entendirent une sirène dans le lointain. Le moment de la confrontation était arrivé.

– Déjà ? s'angoissa Vicky. Viens, on retourne dans la suite.

# - 44 -

Mitraillée par les crépitements des appareils photo de la meute de journalistes, Roxane passa l'entrée du commissariat.

Sandy se tenait dans un coin et avait le cœur brisé par une telle ignominie. Jeter en pâture une pauvre fille. Que devait-elle ressentir ? On venait de lui voler son enfant et on l'accusait du pire des crimes.

Elle vit la morgue du shérif Walker, très fier de sa proie qu'il tenait d'une main ferme par le bras. Avec sa démarche de cow-boy, il était insupportable d'arrogance.

Elle pensa à ces chasseurs qui posaient, fusil à l'épaule, avec sous le pied la dépouille d'animaux sauvages qu'ils avaient tués au cours de chasses en Afrique. Il y avait cette même fierté virile, machiste et sanguinaire dans toute son attitude.

« Pauvre type. » Elle n'avait jamais apprécié Walker. Elle le détestait plus que jamais à présent. Elle s'enfonça les ongles dans la paume des mains pour ne pas laisser échapper la colère qui l'envahissait.

Roxane avait la tête baissée et ne croisa pas son regard.

« Tu vas t'en sortir, on va t'aider », lui envoya Sandy par la pensée, alors que la jeune femme traversait l'open space pour être conduite dans la salle d'interrogatoire.

– Sergent ?

Elle se retourna. C'était Deckard.

– Excusez-moi si je vous ai blessée, mais...

– Je veux assister à l'interrogatoire, l'interrompit-elle.

Deckard soupira.

– Walker vous a relevée de cette enquête.

– J'ai bien compris. Je ne veux pas faire l'interrogatoire, mais y assister derrière la vitre sans tain. Je veux être témoin pour m'assurer que vous n'allez pas user de mensonges éhontés et de méthodes illégales pour la faire craquer.

– Vous croyez vraiment que je serais capable de telles pratiques ?

– Je ne sais plus ce que je dois croire, lieutenant.

Et ce n'était pas faux. Elle était tellement perturbée par cette mise à l'écart.

– Très bien, suivez-moi. Mais, je vous préviens, vous n'intervenez sous aucun prétexte.

– Oui, chef, dit-elle sur un ton chargé d'ironie.

À leur tour, ils passèrent l'open space et arrivèrent dans les locaux privés de la police. Ils prirent le couloir central, puis Deckard ouvrit une porte qui donnait sur une petite pièce sombre. Deux sergents y étaient déjà et regardaient dans la salle d'interrogatoire à travers une vitre sans tain.

– Sandy, tu n'as rien à faire ici, l'interpella vivement le sergent Carter.

– Elle est avec moi, c'est bon, répondit Deckard.

– Lieutenant, le shérif a dit qu'elle était suspecte.

– C'est bon, Carter, je gère. Si tu as un problème, va le lui dire.

Le shérif était déjà assis face à Roxane à qui on avait enlevé les menottes.

– OK, ça va, capitula Carter à contrecœur.

Les deux sergents leur jetèrent des regards soupçonneux, mais reprirent leur observation.

Sandy les détestait. Ils étaient là à regarder comme s'ils assistaient à un film. Il s'agissait de la vie d'une femme qui allait être mise en lambeaux, détruite ! Quel plaisir éprouvait-il à observer la souffrance de cette mère ?

Dans la salle d'interrogatoire, Walker se racla la gorge et posa ses deux coudes sur la table.

– Vous savez, le mieux, c'est que vous parliez. On peut même trouver un accord qui vous évitera un procès, mais il faut tout nous dire. Tout le monde y gagnera.

Roxane redressa la tête. Le visage dur et fermé.

– Shérif, je suis innocente. Je n'ai rien fait. Rendez-moi ma fille.

Walker tapota du bout des doigts la table en fer. Un petit bruit crispant, mais signe de son agacement.

– Vous ne nous simplifiez pas les choses. Vous savez que vous risquez gros ? Enlèvement plus meurtre, ça peut chercher loin !

Meur... tre ?

Sandy se retourna vers Deckard et lui souffla :

– C'est quoi cette histoire ?

– Chut, écoutez.

Bouillonnant intérieurement, elle porta son regard sur la pièce.

Walker ouvrit le dossier qu'il avait devant lui et montra des photos à Roxane. Sandy n'arrivait pas à voir de qui il s'agissait, mais comprit très vite quand Walker expliqua :

– On a retrouvé cet homme près du lac Cachuma. Un maître-chanteur à la petite semaine qui s'en est pris à Vicky Lance, lui promettant de lui rendre sa fille.

Roxane prit les photos et secoua la tête.

– Je n'ai jamais vu cet homme de ma vie.

Walker s'adossa dans son siège.

– Allons, vous mentez très mal, Madame Wilson. Avouez que c'est votre complice ? De toute façon, nous n'allons pas tarder à le prouver.

– Je ne le connais pas et je n'ai jamais enlevé qui que ce soit. Lisa est ma fille, elle est la sœur jumelle de mon garçon. Vous n'avez qu'à demander au Goleta Valley Hospital, ils vous le diront.

– Cela a été fait, mais si les documents ont l'air officiels, cela ne veut pas dire que vous n'ayez pas menti.

Se procurer de faux papiers, cela vous connaît, n'est-ce pas ?

À cette attaque qu'elle n'attendait pas, l'assurance de Roxane s'effrita.

– Je vois que l'on se comprend, Mademoiselle Wilson. Vous avez présenté un faux certificat de mariage, après la mort de votre prétendu mari, pour toucher une pension de veuve de guerre. C'était quand déjà ? (Il regarda dans son dossier.) Il y a cinq ans. Vous avez eu beaucoup de chance de ne pas être condamnée à de la prison pour ça.

– On devait se marier. Il est mort en faisant la guerre pour son pays. Ce n'était pas juste qu'on me laisse sans le sou alors que nous devions nous marier.

– Peut-être que ce n'était pas juste, mais pour autant, vous n'aviez pas le droit de fournir de faux papiers. Vous n'étiez pas mariés, vous auriez dû faire appel.

– Mais c'est ce que j'ai fait. Ils n'ont rien voulu entendre. Je n'avais droit à rien. Même si j'étais la mère de ses enfants et que nous devions nous marier. Pour l'armée, cela ne vaut rien.

Sandy était écœurée. Elle ne doutait pas un seul instant de la sincérité de Roxane.

– Vous avez déjà menti par le passé, pourquoi vous croirions-nous à présent ?

Sandy eut alors une idée toute simple, tellement évidente. Pourquoi Roxane ne demandait-elle pas à faire un simple test ADN ? Ils auraient vite fait de prouver qu'elle était bien la mère.

– Laissez-moi entrer, demanda-t-elle en se tournant vers Deckard.

– Sergent, s'il vous plaît. Taisez-vous.

Sandy en avait assez attendu, il était temps qu'elle agisse. Elle sortit de la pièce et, se mettant un peu à l'écart, elle appela Keith.

# - 45 -

– Ça va aller, mon bonhomme. Je te promets que ta maman va revenir dans la journée, dit Keith.

Flint ne cessait de pleurnicher. Rien n'arrivait à le réconforter.

Keith réalisait qu'il n'était vraiment pas doué pour jouer les nounous.

« Non, ce n'était pas demain que tu seras un bon père ! », se dit-il en cherchant une échappatoire dans un peu d'humour.

Mais il ne sourit pas. Il se sentait complètement démuni et aurait voulu agir, mais il n'avait pas le choix. Il devait rester calme et s'occuper de Flint.

Son téléphone sonna. Il se rua dessus.

– C'est maman ? demanda le petit garçon, plein d'espoir.

– Non, c'est Sandy.

Il décrocha.

– Allô ?

– Keith, tu es où ?

– Sur le bateau avec Flint. Comment ça se passe ?

– Très mal. Flint m'entend ?

– Pas vraiment. Attends une seconde.

Il posa le téléphone et se tourna vers l'enfant.

– Je capte mal. Tu m'attends ici, je reviens.

– Tu vas me laisser ?

– Non, je vais juste sur le pont. Ne bouge pas, d'accord ?

Flint était assis sur le canapé du salon, ses petits pieds touchant à peine le sol.

Keith tira la porte de la verrière et se trouva sur le pont arrière. Un délicieux vent chaud et sec soufflait sur l'océan en ce milieu de matinée.

–Voilà, c'est bon. Je t'écoute.

Oubliant sa promesse faite à Deckard, elle lui raconta avec force détails l'interrogatoire qu'avait subi Roxane. Keith était tout aussi abasourdi qu'elle.

–C'est de l'acharnement. Je ne vais pas laisser faire ça.

–On m'a dessaisie de l'enquête et j'ai l'interdiction de lui parler, mais un simple test ADN prouvera que c'est bien sa fille. Tu peux voir si chez toi tu as un cheveu de Lisa ou quelque chose comme ça ?

–Je vais voir, sinon, je passe chez elle, elle m'a laissé les clés. Mais le problème, c'est qu'il faut que je garde Flint.

Il n'y eut pas de réponse.

–Sandy, tu m'entends ?

–Oui, je réfléchissais. Je crois que j'ai une idée. Va chez mes parents, je les préviens.

–Tu es sûre qu'ils vont vouloir ?

–Tu crois que je vais leur laisser le choix. Fonce, dépose Flint, puis tu me trouves ce putain de cheveu.

Pris par la tournure de la conversation, il en avait oublié l'essentiel.

–Au fait, j'ai trouvé un avocat. Je vais lui répéter tout ce que tu m'as dit.

–Tu as pris le meilleur, j'espère ? Et pour l'argent, on se débrouillera, mais on le paiera.

–Le meilleur qui soit. Je te rappelle. Reste au commissariat.

–OK.

Il retourna à l'intérieur du bateau, et voyant Flint les yeux perdus dans le vague, sagement assis sur le canapé, il eut le cœur brisé. Pauvre petit bonhomme.

–Flint, je dois aller aider ta maman, mais pour ça, je ne peux pas t'amener avec moi.

– Ne me laisse pas ! cria le petit garçon qui sauta du canapé pour venir se coller dans les jambes de Keith.

– Je ne te laisse pas, on va d'abord passer chez les parents de Sandy. Tu verras, sa maman est très gentille, juste le temps que j'aide ta maman. Et si tout va bien, je reviens avec elle.

– Tu me le promets ?

Les promesses n'engagent que ceux qui y croient, dit-on, mais il n'avait pas le choix, se dit-il pour se déculpabiliser d'abuser de la crédulité d'un enfant de sept ans.

– Oui, je te le promets, dit-il en lui caressant les cheveux.

# - 46 -

On frappa à la porte de la suite. Vicky avait demandé à sa belle-mère et à Angus Miller de quitter les lieux. Elle ne voulait être qu'avec Jason et son père dans ce moment si important.

Elliott alla ouvrir.

Deux policiers en uniforme se tenaient dans le couloir.

– Monsieur Lance ?

– Moi-même. Entrez.

Les deux sergents s'avancèrent dans le salon, encadrant Lisa. La petite fille marchait entre les deux hommes, tel un zombie, les yeux rougis d'avoir trop pleuré.

Ils reconnurent Vicky Lance dans le salon.

– Mademoiselle, voici votre fille, Lisa, dit le sergent Rackford.

Vicky se sentit défaillir et dut s'appuyer sur le bord d'une petite commode pour ne pas tomber. Jason réagit prestement et l'aida à se redresser.

– Mon enfant, viens voir ton grand-père, dit Elliott.

L'homme avait changé du tout au tout. À défaut de pleurer, ses yeux étaient embués de larmes retenues, ses joues toutes rouges d'émotion.

– On vous laisse, on reste devant la porte. Si vous avez besoin de nos services.

– Merci, répondit-il sans les regarder.

Elliott n'avait d'yeux que pour la fillette, immobile dans l'entrée de la suite.

Il se baissa et se pencha vers elle. Lisa recula vers la porte à présent refermée.

– N'aie pas peur, je suis ton grand-père.

La petite fille était impressionnée par l'imposante carrure de cet inconnu et se laissa porter sans chercher à se débattre.

Elliott quitta l'entrée et revint avec elle dans le salon.

Vicky s'était essuyé les yeux et son cœur battait la chamade. Elle s'efforçait cependant de garder une attitude calme.

– Lisa, tu as un très joli prénom, dit-elle en s'approchant.

– Je te présente ta vraie maman, dit Elliott d'une voix adoucie.

– C'est pas ma maman, chuchota la petite fille, terrorisée.

– Si, c'est bien elle. C'est ta vraie maman. On va tout t'expliquer.

– Non, je sais que c'est pas ma maman. Je veux rentrer chez moi. Je veux voir ma maman.

Lisa fondit en larmes, et Elliott tenta de la consoler en lui caressant le dos, mais la petite fille n'arrivait pas à s'arrêter de pleurer.

– Papa, pose-la sur le canapé, dit Vicky.

« Quelle situation abominable, de voir sa fille et de ne pas être reconnue par elle », se dit Jason alors que la colère grondait en lui. La pute qui avait fait ça méritait la prison à vie !

Elliot la posa délicatement sur le canapé blanc.

– Elle ressemble tellement à ta mère.

– Oui, je l'ai remarqué, dit Vicky dans un souffle.

Elle restait éloignée, incapable de bouger.

– Approche-toi, viens lui parler, dit Elliott.

– Oui, vas-y, appuya Jason.

– Je n'y arrive pas.

– Si, tu es plus forte que tu le crois, insista-t-il.

Vicky, se laissant tirer par la main, vint se mettre à genoux près du canapé. Lisa s'était allongée sur le ventre, la tête enfouie sous un coussin.

– Lisa, je me doute que cela doit te paraître fou, mais je suis ta maman, et je t'aime comme jamais je n'ai aimé personne.

La voix était frémissante, mais elle ne craqua pas.

– Je te promets que tu seras la plus heureuse des petites filles. Je te le promets sur ma vie.

Lisa redressa la tête.

– Si vous m'aimez, alors rendez-moi ma maman.

Elliott se racla la gorge et, d'une voix plus profonde, expliqua.

– La dame que tu appelles maman n'est pas ta vraie maman. Elle t'a volée à la naissance à ta vraie maman, qui est là. Cette dame ne l'a peut-être pas fait exprès. On ne lui en veut pas, mais elle n'est pas ta mère.

« Ne pas lui en vouloir ! Pieux mensonge », songea Jason. Mais il comprenait que c'était la meilleure façon de ramener Lisa à de meilleurs sentiments.

– Vous n'allez pas faire de mal à ma maman ?

– Non, nous n'allons pas faire de mal à cette dame, je te le promets, Lisa.

La petite fille s'essuya les yeux et se rassit sur le canapé.

– Quand est-ce que je pourrai la revoir, et je veux revoir mon frère, aussi.

– Tu vas les revoir, mais d'abord, il faut que tu nous écoutes, d'accord ?

La voix d'Elliott était hypnotique.

« Ce type est un vrai caméléon », se dit Jason, impressionné. Il comprenait mieux les réactions de Vicky à présent.

– Lisa, tu veux bien que je te parle un peu de moi ? demanda Vicky.

La petite fille haussa les épaules.

– Tu sais ce que je fais comme métier ?

Elle secoua négativement la tête.

– Je suis chanteuse. Je m'appelle Vicky Lance.

– Vous êtes connue ?

Vicky eut un petit sourire.

– Un petit peu. Tu veux que je te chante une chanson ?

– Si je dis oui, vous me ramènerez à ma maman ?

– C'est compliqué, Lisa, intervint Elliott, mais on te promet que tu vas la revoir. On ne veut que ton bonheur.

Et le visage de Lisa se déforma. Elle se mordit les lèvres et se remit à pleurer.

C'en était trop pour Vicky. Les larmes coulèrent sur ses joues, et elle s'éclipsa dans une chambre.

Jason entendit son smartphone vibrer dans sa poche. Keith.

Il s'éloigna et alla sur la terrasse pour répondre.

# - 47 -

Keith arriva au 152 Cooper road et fut soulagé de ne pas voir de voiture de police. Soit aucun juge n'avait demandé de mandat de perquisition, soit il n'y avait pas encore pensé.

« Dépêche-toi et ne perds pas de temps », se dit-il.

Quand il se retrouva devant la porte, clé en main, il eut la désagréable impression d'être un voleur. Les choses n'auraient jamais dû se passer ainsi.

Il tourna la clé dans la serrure et entra dans la maison.

Il se revit la veille quand il était venu chercher Roxane qui s'était faite belle pour sortir avec lui, pour une soirée de rêve. Certes, il n'était pas fait pour être père, mais il savait tout de même apprécier la bonne compagnie d'une famille aimante. Oui, il avait adoré ces moments de frivolité à parler de tout et de rien, à dire des bêtises, puis à aller chez Sandy et continuer avec la même légèreté.

Keith se revit se baigner dans la piscine en compagnie de Roxane. Il savait qu'on ne doit pas juger les personnes sur leur physique, mais Roxane avait un corps de rêve. Dieu qu'elle était belle ! Il se sourit à lui-même. Mâle primaire en mal de sensation !

Il s'avança dans la maison et chercha du regard des objets appartenant à Lisa. Il avançait avec précaution, et monta à l'étage. Il s'arrêta un instant sur le palier, puis alla directement dans la chambre de la petite fille.

Une chambre toute rose, avec un petit lit douillet recouvert de peluches. Des posters de princesses garnissaient les murs.

Pauvre petite Lisa, qui savait où elle était à présent ? Dans quel centre l'avait-on enfermée ? Ou bien avait-on retrouvé cette soi-disant vraie mère ? N'importe quoi ? Qui était cette cinglée ?

Il se souvint de la télévision qui se trouvait dans la chambre de Roxane. Il alla l'allumer sur une chaîne d'informations.

Des journalistes faisaient le pied de grue devant le commissariat de Santa Barbara, mais au bout de deux minutes, il comprit que personne n'avait encore le nom de « la vraie mère » de Lisa.

« Et dire que ce sont mes collègues ! », soupira-t-il en lui-même. Aucun souci de vérifier leurs informations. Ils balançaient à l'antenne que Roxane était une femme qui avait volé un enfant. Quoi qu'il se passe, elle pouvait dire adieu à Santa Barbara. Nul doute qu'elle serait virée le soir même.

« Je vais t'aider, je te le promets », se jura Keith qui s'arrêta dans la salle de bains. Tout en cherchant des affaires de toilette, il eut soudain conscience d'un élément qui était pourtant évident.

« Tu es venu chercher de l'ADN, espèce de pourriture », se dit-il, comprenant ce qu'était venu faire le type qui s'était introduit la veille au domicile de Roxane.

À tous les coups, un détective privé. Tout s'expliquait. C'était pour cette raison qu'il n'avait pas d'arme mais un tazer.

« Tu ne risquais rien, c'est lui qui a eu la peur de sa vie. Aussi bien, c'est un flic, un collègue de Sandy... »

Keith grogna dans sa barbe et continua son inspection. Quelques brosses avec des cheveux. Mais à qui appartenaient-ils ?

Il en fourra deux dans son sac, et reprit ses investigations dans la chambre de Lisa où il prit des doudous.

Quand il eut terminé, il retourna dans la chambre de Roxane où la télévision continuait de débiter son lot de « non-informations ».

« Et vous osez vous prétendre journalistes. »

Keith qui avait repris la télécommande, allait éteindre quand un breaking news attira son attention. La journaliste interrompit son interview pour annoncer une nouvelle effarante.

« ... selon nos sources, la véritable mère de Lisa Wilson serait la chanteuse Vicky Lance. »

Keith, le doigt toujours posé sur la touche rouge de la télécommande, était stupéfait.

– Ce n'est pas croyable, dit-il dans un souffle. Cette pute !

Il repensa aussitôt à Jason qui lui avait sauvé la vie la veille au matin.

« Il aurait dû la laisser crever, cette salope ! »

Il prit son téléphone et appela aussitôt son ami.

– Keith ? répondit Jason.

– Est-ce que tu as vu les infos ?

– C'est-à-dire ?

– Vicky Lance et sa prétendue fille.

– Je vois. Alors, ça a fuité...

– Tu étais au courant ?

– À l'instant, je suis avec elle.

– Tu es où ?

– Je suis au *Carlton,* mais...

– C'est bon. J'arrive tout de suite. Attends-moi.

– Mais...

Keith avait raccroché. Il allait lui dire deux mots, à cette cinglée de droguée ! Elle ne s'en tirerait pas comme ça. L'argent ne permettait pas tout. Et surtout pas de voler l'enfant d'une autre !

# - 48 -

Sandy regarda sa montre. Le temps semblait avancer au ralenti. Qu'est-ce que fichait ce foutu avocat ?

Cela faisait plus d'une heure que Roxane était en salle d'interrogatoire. Et si elle craquait ? Et si elle signait des aveux, uniquement parce qu'elle était épuisée ? Elle ne serait ni la première ni la dernière.

Sandy faisait les cent pas dans l'entrée du commissariat quand elle fut interpellée par Sammy, l'agent préposé à la réception.

– Sandy, viens écouter. On connaît enfin le nom de la vraie mère de la petite fille.

Elle faillit le rabrouer, mais Sammy ne pensait pas à mal. Il ignorait la vérité et marchait dans les pas du shérif.

– Qui c'est ?

– Tu ne devineras jamais.

– C'est bien pour ça que je te le demande !

– Ça va ! M'engueule pas ! C'est Vicky Lance, tu sais, la chanteuse.

Nom de Dieu ! Pas cette connasse ! Et cet abruti de Jason qui lui avait sauvé la vie !

Elle sortit son portable et allait l'appeler quand la porte du commissariat s'ouvrit et la personne à laquelle elle s'attendait le moins, entra d'un pas martial.

– Salut, Sandy ! J'ai fait le plus vite que j'ai pu, dit Nathan Harper.

– Nathan ? Mais comment ? Beverly, le bébé ?

Sandy revit les photos qu'elle avait reçues la veille au matin. Un si joli bébé.

Nathan leva sa main droite et montra sa cicatrice

– Je serai toujours là pour vous aider. Keith ne t'a pas prévenue ?

L'adorable idiot. Bien sûr qu'il le lui avait dit, du moins à sa manière.

– Il m'a juste dit qu'il avait pris le meilleur avocat, mais je n'imaginais pas...

– Merci. C'est très aimable.

Sandy l'éloigna un peu de la réception dans un léger renfoncement.

– Que tu es bête ! Beverly vient juste d'accoucher, je ne pensais pas...

– Tu plaisantes ?

– Tu aurais pu nous envoyer un de tes meilleurs associés.

– Je suis le meilleur.

– Mais, Beverly ?

– J'étais avec elle quand Keith a appelé, c'est tout juste si elle ne m'a pas foutu dehors pour que je vienne vous aider, dit Nathan. Tu sais pourquoi elle est sortie avec moi ?

– Ton charme fou, ta gentillesse, ta droiture.

– Je suis son justicier, le redresseur de torts. Tu te rappelles quand je disais que j'adorais ce morceau de Daughtry.

– Et comment ! Tu n'arrêtais pas de nous saouler avec ce titre !

« Waiting for Superman ». Nathan l'écoutait en boucle quand ils étaient adolescents.

Si Jason et Keith avaient le physique de vrais superhéros, Nathan était caractérisé par un certain embonpoint. Sa plaque abdominale était en mousse au chocolat au lieu de tablettes. Pourtant, ses diplômes d'avocat en poche, il était à l'évidence celui qui aidait le plus les personnes en difficulté.

Dans la vraie vie, les nounours peuvent être bien plus puissants que les ours mal léchés. Il suffisait d'avoir une volonté de fer et un sens aigu de la justice.

– Eh bien, je tiens toujours à être son Superman.

– Tu as pu étudier le dossier ?

– Oui, des collègues en voiture ont commencé à enquêter. Je vais la sortir de là. Ne t'en fais pas.

– Tu es au courant pour son mari ? Elle a tenté d'obtenir sa pension de réversion alors que, en réalité, elle n'était pas mariée.

– Oui, elle a été condamnée et a payé sa dette. Qui plus est, comment est-ce possible qu'on lui ait refusé cet argent ?

Nathan était furieux de voir que son pays, aussi riche qu'il était, puisse traiter si mal ceux qui avaient combattu pour lui.

Les pauvres soldats n'étant que de la chair à canon bonne pour servir les intérêts des puissants. Le monde avait beau se moderniser, la nature humaine était toujours aussi primitive qu'aux premières lueurs de la civilisation.

– Je suis tout à fait d'accord avec toi, mais pas le shérif.

– Laisse-moi faire et conduis-moi à ma cliente.

Requinquée, presque euphorique, Sandy retraversa l'open space sous le regard de ses collègues qui notèrent tout de suite son changement d'attitude.

Ils passèrent le long couloir menant aux locaux privés et arrivèrent, sans se faire annoncer, dans la salle d'interrogatoire.

Roxane était recroquevillée sur sa chaise, le regard vide. Le shérif Walker fumait tranquillement une cigarette, le regard narquois.

– Sergent, qu'est-ce...

– Bonjour, shérif. Maître Harper. Je suis l'avocat de Madame Wilson. Et je vous demande de la libérer séance tenante.

– Nathan Harper ? Mais qu'est-ce que tu fais ici ? Ton père m'a dit que tu exerçais à Los Angeles.

Sandy savoura le moment. Elle connaissait les liens entre les parents de Nathan, première fortune de la ville, et le shérif. Il faisait moins le malin à présent.

– C'est exact, mais j'aime bien voyager. Surtout pour défendre des innocents.

– Alors, je suis désolé de t'apprendre que tu as fait ce petit voyage pour rien. Roxane Wilson est coupable, tu peux me faire confiance.

– Quelles sont les preuves ?

– L'ADN de Lisa est le même que celui de sa mère.

– Quel laboratoire a fait ces tests ? À la demande de quel juge ?

Le shérif fit la grimace.

– On s'en tape. Le principal, ce sont les résultats.

– Bien sûr, sauf si ce laboratoire a émis un faux résultat, payé par une milliardaire prête à tout pour voler l'enfant d'une autre.

– Ils n'auraient jamais fait ça.

– Vous croyez ? Vous avez vérifié ? Comment ont-ils obtenu l'ADN de Lisa ?

Le shérif avait perdu totalement de sa superbe.

– Shérif, si vous me connaissez de réputation, vous savez que je gagne toujours mes procès. Cent pour cent de réussites.

– Je sais que tu es doué, mais il y a un début à tout. Et aujourd'hui, tu fais fausse route.

– Shérif, vous savez pourquoi je gagne toujours ? Non pas parce que je suis très doué mais parce que je suis malin et que je ne défends que des innocents. On ne met que les coupables en prison par ici, n'est-ce pas ?

Sandy adorait la rhétorique de son ami. C'était vraiment le plus doué d'entre eux. Elle l'aurait applaudi si cela n'avait pas été contre-productif.

– Bien sûr que non. Seule la loi règne sur ma ville.

– J'entends bien. C'est pourquoi vous allez libérer ma cliente tout de suite. Et je vous enjoins de chercher très vite comment la famille de Vicky Lance s'est procuré l'ADN de l'enfant de Roxane Wilson. J'ai ouï dire que l'homme qui avait photographié la fillette a été tué. Il serait intéressant de savoir quel est le rapport entre l'homme qui espionnait Lisa et la famille Lance.

– Cet homme était le complice de cette femme, c'est évident, rétorqua le shérif qui n'avait jamais envisagé les choses autrement.

– Vous en êtes certain ? Car je peux vous le dire de source sûre, j'ai d'autres informations et je vais me faire un plaisir de vous les soumettre.

Le shérif lissa nerveusement sa moustache.

– Je vais demander une caution au juge.

– Aucune caution, shérif. Roxane Wilson est innocente. Vous n'avez aucune charge. Absolument rien, si ce n'est une fausse preuve fournie par la partie adverse. Vous voulez vraiment que je commence à me mêler de toutes vos affaires ? Si vous connaissez mon père, apprenez que je suis bien plus redoutable que lui.

Nathan, du haut de ses vingt-huit ans, affrontait un shérif de cinquante-cinq ans, matois et rompu aux manigances politico-juridiques, et qui lui parlait comme à un enfant récalcitrant.

Le jeune garçon timide d'autrefois n'était plus qu'un souvenir. C'était un lion que Sandy découvrait maintenant. Le nounours sortait ses griffes.

– D'accord, on va dire que je me suis peut-être emballé, mais je crois toujours que cette femme est coupable et quand je l'aurai prouvé, j'irai dire deux mots à ton père.

– Il se fera un plaisir de vous recevoir, dit Nathan qui se tourna vers Roxane. Madame, venez avec moi, vous êtes libre.

Nathan savait qu'il devait la jouer fine. Le temps jouait contre eux. Il devait résoudre cette affaire avant que le shérif trouve une astuce pour la remettre en garde à vue.

– Je peux vraiment sortir ?

Le shérif fit un signe de la main en direction de la porte.

– Allez, viens, lui dit Sandy qui l'aida à se redresser.

D'un pas hésitant, Roxane suivit Sandy et Nathan. Sous le regard médusé des collègues de l'open space, ils ressortirent tous trois à l'air libre.

La meute de journalistes les attendait et les bombardèrent de questions. Nathan prit le temps d'y répondre.

– Roxane Wilson est innocente. Vous pouvez le crier haut et fort. Et nous allons œuvrer à prouver que tout ceci est une machination de la famille Lance.

– Dans quel but ?

– Quelles preuves avez-vous ?

– Connaissez-vous Roy Lukather ?

Les questions pleuvaient en ce beau jour d'été.

– Écoutez, nous ne pouvons rien vous dire de plus pour l'instant, mais vous serez les premiers informés le moment venu. Je vous remercie.

De nouveau des flashs. Nathan prit Roxane par le bras et se dépêcha de la faire monter dans sa Porsche. Sandy s'installa avec elle à l'arrière. Tandis que Nathan démarrait en trombe, Roxane se mit à pleurer en silence.

– Ça va aller. Tout est fini, la consola Sandy qui ajouta pour Nathan : Va chez mes parents, son fils est chez eux.

– OK.

Roxane se moucha discrètement et s'essuya les yeux.

– Je suis désolée, mais je ne sais pas comment vous remercier. Je croyais que c'était perdu. Comment vous avez fait ?

– C'est le meilleur, répondit Sandy. Je t'avais promis qu'on ne te lâcherait pas.

– Roxane, peut-être qu'il serait temps que je me présente. Je suis Nathan Harper et désormais votre avocat, du moins, si vous le souhaitez.

– Bien sûr, mais pour les honoraires...

– C'est mon jour de bonté, je vous défendrai gratuitement.

– Non, je n'ai pas dit ça.

–En vérité, ce ne sera pas gratuit, intervint Sandy. Avec toute la publicité autour de cette affaire, ça va lui faire gagner plein de nouveaux clients.

–Ce n'est pas faux. C'est moi qui devrai vous payer quand tout ceci sera terminé.

Roxane eut un sourire, mais Sandy était persuadé que ce n'était pas une plaisanterie et qu'il était bien capable de la payer réellement. Pour ce fils de milliardaire, l'argent n'avait pas la même valeur.

–Vous savez où est ma fille ? Qui est la personne qui me la prise ?

Enfermée dans la salle d'interrogatoire, personne ne l'avait mise au courant.

–C'est Vicky Lance.

–La chanteuse ?

–Elle-même.

–Mais c'est complètement dingue.

–On sait. Ne vous inquiétez pas, on va tirer cette affaire au clair. Essayez de vous détendre, et de mettre de l'ordre dans vos idées. À partir de maintenant, vous et moi ne sommes plus qu'un, Madame Wilson.

–Bien, Maître.

–Appelle-le Nathan. C'est mon meilleur ami, dit Sandy.

–Bien, Nathan.

Mains sur le volant, le jeune avocat sourit et se remit à réfléchir aux diverses hypothèses d'attaque...

# - 49 -

Aussitôt arrivé au *Carlton,* Keith comprit le problème. Une bonne partie de ses collègues journalistes avaient quitté le commissariat pour se rapatrier devant l'entrée de l'hôtel, espérant avoir l'image du jour. « Vicky Lance avec sa fille. »

Quand il avait entendu sur l'autoradio que Nathan avait réussi à faire sortir Roxane, il avait hurlé sa joie.

« Vraiment le meilleur des amis est un sacré avocat », s'était-il dit avec fierté.

Il ne doutait pas que, désormais, tout allait rentrer dans l'ordre. Nathan avait l'intelligence et les moyens. Une simple analyse ADN et le tour serait joué.

Un brouhaha insupportable résonnait devant l'entrée du *Carlton.* Keith connaissait parfaitement les lieux. Jason lui avait souvent offert des nuits pour y passer un bon moment avec ses conquêtes.

Il s'écarta de l'entrée principale et, contournant la propriété, il arriva devant l'entrée du personnel, à quelques dizaines de mètres sur la droite.

Il envoya un SMS à Jason, et quelques instants plus tard, celui-ci venait lui ouvrir.

– Salut, Keith, dit Jason d'un ton un peu sec.

– Salut, Jason. Il faut que je parle à Vicky Lance.

– Écoute, je suis désolé pour toi, mais ça ne va pas être possible. Tu sais comme je t'apprécie, mais je dois te dire que tu fais fausse route avec ta danseuse. Elle te mène par le bout du nez.

Keith eut un petit rire.

– Ah, non, je ne crois pas. Bien au contraire, c'est toi qui es complètement aveuglé par cette chanteuse. Depuis que tu l'as sauvée, tu te crois son protecteur. Mais cette fille est une manipulatrice. Elle se joue de toi.

– Arrête, tu ne la connais pas.

Keith entendit une voiture qui passait et se rapprocha de l'entrée.

– Jason, cette fille est cinglée. Elle aurait eu un enfant comme ça, sans que personne ne le sache et, sept ans après, elle vient le réclamer ? Cela n'a aucun sens.

– Tu ne sais pas tout. Tu ne peux pas comprendre.

– Je sais que Roxane Wilson est la mère de cet enfant, et toi, tu es tout simplement tombé dans les délires d'une folle.

– Si c'est tout ce que tu as à me dire, on va arrêter là.

– Non, il faut que je la voie. Laisse-moi lui parler, et tu verras que j'ai raison. Je vais te prouver qu'elle ment sur toute la ligne.

– Je ne peux pas faire ça. Désolé.

Keith poussa Jason et força le passage.

– Ne fais pas ça. Je vais appeler la sécurité.

Keith remonta par l'allée du personnel jusque vers l'entrée de l'hôtel.

– Elle est où? Dans la suite royale ?

– Je ne vais pas te laisser la voir. Vicky est fragile, elle vient à peine de retrouver sa fille. Tu peux le comprendre ça?

– Ce n'est pas sa fille! hurla Keith, qui attrapa violemment son ami par le col de sa chemise.

– Lâche-moi tout de suite, ou je te jure que ça va mal se passer.

– Ah oui ?

S'il y avait une chose qu'il ne supportait pas chez Jason, c'était son petit côté supérieur, souvent insupportable.

– Et Emma ? Qu'est-ce qu'elle en pense ? attaqua-t-il.

– Je n'ai rien fait de mal, et c'est mon problème. Tire-toi, Keith.

Keith força à nouveau le passage et entra dans l'hôtel. Jason l'attrapa par le bras.

– Je ne te le répéterai pas, va-t'en.

Keith ne reconnaissait plus son ami. Était-il prêt à le frapper ?

– Vas-y, essaie de m'en empêcher ? Pas une seule seconde, il ne te vient à l'esprit que Roxane Wilson pourrait avoir raison ? Tu n'as pas le moindre doute ? Vicky Lance a un CV long comme le bras de mythomanie et toi, tu la crois comme si c'était la Sainte Vierge en personne ! Tu serais prêt à briser notre amitié pour cette fille que tu connais depuis une journée ?

Jason réalisa enfin la folie de son geste, et pourtant, il savait qu'il devait protéger Vicky. Cet abruti de Keith était totalement sous le joug de cette danseuse.

– Je ne cherche pas la bagarre. C'est toi qui es venu ici. Je te demande simplement de nous laisser tranquilles.

Keith fit un mouvement pour se dégager de l'étreinte de Jason, puis continua d'avancer dans un large couloir, croisant au passage un couple de touristes qui lui jetèrent un regard peu rassuré.

Jason le suivait de près. Que faire ? Devait-il se battre avec lui ?

– Keith, je t'en supplie, au nom de notre amitié, va-t'en.

Mais le journaliste n'avait qu'une image en tête : Lisa se débattant en pleurant, quand on l'avait séparée de sa maman.

Il était dans le dernier couloir quand le destin décida pour eux.

La porte de la suite s'ouvrit pour livrer passage à Vicky.

– Jason, je te cherchais, dit la chanteuse.

Keith s'imposa et se posta devant elle.

– Je peux vous parler, deux minutes ?

– Keith, je t'en prie, va-t'en.

– Tu le connais ? demanda Vicky.

– Oui, c'est un ami journaliste. Mais il va repartir tout de suite, n'est-ce pas, Keith ?

– Je ne viens pas en tant que journaliste. Je suis un ami de Roxane Wilson.

Le visage de Vicky perdit toute trace de sympathie.

– Ne me parlez pas de cette femme, elle m'a volé ma fille.

« Elle est complètement cinglée ! », se dit Keith.

– Lisa est la jumelle de son frère. Comment expliquez-vous qu'elle ait pu vous voler votre fille ?

– Je n'en sais rien, mais les faits sont établis. Lisa est ma fille. L'ADN l'a prouvé.

Soudain, un homme sortit de la suite. Une corpulence imposante, et même s'il était sans sa cagoule de la veille, Keith le reconnut sans l'ombre d'un doute.

– Vous ! C'est vous qui m'avez agressé hier soir, tonna Keith en le pointant du doigt.

Angus Miller resta impassible. À cet instant, Elliot Lance sortit dans le couloir.

– Qu'est-ce qui se passe ?

– Il se passe que votre homme de main est entré par effraction hier soir chez Roxane Wilson, et je peux le prouver...

– C'est bon, on se calme. Par ici, entrez, dit Elliott.

Jason s'étonna d'une telle invitation de la part du père de Vicky. Pourquoi voulait-il parlementer ? Keith était en plein délire paranoïaque. C'était évident.

– OK, accepta Keith.

Il comprenait qu'il venait de marquer un point. Était-ce le début de la victoire ?

Tout le monde entra dans la suite, et soudain un cri de joie retentit.

– Keith ! hurla Lisa que se rua vers lui.

Il prit la petite fille dans ses bras et personne n'osa s'y opposer.

– Ces gens sont méchants. Je veux voir maman.

– On va la retrouver, mon trésor.

La fillette s'accrochait à Keith avec toute la force de ses petits bras.

Jason maudit son ami. C'était tellement facile de jouer avec les sentiments d'une enfant. Cette Roxane Wilson ne l'emporterait pas au paradis.

– Reposez-la, s'il vous plaît, dit Elliot.

– Certainement pas. Et je vous préviens, je vais porter plainte à l'encontre de votre garde du corps pour agression et violation de domicile. Ça peut aller chercher loin.

– Allons, prenons le temps de discuter. Primo, rien ne dit que vous pourrez le prouver. Secundo, en supposant que, effectivement, nous ayons un peu bousculé la loi, les faits sont là. L'ADN a parlé. Lisa est bien la fille de ma fille.

– Je ne vous crois pas. Vous n'auriez jamais eu le temps de faire des analyses. Je ne sais pas à quel jeu vous jouez, mais vous aller perdre.

– Détrompez-vous, avec de l'argent, tout est possible. Un labo a travaillé toute la nuit et nous avons eu les résultats ce matin. Vous ne pourrez rien contre les faits. Et si l'on doit refaire une analyse de façon, on va dire, plus légale, cela nous va très bien.

L'homme dégageait une réelle assurance, certain de son bon droit. Mais Keith connaissait ce genre de crapule. Les hommes de pouvoir avaient en commun avec les pires criminels cette facilité à mentir sans ciller, avec un sang-froid exceptionnel.

Collin Powell à l'ONU et ses fausses preuves d'armes chimiques en Irak. Clinton qui niait sa relation adultère avec Monica Lewinski. Nixon et le Watergate, Trump... Oui, les hommes de pouvoir osaient tout, et surtout le pire.

– Vous avez tué un homme. Vous n'allez pas vous en tirer comme ça.

– De qui parlez-vous ? demanda Vicky.

– De lui.

Sans lâcher Lisa, Keith sortit son smartphone de sa poche et, du doigt, lui montra la photo du cadavre que Sandy lui avait envoyée.

– Ce type travaillait pour vous et ne cessait de faire des photos de Lisa. Pourquoi vous vous en êtes débarrassé ? Peu m'importe, mais on va vous poursuivre pour assassinat.

Vicky, stupéfaite, regarda son père qui ne put cacher un certain malaise. Même Angus ne semblait plus aussi fier.

Keith réalisa qu'il avait tapé en plein dans le mille. Ils étaient foutus.

– Je vois qu'on se comprend mieux à présent, dit-il.

– Papa, qu'est-ce qu'il raconte ?

– Je ne sais pas. Comment veux-tu que je le sache ?

– C'est lui qui nous faisait chanter ? demanda Vicky qui se rapprocha de son père.

– Tais-toi, ne parle pas devant cet homme.

– Pourquoi ? Qu'est-ce qui s'est passé ?

Keith n'était pas sûr de comprendre.

– De quel chantage parlez-vous ?

Jason s'approcha de son ami.

– Ce type qui est mort a envoyé à Vicky des photos de sa fille avec le visage flouté. Il a assuré qu'il la lui rendrait contre plusieurs millions de dollars.

Keith n'y comprenait plus rien. Cela ne cadrait en rien avec sa théorie, cependant, il sentait discerner un parfum de vérité.

– Expliquez-moi tout, ou je fonce tout de suite voir la police pour vous dénoncer.

– Ne faites pas ça, je vous en prie, dit Vicky. On n'est coupables de rien. Je voulais juste retrouver ma fille.

– Bon, reprit Elliott. Si tout le monde veut bien garder son sang-froid, on va essayer de trouver une solution qui arrangerait tout le monde.

– La seule solution que je vois, c'est que je vais sortir de cette pièce avec Lisa.

– Vous ne comprenez donc pas ou vous le faites exprès ? Votre amie a kidnappé cette enfant. Nous cherchons comment et pourquoi, mais ce n'est qu'une question d'heures.

– Je ne vous crois pas. Vous voulez simplement gagner du temps.

Elliot eut un grognement agacé, mais se maîtrisant malgré tout, il alla chercher sa veste et prit son portefeuille. Il en sortit une photo un peu écornée qu'il mit sous les yeux incrédules de Keith.

– Cette femme ne vous rappelle personne ? lui dit Elliot

Une jolie blonde aux yeux bleus. Visage ovale et sourire rieur.

La ressemblance avec Lisa était frappante.

– C'est qui ?

– C'était ma femme, la mère de Vicky. Elle a disparu depuis des années.

Keith se souvint en avoir entendu parler. Elle avait quitté mari et fille pour l'étranger, sans plus jamais donner de nouvelles. Et le doute s'insinua un peu plus dans son esprit.

– Vous comprenez ? Vous pourrez faire vos propres tests où vous voudrez, ils diront la même chose. Aussi, ce que je vous propose, c'est de vous tenir à carreau et de ne rien dire de ce que vous savez. En contrepartie, je vous fais la promesse que nous n'accablerons pas Roxane Wilson. Qu'elle avoue son crime, et nous demanderons la clémence avec une peine minimale.

Keith était totalement déstabilisé. Puis, dans un éclair, il comprit que c'était exactement ce que l'homme voulait. Il essayait de le manipuler, quitte à raconter n'importe quoi ! Ayant deviné sa tactique, il s'en voulait d'avoir douté, même l'espace d'un instant.

– Allez vous faire foutre. Je pars avec Lisa.

Serrant la petite fille dans ses bras, il recula vers la porte.

– On va voir maman ? demanda la petite fille.

– Oui, on rentre à la maison.

Angus s'avança d'un air menaçant.

– Papa, laisse-les partir, ne fais rien, le supplia Vicky.

Elle avait besoin de réponses, mais surtout pas devant sa fille.

– Je ne peux pas laisser faire ça. Et s'ils s'enfuient à l'étranger ?

– Je ne vais pas fuir, au contraire, je vais rester ici et vous combattre jusqu'à ce que la vérité éclate.

Jason s'approcha de son ami.

– Ne fais pas de bêtises. Tu me le promets ?

– Je te le promets. Je vais prendre soin d'elle comme de la prunelle de mes yeux.

Tandis que Vicky ne pouvait retenir ses larmes, il ressortit de la suite royale avec Lisa dans ses bras.

# - 50 -

Nathan bifurqua une dernière fois et arriva sur Grove Lane.

– On est arrivés, dit Sandy.

Elle tenait la main de Roxane qui, le regard collé à la vitre, semblait totalement perdue. Puis brusquement, son visage s'éclaira dès qu'elle aperçut son fils qui l'attendait sur le pas de la porte de la maison familiale des Dawson.

– Mon bébé, murmura-t-elle, alors que Nathan se garait au bord du trottoir.

Roxane ouvrit la portière avant même l'arrêt complet de la voiture. Elle bondit dehors dès qu'elle le put et partit en courant rejoindre son fils qui venait à sa rencontre. Ils se retrouvèrent au milieu de l'allée où elle le prit dans ses bras pour le serrer très fort.

– Maman ! Maman ! s'égosillait le petit garçon.

Nathan et Sandy les laissèrent profiter de ce moment émouvant, et entrèrent dans la maison.

– Bonjour, Nathan, je suis très fière de toi, le félicita Meredith Dawson.

– Bonjour, Madame Dawson, je ne fais que mon métier.

Elle lui attrapa sa bonne joue.

– Toujours aussi modeste. J'aurais tellement aimé que Sandy se marie avec toi !

L'intéressée leva les yeux au ciel. Elle n'avait jamais rien dit de tel, mais sa mère n'était pas à une contradiction près.

– Ne l'écoute pas. Un jour, je vais définitivement la faire interner, plaisanta Robert Dawson.

– On a regardé tout ça aux informations, dit Meredith en redevenant sérieuse. C'est terrible ! C'est à n'y rien comprendre. Pourquoi cette chanteuse veut-elle voler la fille de Roxane ?

– C'est là le nœud du problème, répondit Nathan. Mais on va trouver et dénouer tout cela.

– Je compte sur toi. Il ne faut surtout pas laisser Lisa à cette femme. J'ai lu tout plein d'articles sur cette chanteuse. Elle est folle, nymphomane, lunatique. Pas du tout mature pour élever un enfant, renchérit-elle.

– Première chose, on va aller récupérer Lisa chez les Lance. Il est hors de question de la leur laisser une seconde de plus, dit Sandy.

– Vous partez tout de suite ?

– On n'a pas une minute à perdre.

Robert se racla la gorge et se prononça.

– Excusez-moi, je sais que ça ne me regarde pas, mais je pense que Roxane devrait rester avec nous et Flint pour l'instant. Je ne crois pas que ce soit bon pour elle d'affronter Vicky Lance. Ça risque de tourner au pugilat.

Nathan regarda le père de Sandy avec approbation.

– Bien vu. Je suis d'accord avec vous. Autant éviter que cela tourne au psychodrame. Les médias rôdent autour de l'hôtel. On doit éviter toute image qui pourrait nuire à Roxane.

Sandy se retourna et aperçut la jeune maman qui jouait avec son fils dans le jardin comme si elle ne l'avait pas vu depuis des mois.

– Va lui dire, toi. Moi, je n'en ai pas le courage, dit Sandy.

Elle vit Roxane répondre au téléphone et soudain, sauter de joie avant de prendre Flint dans ses bras et de le soulever dans les airs.

– Je crois que ta copine a eu une bonne nouvelle, commenta Meredith.

Sandy courut la rejoindre et avant qu'elle n'ait eu le temps de poser la question, Roxane la saisit par les épaules.

– Keith a récupéré Lisa. Ils ne vont pas tarder à nous rejoindre, dit-elle, et des larmes de bonheur roulèrent sur ses joues.

– Je t'avais bien dit que tu pouvais faire confiance à mes vieux complices, dit Sandy, qui serra sa nouvelle amie contre son cœur.

– Maman, Keith il est trop génial, approuva Flint. Je l'adore.

– Moi aussi, ajouta Roxane, tout émue.

Ils savourèrent quelques instants ce moment précieux avant de retourner à l'intérieur annoncer la bonne nouvelle à tout le monde.

Meredith décida de fêter ça en allant préparer un gâteau, tandis que Robert s'apprêtait à sortir une bouteille de champagne californien.

Nathan, qui était en retrait de cette euphorie, s'avança et se racla la gorge.

– Hum, hum, excusez-moi, mais je vais avoir besoin de Roxane. Cinq minutes seulement et je vous la rends. Il y a des choses que je dois savoir. Après, je vous laisse tranquilles et je m'occupe de tout.

Roxane reprit pied dans la réalité et acquiesça.

– Prenez mon bureau, je prépare les coupes, dit Robert.

– Flint, va aider Madame Dawson à faire le gâteau pour ta sœur, tu veux bien ? demanda Roxane.

– J'aime pas faire la cuisine.

– Même si je te donne des bonbons, le tenta Meredith.

– Ah oui ! Mais ils sont bons tes bonbons ?

– Petit fripon, s'en amusa-t-elle.

Elle lui ébouriffa les cheveux et l'emmena dans la cuisine.

Sandy le regarda avec tendresse et se dit qu'il lui fallait absolument le même à la maison. Il ne restait plus qu'à trouver le père idéal !

Nathan et Roxane se rendirent jusqu'au bureau où Sandy les suivit. Elle referma la porte derrière elle.

– Roxane, j'ai bien réfléchi à ta ligne de défense et il y a un problème.

– Je t'interdis de l'accuser de quoi que ce soit, le prévint Sandy.

Pourquoi tenait-il à casser l'ambiance. Ils avaient gagné, non ?

– Je ne l'agresse pas, mais j'ai besoin de tout savoir. À la moindre erreur tactique, nous allons nous faire aligner par les avocats des Lance. Notre meilleure défense, c'est la vérité. On est d'accord ?

– Oui, répondit Roxane, mal à l'aise.

– Bien, dans ce cas, vous pouvez tout me dire. Et si vous ne voulez pas que je m'en serve pour votre défense, je ne le ferai pas contre votre gré.

– Mais de quoi tu parles, Nathan ? Tu crois qu'elle ment ? s'indigna Sandy.

– Non, mais je veux seulement savoir pourquoi elle n'a pas demandé la chose la plus évidente pour la disculper.

– De quoi tu parles ? demanda Sandy. Elle fait ce qu'elle peut, elle n'est pas avocat.

Mais Nathan avait gardé son regard fixé sur Roxane.

– Pourquoi n'avez-vous pas demandé une analyse ADN ? Une simple analyse et vous prouvez que Lisa est votre fille. On n'en parle plus.

« Parce que tout avait été tellement précipité qu'elle avait le cerveau en compote et on le serait à moins », eut envie de répondre Sandy. Mais devant l'air intransigeant de son ami, elle garda ses réflexions pour elle.

– Lisa n'est pas votre fille, n'est-ce pas ? dit Nathan d'une voix conciliante et amicale.

– Si, bien sûr que c'est ma fille ! Et elle sera toujours ma fille.

– Alors, dites-moi tout. Je sens que le doute vous habite, non ?

Sandy détestait ce ton, il essayait de la manipuler et elle n'aimait pas ça.

– Évidemment. Vous comprendrez que depuis ce matin, je n'arrête pas de me demander pourquoi ils prétendent que ce n'est pas le cas. Cela n'a aucun sens, et pourtant je me dis que s'ils sont si sûrs d'eux, c'est peut-être qu'ils ont une raison, aussi dingue que cela puisse paraisse.

– Oui. Il est évident que la partie adverse est persuadée d'avoir raison. Vicky Lance est peut-être bizarre et immature, mais je me suis renseigné sur son père, il est loin d'être stupide. C'est un homme de talent, habile et réfléchi. Je ne devrais peut-être pas vous dire ça, mais je crains que les analyses ADN, même si elles ont été faites dans la plus grande illégalité, ne se révèlent exactes.

Roxane baissa la tête, effondrée.

– Mais cela n'a aucun sens, elle a eu de jumeaux, s'insurgea Sandy.

– Qu'est-ce qui s'est passé ? demanda Nathan, toujours de sa voix calme, hypnotique.

– Je ne sais pas. Je n'y avais plus repensé depuis la naissance de mes bébés, mais c'est vrai que cela m'est revenu ce matin en salle d'interrogatoire.

Elle resta la tête baissée. Il y eut un moment de silence. Nathan demanda :

– Qu'est-ce qui vous est revenu ?

– Flint est né le premier, un garçon tout mignon. Puis Lisa est arrivée, mais l'accouchement a été compliqué. Dès qu'elle est née, elle a eu des difficultés à respirer. Le docteur l'a vite emmenée pour la sauver. Cela a duré une éternité, mais deux heures plus tard, il est revenu et m'a rendu mon bébé. C'était une jolie petite fille en parfaite santé. Je n'ai jamais autant remercié le Seigneur que ce jour-là.

Sandy n'osait comprendre et s'attendait au pire.

– Je sais que cela va paraître affreux, d'ailleurs, je ne l'ai jamais dit à personne, mais sur le moment, je n'ai pas reconnu mon bébé. Je l'avais à peine vu, mais il me semblait plus gros que le mien. Il faut dire que j'étais en état de choc, et surtout, cela n'avait aucun sens. Dès que j'ai pris Lisa dans mes bras, elle a été ma fille.

– Vous pensez que le docteur a pu échanger vos bébés ? demanda Nathan.

– Je vous dis juste ce qui s'est passé. Mais pourquoi aurait-il fait une chose pareille ?

– OK. Vous allez rester ici. Ne parlez à personne. Je vais aller interroger cet homme. Vous vous souvenez de son nom ?

– Oui, c'était le docteur Wolberg. Liam Wolberg.

– Entendu. Je vais aller lui parler.

– Qu'est-ce qui va se passer si jamais il a échangé nos bébés ?

– Une chose est certaine, personne ne vous reprendra Lisa. Elle est votre fille. Et si l'hôpital a fait une erreur, ils le paieront cher, mais personne n'aura Lisa.

– Et si vous retrouvez mon autre fille ?

Nathan fit la moue.

– Je ne sais pas. Nous aviserons à ce moment-là.

Ce qui était vrai pour Lisa devait évidemment être vrai pour l'autre enfant, se dit Sandy. Quelle terrible histoire !

– On y va. Plus tôt on l'aura interrogé, plus vite on réglera cette affaire, dit-elle en priant pour que tout finisse bien.

# - 51 -

À peine Keith était-il sorti de la suite royale que Vicky s'adressa à son père.

– C'est quoi cette histoire de cadavre ? Dis-moi tout ce qui s'est passé !

– Tu n'as rien à savoir.

– Justement si. Je veux tout savoir.

Et dans un geste de rage, elle balaya tout ce qui se trouvait à portée de main sur le petit meuble du salon. Un vase avec ses fleurs explosa en morceaux sur le sol.

La jeune mère en larmes avait disparu pour laisser place à une furie prête à se déchaîner.

– Je cherche uniquement à te protéger. Moins tu en sauras, mieux ce sera.

– Je m'en fous ! On parle de ma fille et de cette ordure de maître-chanteur. Dis-moi tout, je veux savoir ! J'en ai besoin. Tu ne comprends donc pas !

Elliott Lance fit la moue.

– OK, mais pas devant lui.

Jason ne baissa pas les yeux. Il en avait assez d'être maltraité par cet homme. Père de Vicky ou pas.

– Non, je te l'ai déjà dit, il est avec moi.

– Dans ce cas, Angus, fouille-le.

– Vous croyez quoi ? Que je vous espionne ?

– C'est ça ou je ne dis rien.

Vicky s'était quelque peu calmée.

– Ça t'embête ? demanda-t-elle à Jason.

– Non, là n'est pas la question.

Mais il s'exécuta et enleva lui-même sa chemise, pour rester torse nu.

– Ça vous va, ou je dois finir en slip ?

– C'est bon. Ça va, admit Elliott.

L'homme s'alluma une cigarette et s'assit dans un des fauteuils.

– C'est moi qui ai tué cette petite crapule.

Vicky ouvrit de grands yeux.

– On avait rendez-vous pour l'échange. L'argent contre le nom et l'adresse de notre petite fille. Je lui ai bien donné l'argent, mais ça s'est mal passé. Il n'a rien voulu me dire et a tenté de s'enfuir. On avait rendez-vous dans un coin tranquille de la forêt. Je l'ai poursuivi. On s'est battus près d'un promontoire. Cet abruti a dérapé, et il s'est écrasé en bas. C'était un accident. Un simple accident.

– Mais pourquoi tu m'as dit qu'il t'avait envoyé un SMS pour te dire finalement que ma fille était bien morte et qu'il s'était foutu de moi ?

– Parce que j'ai tué accidentellement ce type. Je ne pouvais pas te le dire. C'est pourquoi j'ai inventé cette histoire pour qu'on passe à autre chose. Je suis désolé.

Vicky était abasourdie.

– Tu aurais dû prévenir la police.

– Il n'y avait aucune preuve de ma présence, et compte tenu de la nature de la transaction, j'ai préféré me taire.

– Vous devez aller vous rendre, intervint Jason. Vous serez acquitté si vous dites vrai.

« Un grand-père fou de chagrin veut récupérer sa petite-fille qu'on lui a volée. Tout le monde comprendra. »

– Mais comment cet homme a-t-il su pour Lisa ? demanda Vicky.

– Je ne sais pas. D'après ce que j'ai compris, il est le fils d'une infirmière qui travaille à l'hôpital où tu as accouché. Je comptais envoyer Angus la secouer un peu, mais vu la situation, j'ai préféré attendre

– Tu as l'adresse de cette femme ? C'est certainement elle qui a volé mon bébé !

– Il y a de fortes chances.

– Papa, donne-moi son adresse.

– Non, laisse faire la police à présent. C'est la meilleure chose à faire

– Je croyais au contraire que tu voulais t'en cacher ! ironisa-t-elle. Je t'en supplie, je n'en peux plus d'attendre. Il faut que je sache, je t'en prie.

Elliott tira sur sa cigarette et prit son temps pour répondre.

– Très bien, à condition que tu sortes discrètement de cet hôtel. Et fais bien attention de ne pas te faire suivre par les journalistes. Ce sont de vraies hyènes, d'accord ?

– D'accord.

– Et surtout, Angus vient avec vous.

– On n'a pas besoin de lui, dit Vicky.

– Cette femme vient de perdre son fils. Tu crois qu'elle va bien te recevoir ?

– Il a raison, dit Jason. On ne sait jamais. Aussi bien, elle est capable de te rendre responsable de sa mort.

– Ce serait un comble ! C'est elle qui a bousillé ma vie !

– Angus viendra avec vous, c'est comme ça et pas autrement, conclut Elliot.

Vicky souffla un grand coup et acquiesça en rechignant.

# - 52 -

– Bon, tout va se jouer maintenant, dit Nathan qui rajusta sa cravate et sa veste. Sandy, tu es sûre de ton coup ?

Ils venaient d'arriver devant l'entrée du Goleta Valley Hospital. Ils s'avancèrent jusqu'à la réception. Deux employées étaient occupées derrière leur bureau. L'une était au téléphone, l'autre releva la tête, arrêtant de remplir un formulaire de soins.

– Bonjour. C'est pour quoi ?

– Nous souhaiterions parler au Docteur Wolberg.

– Vous avez rendez-vous ?

– Oui, répliqua Sandy qui sortit sa plaque de sergent.

– Je vois, je vais essayer de le joindre.

Elle prit le combiné et appuya sur un bouton correspondant à un numéro de poste.

– Il y a un problème ? lui demanda-t-elle durant l'attente.

– Non, du tout. Nous avons besoin de son avis d'expert sur un sujet. Rien de grave.

La réceptionniste parut soulagée. À ce moment, on répondit à l'autre bout du fil.

– Docteur Wolberg, j'ai là un sergent de police qui souhaite vous parler ?... D'accord... très bien. Je vous les envoie tout de suite. (Elle raccrocha et leur adressa un sourire.) Il va vous recevoir. Vous montez au troisième étage, vous prenez l'aile gauche. C'est le bureau 312. Il y a son nom inscrit sur la porte.

– Je vous remercie.

Ils suivirent les indications et entrèrent dans l'ascenseur.

– Je déteste les hôpitaux, ça me fout le cafard, dit Sandy.

– Personne n'aime les hôpitaux, s'en amusa Nathan.

– Je sais, mais je me dis que, quand même, on pourrait faire mieux pour nos seniors. Franchement, tu te vois crever dans un endroit pareil ?

– Sandy, tu peux parler d'autre chose ?

Nathan adorait son amie mais, parfois, elle faisait des remarques complètement décalées.

– Pardon, c'est le stress. J'ai tellement peur de ce qu'il va nous apprendre.

– S'il parle, ce sera déjà bien.

La porte de l'ascenseur s'ouvrit et les libéra. Des infirmiers et des malades déambulaient dans le couloir.

Ils tournèrent à gauche comme le leur avait indiqué la réceptionniste et débouchèrent dans un couloir avec une enfilade de portes. Ils s'arrêtèrent devant le numéro 312.

– À toi l'honneur, dit Sandy.

Nathan frappa à la porte. Une voix les invita à entrer.

Un homme dans la soixantaine, fine barbe blanche, cheveux courts, les regarda s'avancer, assis derrière son bureau. Sandy referma la porte derrière elle.

– Sergent Sandy Dawson.

– Nathan Harper, je suis l'avocat de Roxane Wilson. Nous aimerions vous poser quelques questions.

L'homme eut un petit sourire las.

– Je me demandais quand vous alliez venir ? Je vous en prie, asseyez-vous.

Sandy se sentit aussitôt soulagée. L'homme semblait plutôt coopératif.

– Vous vous doutez de la raison de notre présence ?

– Évidemment. Depuis que cette affaire fait la une, je savais que vous remonteriez jusqu'à moi, et c'est bien normal. Tout est de ma faute.

– C'est-à-dire ? l'encouragea Nathan.

Discrètement, il sortit son téléphone et commença à enregistrer la conversation. Beaucoup de coupables avaient besoin de s'épancher et livraient leur vérité, pour réaliser, trop tard, qu'ils auraient mieux fait de se taire.

– C'était cette fille. Cette chanteuse. Vicky Lance. Elle a fait un déni de grossesse. Elle s'en est aperçue une semaine avant son accouchement. Elle était en concert dans la ville quand ça s'est produit. Son père m'a contacté et a voulu qu'on procède à un accouchement sous X, avec placement de l'enfant par les services sociaux.

Sandy soupira, anticipant déjà la fin de l'histoire que le médecin continuait à dérouler.

– Pauvre petite fille. Être abandonnée à la naissance. Je n'ai rien contre les services sociaux mais, que Dieu nous garde, ce n'est pas la place d'une enfant. Cependant, j'ai accepté. L'homme était prêt à payer une fortune pour que rien ne transpire. Vous savez comme moi que les hôpitaux ont besoin d'argent, même ici, à Santa Barbara. Je m'occupe aussi d'une autre clinique où j'aide les défavorisés.

Dès l'entrée, Sandy avait remarqué de nombreux signes religieux dans son bureau. Un homme de foi ? Un homme de bien ?

– Quand, quelques instants plus tard, j'ai accouché Madame Wilson de ses jumeaux, la jumelle, la pauvre enfant, n'a pas survécu. Complications respiratoires. Je n'ai rien pu faire pour la sauver. C'est là que j'ai eu cette idée. Lui donner la fille de Vicky Lance qui devait partir à l'adoption et la remplacer par celle de Roxane Wilson. Ainsi tout le monde serait content, si je puis dire. Vicky Lance n'aurait pas à souffrir de la culpabilité de l'abandon, croyant son enfant mort-né, et Madame Wilson aurait la joie d'avoir ses jumeaux en bonne santé.

– Vous vous rendez compte de la gravité de votre acte ?

– Je me rends surtout compte que j'ai eu raison, et je ne regrette absolument rien. Je suis sûr que cette petite Lisa est plus heureuse dans cette famille.

Sandy était stupéfaite. N'avait-il pas conscience de la tragédie qui résultait de son acte ?

– En effet, Lisa est une fillette adorable, dit Nathan.

Sandy faillit lui faire remarquer qu'il ne la connaissait pas et ne l'avait même jamais vue. Mais elle avait compris sa stratégie. Avant tout, ne pas braquer cet homme dans ses convictions.

– Qu'est-ce qui va se passer pour moi, maintenant ? Vous allez m'inculper ?

– Évidemment, dit Sandy. Mais pourriez-vous nous dire pourquoi avoir embauché Roy Lukather pour prendre des photos de Lisa.

– Répétez-moi son nom ? dit Wolberg qui semblait déstabilisé.

– Roy Lukather.

Et l'homme éclata d'un grand rire qui ne s'arrêtait pas.

Sandy et Nathan se regardèrent, se demandant s'il n'avait pas perdu la raison. Cependant, il finit par se calmer.

– Ah, on n'est jamais trop prudent. Je comprends tout à présent. Roy Lukather est le fils d'une infirmière qui m'assistait dans mon travail. Ah ! la coquine, elle a fini par éventer notre secret, je suppose.

Sandy, elle aussi, avait compris, mais elle détestait cette fin de l'histoire. Si Lisa était bien la fille de Vicky, Roxane allait-elle pouvoir la garder ?

# - 53 -

– Il n'y a personne, elle est partie dans sa famille, dit Jason.

Ils étaient arrivés à Lompoc. Cela faisait cinq minutes qu'ils attendaient devant la maison de Madame Lukather. À présent, le soleil était haut dans le ciel et commençait à frapper dur dans ce coin plus aride de Californie.

– Il y a une voiture, elle doit pourtant être là, s'impatienta Vicky qui sonna à nouveau.

Angus Miller, bien droit dans son costume, s'apprêtait à frapper du poing sur la porte, quand elle finit par s'ouvrir sur une femme en peignoir, les yeux hagards et dégageant une forte odeur d'alcool.

– Qu'est-ce que vous voulez ? dit-elle en clignant des yeux, apparemment incommodée par la lumière du soleil.

– J'aimerais vous parler. Je suis Vicky Lance.

La femme eut un petit air ironique.

– Vicky Lance. Évidemment. Qu'est-ce que vous voulez ? Que je vous retrouve votre fille, alors qu'à cause de vous mon fils est mort ? Peut-être bien que c'est vous qui l'avez tué.

– Je veux comprendre ce qui s'est passé. Qu'est-ce que vous avez fait à ma fille ?

La femme eut un nouveau petit rire et, sans refermer la porte, tourna les talons et rentra dans son salon. Était-ce une invitation à entrer ?

Vicky passa la première, suivie de Jason et Angus qui fermait la marche.

Madame Lukather s'assit sur le canapé et se resservit un verre d'alcool.

– J'ai toujours su que mon fils finirait mal. Roy est maudit. Quand son père nous a quittés, paix à son âme, j'ai dû l'élever toute seule. J'ai fait ce que j'ai pu, mais je n'ai pas pu faire mieux.

– Qu'est-ce qui s'est passé ? Dites-nous tout, je vous en supplie ?

– Ma pauvre chérie, tout est de votre faute. C'est vous qui avez voulu abandonner votre fille. Nous ne sommes responsables de rien dans votre malheur. Et le bon docteur Wolberg et moi-même n'avons fait qu'écouter notre cœur et le Seigneur. Nous avons sauvé cette pauvre petite d'une enfance malheureuse dans un foyer et nous lui avons trouvé une mère aimante. Une femme qui venait de mettre au monde des jumeaux dont l'un n'a pas survécu. Une femme mariée à un militaire, comme mon défunt mari. J'étais certaine qu'elle serait une maman attentionnée.

– Je ne comprends pas.

Madame Lukather leur expliqua la mort de la jumelle, et comment le médecin avait pensé à lui substituer l'enfant de Vicky.

Jason était horrifié. Même si l'idée partait d'un bon sentiment, c'était une abomination. On ne remplaçait pas un enfant par un autre. Toute la vie de cette petite fille était basée sur un terrible mensonge. Elle avait pris la place d'une petite fille morte !

Madame Lukather agrémenta ses propos en se resservant largement à boire.

Vicky n'avait plus de larmes pour pleurer, mais se sentait étreinte d'une douleur intérieure insondable.

– Dans ce cas, pourquoi ce chantage à présent ?

– Cela n'a jamais été mon intention. S'il y a une seule chose que je regrette dans cette affaire, c'est d'avoir brisé le pacte du silence que nous avions fait avec le Docteur

Wolberg. Allez savoir pourquoi, j'en ai parlé il y a quelque temps à mon fils. Je voyais qu'il tournait mal et je voulais lui parler du Seigneur et de la rédemption, mais j'ai vite compris mon erreur. Il a tout de suite voulu connaître le nom de cette femme. Je ne le lui ai pas donné. Je lui ai dit de tout oublier, mais je crois qu'il a vu un moyen de gagner facilement de l'argent, dit-elle en soupirant. Il a malheureusement trouvé la mort. Il a dû vouloir négocier avec plus fort que lui. C'est vous qui avez payé un tueur à gages, c'est ça?

Elle regarda Angus d'un œil mauvais.

– Vous êtes un ancien militaire, vous. Cela se voit tout de suite. Je sais reconnaître ce genre d'homme.

Elle se leva et, s'approchant de la masse de muscles, le menaça de son index :

– Dites-moi si vous avez tué mon fils.

Elle tenait difficilement sur ses jambes. Jason crut même qu'elle allait s'effondrer. Cependant, elle réussit à reculer jusqu'à un buffet dont elle ouvrit un tiroir pour en sortir une arme.

– Que le Seigneur me pardonne.

La femme retourna son arme vers elle et la posa sous son menton.

Jason eut juste le temps de mettre la main devant les yeux de Vicky, et soudain, il entendit un petit cri. Madame Lukather venait de s'effondrer sur le sol, foudroyée...

Jason était abasourdi.

Aucune balle ne lui avait transpercé la tête, mais le rayon d'un tazer lui avait percuté l'abdomen.

– Angus, dit Jason dans un souffle.

Vicky se dégagea les yeux et comprit ce qui s'était passé.

– Allez-vous-en tous les deux, je vais appeler les secours. Je m'occupe d'elle, dit Angus.

C'était les premières paroles que Jason entendait proférées par cet homme depuis qu'ils étaient dans la maison.

Vicky sortit dans le jardin et alla s'asseoir sur un banc en bois placé sous la fenêtre de la cuisine. Elle posa ses coudes sur ses genoux, la tête penchée en avant, et se remit à pleurer.

Jason s'assit auprès d'elle et la laissa exprimer toute la détresse qui était en elle. L'histoire était tragique, mais à présent, elle avait toutes les réponses aux questions qui l'obsédaient depuis tant d'années. Non seulement elle n'avait pas tué sa petite fille mais, en plus, celle-ci était en vie.

– Tu vas la récupérer, c'est fini.

Vicky redressa la tête et lui envoya un regard chargé de tristesse.

– Tu n'as pas compris ?

– Bien sûr que si.

– Non. Je sais que jamais je ne la récupérerai. Lisa est la fille de Roxane Wilson. Cette femme n'y est pour rien. Elle est autant une victime que moi.

– Peut-être, mais toi, tu es la vraie mère. Elle n'a aucun droit sur cette enfant.

– Ça reste à prouver ! Et même si la justice venait à me la rendre, moralement, je ne pourrais pas faire ça. Enlever l'enfant d'une autre. Elle est autant sa mère que moi, si ce n'est plus ; c'est elle qui l'a élevée. Pour Lisa, c'est sa vraie maman. Moi, je ne le serai jamais.

– Ne dis pas n'importe quoi. Tu es sa mère au moins autant qu'elle.

– Lisa ne m'aimera jamais. C'est foutu.

– Non, rien n'est jamais foutu. Quand on va lui expliquer, je suis sûr qu'elle comprendra. Mon ami Keith saura lui faire entendre raison. On trouvera un terrain d'entente.

– Ton ami... soupesa-t-elle. Je ne suis pas persuadée qu'après ce qui s'est passé ce matin, il le soit encore.

Jason eut un petit sourire et ouvrit sa main droite.

– On est liés pour la vie. On peut se chamailler, s'engueuler, on restera frères à jamais.

Vicky eut le même petit sourire et ouvrit sa main, elle aussi.

– Et moi, je vais continuer à compter pour toi ?

Il se pencha vers elle, la prit dans ses bras et la serra de toutes ses forces.

# - 54 -

– Vous savez tout, dit Nathan.

Il venait de rentrer de l'hôpital et avait retrouvé Roxane chez les Dawson.

– Merci, dit-elle. Merci pour tout ce que vous avez fait.

Assis sur le canapé du salon auprès de Sandy, Keith n'en revenait pas d'une telle histoire.

– Comme on dit, l'enfer est pavé de bonnes intentions.

De toute évidence, ce docteur n'avait pas pensé mal agir. Bien au contraire, mais les conséquences en étaient dramatiques. Comment expliquer à Lisa qu'elle avait été échangée contre un bébé mort-né ? Impensable ! Et pourtant, un jour il le faudrait, car tôt ou tard elle l'apprendrait. Que ce soit par la presse ou les réseaux sociaux, quelqu'un s'en chargerait très vite, si ce n'était déjà fait !

– On est désolés. On aurait aimé t'annoncer autre chose, mais malheureusement, c'est la pure vérité, dit Sandy.

Roxane était sous le choc d'une telle révélation, mais elle se devait de tenir bon, surtout ne pas s'effondrer.

– Je te crois. Mais comment ça va se passer maintenant ?

– Je vais me mettre en relation avec les avocats de Vicky Lance. Pour l'heure, Lisa est légalement votre fille. Donc, ne vous inquiétez pas, personne ne va venir vous la reprendre, la rassura Nathan.

– Mais comment ? Vous pensez que c'est possible que plus tard...

Nathan fit la moue.

– Je ne peux rien vous promettre. En vérité, il y a deux options qui s'offrent à nous.

Roxane se retenait de pleurer. Elle mourrait si on lui retirait Lisa.

– La première, que je préférerais éviter, c'est de partir bille en tête dans une longue procédure juridique contre la famille Lance. Je ne vais pas entrer dans les détails, mais un cas comme le vôtre pourrait prendre des années avant d'être réglé, tant il est complexe, et qu'il n'y a pas de précédent, à ma connaissance.

– Des années ? réussit-elle à articuler.

– Sept à huit ans, peut-être même plus. Avec certains recours, on peut faire traîner les choses.

– Ça veut dire que Lisa resterait avec moi tout ce temps ?

– Normalement, oui, mais je ne peux pas vous le garantir. On ne sait jamais ce que peut décider un juge, même avec le meilleur dossier possible.

– Et l'autre option ?

– La conciliation avec Vicky Lance. De vous à moi, c'est ce que je vous recommande.

Roxane ne répondit pas et tourna la tête vers la baie vitrée. À l'extérieur, les « jumeaux » étaient occupés à jouer avec les parents de Sandy, qui faisaient tout leur possible pour leur faire oublier les événements du matin.

– Jamais je ne partagerai ma fille. C'est mon enfant et je me moque de ce que peuvent dire les analyses. Cette Vicky Lance n'est rien pour Lisa. Elle l'a abandonnée, et voilà que sept ans plus tard, elle se réveille et trouve l'envie de devenir mère. Elle est alcoolique, droguée. Quelle éducation pourrait-elle lui donner ?

Keith hocha la tête pour donner le change, mais n'était pas aussi radical. Il repensa à son entrevue au *Carlton*. Vicky n'était peut-être pas le monstre que les médias décrivaient. Il avait senti un vrai désir d'élever sa fille, et il repensa à Jason. Même si on dit que l'amour rend aveugle, il pensait que son ami avait un bon jugement. Un long procès était la pire chose qui pouvait arriver. Vivre chaque jour dans la peur qu'on vous retire votre enfant...

– Je crois que tu devrais y réfléchir, dit-il.

Roxane lui jeta un regard mortel.

– Partager mon enfant avec cette femme ? Jamais !

– Ce n'est pas ce que je voulais dire, mais je crois que tu devrais lui parler. Si tu pars dans un procès, et Nathan en sait quelque chose, les avocats ne seront pas tendres, ils vont tout faire pour te massacrer. Si c'est la guerre, elle sera terrible. Ils vont fouiller chaque seconde de ta vie, te salir, te mettre plus bas que terre. Il vaut mieux éviter cela, pendant qu'il est encore temps.

Nathan validait chaque mot d'un hochement de tête, et pour conforter l'argumentation, il ajouta :

– Keith a raison. Ne nous fions pas à ce que dit la presse. Je n'ai jamais aimé les préjugés, et rien ne dit que cette Vicky Lance soit le monstre qu'on nous décrit. Si on arrive à lui faire comprendre que le mieux pour Lisa est qu'elle reste auprès de vous, on évitera bien des complications.

– Mais que vaudra sa parole ?

– Ne vous inquiétez pas. Dans le cadre d'une conciliation, il y a aussi des contrats par lesquels elle devra s'engager à tenir ses engagements. Tout sera écrit noir sur blanc. Faites-moi confiance.

– Vous croyez sincèrement que cette femme va me laisser ma fille ? Après tout ce qu'elle vient de faire pour me la reprendre ?

– Elle pensait que vous la lui aviez kidnappée. Qu'auriez-vous fait à sa place ?

Malgré sa détestation pour Vicky, elle réussit à écouter les arguments, et dut s'avouer que « oui », elle aurait fait la même chose.

– D'accord, je veux bien parler avec elle. Mais qui dit qu'elle voudra m'écouter ?

– Il n'y a qu'une seule façon de le savoir : l'appeler, fit Nathan.

– C'est au-dessus de mes forces. Je crois que je pourrais l'étrangler.

– Alors, laissez-moi faire. Je m'occupe de tout.

– Très bien, dit-elle, fataliste.

– Vous faites le bon choix, vous allez voir, on va trouver une solution qui arrangera tout le monde.

– La seule solution que j'accepte c'est de garder Lisa. Aucun partage.

– Laissez-moi faire. Rentrez chez vous, à présent. Je vous préviens dès que le rendez-vous est possible.

– Vous croyez vraiment que vous allez y arriver ?

– Nathan est le meilleur. Fais-lui confiance. Tout est possible avec lui, lui assura Sandy.

Roxane avait des doutes, mais capitula.

– D'accord. Je vous laisse faire, mais c'est moi qui aurai le dernier mot, dit-elle en se levant du canapé. Je crois que vous avez au moins raison sur un point, je vais rentrer. J'ai besoin de retrouver ma maison, avec mes enfants.

– Je te raccompagne, dit Keith.

– Je viens avec vous, ajouta Sandy.

Nathan se racla la gorge :

– Sandy, je préférerais que tu retournes au commissariat. Si l'enquête avance, j'aimerais avoir les informations de première main. Garde un œil sur le shérif et le lieutenant Deckard.

– Tu as raison.

Voyant qu'elle le faisait plus par obligation que par envie, Roxane lui proposa :

– Si tu veux, tu n'as qu'à passer ce soir. Je t'invite à dîner. Tu es d'accord ?

– Avec grand plaisir.

Sandy appréciait de plus en plus cette jeune femme. Elle avait une telle force de caractère. C'était une amie comme elle n'en avait jamais eu. Qui plus est, cela tombait à point. Elle n'avait aucune envie de passer la soirée toute seule dans son manoir. Même si ses problèmes pouvaient sembler dérisoires, comparés à ceux de Roxane, elle souffrait néanmoins de sa rupture avec Paul. Un homme qu'elle avait aimé et qui l'avait humiliée, jetée à la rue comme une voleuse. Non, surtout pas une soirée seule dans son coin.

De leur côté, Keith et Roxane sortirent de la maison et avant d'aller chercher les enfants qui s'amusaient dans le jardin, la jeune femme s'arrêta sous le porche.

– Tu penses vraiment que je dois parler à Vicky Lance ?

– Oui, c'est la meilleure chose à faire. Je vais appeler Jason. Je vais tout lui expliquer. Et peut-être saura-t-il la convaincre avant même que tu la voies.

– Je n'y crois pas trop.

– Dans ce monde, rien n'est impossible.

Roxane lui fit un sourire et ils allèrent retrouver Lisa et Flint.

# - 55 -

– Je ne sais pas si c'est une bonne idée. Peut-être qu'on aurait dû écouter mon père et laisser faire nos avocats, dit Vicky.

Elle était assise côté passager dans le Hummer de Jason. Ils roulaient en direction du quartier populaire. Le rendez-vous avait été fixé pour 15h.

– Si c'est ce que tu veux, je peux faire demi-tour, mais franchement, tu te vois attendre des semaines sans avoir de nouvelles de Lisa ? Ça va être la guerre si vous partez dans un procès et cela pourrait durer des années. Tu es prête à prendre ce risque ?

– Non, tu as raison.

Jason avait réussi à la convaincre que demander la garde pleine et entière de Lisa était peu réaliste, mais surtout risqué. Il était fort possible que la petite fille lui en veuille toute sa vie. Le mieux était de trouver un accord sur une garde partagée.

– Si cette femme aime vraiment sa fille, elle acceptera le partage. J'en suis persuadé, lui assura-t-il.

Jason s'était longuement entretenu avec Keith qui était plutôt optimiste lui aussi.

– J'espère sincèrement que tu as raison.

Ils arrivèrent enfin devant la maison. Il coupa le moteur. Vicky ne bougea pas.

– J'ai tellement le trac. Je suis capable de chanter devant des milliers de personnes, mais juste parler à cette femme me met des nœuds au ventre.

– C'est bien normal. Ne t'inquiète pas, je suis avec toi.

Il lui passa une main câline sur la joue.

– Allez, tu es plus forte que tu le crois.

Vicky eut un petit sourire et sortit de la voiture. Elle attendit que Jason soit près d'elle pour remonter l'allée d'une petite maison des plus sympathiques, sans fioritures, mais mignonne. Typique de ce quartier pavillonnaire de Santa Barbara.

Ils n'eurent pas besoin de sonner. Les ayant vus arriver, Roxane leur ouvrit la porte.

– Bonjour, dit-elle d'une voix plus glaciale qu'elle ne l'aurait voulu.

– Bonjour, et avant toute chose, je voulais vous dire combien je suis désolée de tout ce qui se passe. Je n'ai jamais souhaité vous causer du tort, se défendit Vicky.

Roxane hocha la tête.

– Je vous crois sincère, mais malheureusement vous m'avez fait beaucoup de mal. Entrez.

Elle s'écarta et les laissa passer. Vicky s'avança et découvrit un petit intérieur très coquet et bien entretenu.

– C'est très joli.

– Je ne roule pas sur l'or, mais j'ai toujours fait au mieux pour mes enfants.

– Je n'en doute pas une seule seconde.

– Si vous voulez bien me suivre.

Ils passèrent dans le salon où, à sa surprise, Vicky ne vit personne.

– Où est Lisa ? demanda-t-elle.

– Elle est dans sa chambre. Un ami la garde avec son frère.

– C'est Keith ?

– Oui, et vous êtes Jason, c'est ça ?

– En effet.

– Il a beaucoup d'estime pour vous.

– Et je le lui rends bien.

Il espérait qu'il ne lui avait pas parlé de leur échange musclé au *Carlton,* sinon, tout serait plus compliqué.

– Asseyez-vous. Vous voulez que je vous apporte à boire ?

– Non, ça ira, merci, dit Vicky.

Ils s'installèrent dans le salon. Vicky et Jason sur le canapé, Roxane dans un fauteuil.

Un silence très gênant s'installa.

– Nous avons une proposition à vous faire, dit Jason qui le rompit.

Il sentait qu'il devait tout de suite aller à l'essentiel ou bien le ressentiment risquait de prendre le pas et la discussion s'arrêterait avant même d'avoir commencé.

– Je vous écoute.

Jason se tourna vers Vicky, et elle comprit que c'était à son tour de prendre la parole.

– Je sais que pour vous, Lisa est votre fille, et je le comprends. Je suis au courant de tout, et évidemment, je ne vous en tiens aucunement rigueur. Nous sommes toutes les deux des victimes de ce médecin.

Roxane hocha simplement la tête.

– Je voulais vous dire que je ne vais pas demander la garde exclusive de Lisa, même si, d'après mes avocats, je peux le faire, car, que vous le vouliez ou non, Lisa est bien ma fille, dit-elle d'un ton ferme.

– Elle n'est pas votre fille. Vous vouliez l'abandonner. Vous en aviez honte et maintenant vous venez la réclamer.

Vicky serra les dents. C'était mille fois plus difficile qu'elle ne l'avait envisagé. Sa douleur au ventre était horrible. Elle avait terriblement envie de vomir.

– C'est plus compliqué que ça. J'ai fait un déni de grossesse. Je n'étais pas préparée, et tout s'est accéléré quand mon père a suggéré, le premier, que je m'en sépare, que ce n'était pas bon pour ma carrière, que je n'étais pas prête. J'avais dix-neuf ans. J'étais sous le choc de l'annonce de cet enfant à naître une semaine plus tard. J'ai pris la mauvaise décision, je le reconnais, mais je n'étais pas dans mon état normal.

– Cela ne change rien au fait que vous l'avez abandonnée. Lisa ne vous le pardonnera jamais.

Le coup était venu comme une balle en plein cœur. Cette femme allait passer sa vie à lui rappeler cette vérité atroce. Elle avait abandonné sa fille.

– Madame Wilson, je vous l'ai dit, je ne veux pas vous la reprendre, je veux seulement qu'on trouve un arrangement qui permette que vous me la laissiez de temps en temps, qu'elle apprenne à me connaître et qu'elle sache qu'elle a deux mamans. C'est tout ce que je vous demande.

– Une garde partagée ? Genre, un week-end sur deux, et la moitié des vacances ? Hors de question !

– Ce n'est pas ce que je vous propose. J'ai bien conscience que Lisa est heureuse auprès de vous et je ne vais pas l'arracher à sa vie et à son frère. Non, je veux simplement que vous me laissiez la voir durant une partie des vacances scolaires. Elle vivra toujours chez vous tant qu'elle ne sera pas majeure.

– Vous seriez prête à faire ça ? s'étonna Roxane.

– Je serai prête à tout pour le bonheur de Lisa. Je vous le répète, je demande simplement à pouvoir la voir, et quand elle sera très grande, j'espère qu'elle me considérera autant comme sa mère que vous.

Roxane fit la moue. Ce n'était peut-être pas la meilleure chose à dire, pensa Jason. Mais au moins, c'était sincère.

– Juste une partie des vacances ? Mais qu'est-ce qui m'assure qu'après vous me la rendrez ? Je veux bien avoir confiance en vous, mais comme vous avez l'air de dire que votre père est un monstre qui a voulu se débarrasser de sa petite-fille, peut-être que c'est lui qui l'enlèvera ?

– Il ne le fera pas. Je crois savoir que votre avocat est un des meilleurs du pays. Mais nous n'en arriverons pas là. Vous devez me faire confiance. Je suis prête à signer cet accord s'il vous convient.

– Et si je ne veux pas, ce sera la guerre, c'est ça ?

Vicky baissa la tête.

– Pourquoi parlez-vous de guerre ? Je veux juste une solution. On doit s'entendre. Et si vous voulez savoir si je suis prête à des années de procès pour récupérer Lisa ?

Eh bien, non... Non, bien sûr que non. Je préfère vous la laisser plutôt que de lui faire du mal.

– Le jugement de Salomon, dit Jason.

– Vous feriez ça ?

– Bien sûr que je le ferais. Du moins jusqu'à ce qu'elle soit grande et là, je reprendrais contact avec elle.

Il y eut à nouveau le silence, un peu moins pesant cette fois.

Jason prit la main de Vicky.

Roxane était perdue dans ses pensées. Les secondes s'écoulaient, puis des minutes. Enfin, elle se décida.

– Une partie des vacances seulement, et en ma présence les premières fois, pour voir si elle vous accepte. Pas votre père ni votre belle-mère. Juste vous, moi et Flint. Et si tout se passe bien, l'année prochaine, je vous laisserai la voir seule.

– Vous êtes prête à faire ça ?

– Moi aussi, je suis prête à beaucoup de sacrifices pour ma fille et, que je le veuille ou non, vous êtes sa mère, c'est un fait. Je veux bien croire en votre sincérité, et que vous n'auriez pas abandonné Lisa si on ne vous avait pas obligée à le faire.

Vicky, qui s'attendait à une fin de non-recevoir, n'en revenait pas. Tellement fataliste en général, elle se laissa submerger par l'émotion. Elle fondit en larmes et fut incapable de prononcer la moindre parole.

– Je vais chercher Lisa, dit Roxane.

Très émue elle aussi, elle les quitta et monta à l'étage.

Vicky réussit à se ressaisir et se tourna vers Jason.

– Jamais je ne te remercierai assez. Je n'y crois pas. Je vais revoir ma fille.

– Oui, et à l'avenir, n'écoute plus ton père. Fais toujours ce que tu ressens au fond de toi.

– Tu peux compter sur moi. Je n'en reviens pas. Tu te rends compte, elle a accepté.

– Oui, bon. Il va falloir signer ça très vite. Surtout qu'elle ne change pas d'avis. Mais je compte sur Keith et Sandy pour la raisonner, au cas où...

– Merci.

Des bruits de pas dans l'escalier. Roxane et Lisa entrèrent dans le salon.

– Je crois que tu connais déjà Vicky.

– Oui, elle est méchante, elle a voulu me voler.

– Lisa, il faut que tu comprennes qu'elle ne l'a pas fait exprès, fit Jason. C'est une histoire très compliquée, mais écoute-moi bien. Même si cela va te paraître bizarre, tu as deux mamans. Cette dame est aussi ta maman.

– C'est impossible. On a qu'une maman.

– C'est une maman de cœur, intervint Roxane. Je t'expliquerai tout plus tard. Aujourd'hui, c'est juste pour faire connaissance, et si tu ne veux plus lui parler, tu me le diras et tu ne la verras plus. On fait comme ça ?

Ce n'était pas les termes de leur accord, mais Jason se retint de le lui faire remarquer.

– Oui, mais ne me laisse pas seule avec elle.

– Je suis là, mon trésor. Je serai toujours près de toi.

Roxane s'assit et Vicky se tourna vers Lisa.

– Lisa, je suis ta maman. Un médecin t'a enlevée et t'a mise dans le ventre de ta maman, sans qu'elle le sache. Donc on est toutes les deux tes mamans.

– C'est pas possible de faire ça.

– Non, il n'aurait pas dû le faire, mais ne parlons pas de ça pour l'instant. Parle-moi de toi plutôt. Il paraît que tu fais de la danse ?

Surtout ne pas insister sur le sujet. Sage précaution, approuva Jason.

– Je veux devenir une grande danseuse comme ma maman.

– On m'a dit qu'elle était très douée.

– C'est elle la plus forte.

– Et à l'école, ça se passe bien ?

– Oui, il y a juste un garçon qui m'embête.

– C'est pas vrai ! Une jolie fille comme toi.

– Il veut tout le temps me tirer les cheveux.

– Ah, ça, ce n'est vraiment pas bien. Donne-moi son nom, je vais appeler la police...

Et pour la première fois, Lisa fit un petit sourire à Vicky.

* * *

– Alors, tu es d'accord pour qu'on se revoie ? demanda Vicky qui se tenait sur le perron de la maison.

– Oui, mais avec maman, répondit Lisa.

Cela faisait près d'une heure que Vicky avait commencé à apprivoiser sa fille. Une discussion pleine de sourires et de malice.

Ne plus penser au drame. Aller de l'avant. Ne penser qu'à l'avenir.

Mais, pour l'instant, il était temps pour elle de partir.

– On fera comme tu veux. Je peux te serrer très fort dans mes bras ?

Lisa se retourna vers sa mère. Debout, dans l'encadrement de la porte, Roxane acquiesça de la tête.

Vicky souleva aussitôt la fillette et se retint de la serrer trop fort, pour ne pas l'étouffer. Elle avait tellement d'amour à lui donner.

« Je pourrais te garder toujours avec moi », se dit-elle, en s'efforçant de ne pas craquer.

Elle finit par la reposer au sol.

– À très vite, mon cœur.

Lisa rentra dans la maison, et Roxane referma la porte sans un mot de plus.

Vicky redescendit l'allée et rejoignit Jason qui était déjà au volant. Il s'était éclipsé pour lui laisser ce moment d'adieu avec sa fille.

– Alors ? demanda-t-il quand elle s'assit à côté de lui. Ça va ?

– Oui, j'ai l'impression de marcher sur un nuage. Je me sens tellement soulagée. Je n'en reviens pas que tout se soit aussi bien passé. Tu as vu comment Lisa me parlait ?

– On peut le dire, un vrai moulin à paroles. Je crois qu'elle t'a définitivement adoptée.

– C'est gentil, mais je crois bien que c'est sa nature. C'est une petite fille volubile et pleine d'énergie. Je l'adore.

– Je crois qu'elle va t'adorer très vite aussi. L'important est qu'elle n'éprouve pas de ressentiments envers toi.

– Quand je pense à ce matin... Elle aurait pu me détester. Elle n'est pas près de revoir mon père.

– Ne dis pas ça. Ton père a certainement des tas de défauts, mais tu as vu comment il la regardait ?

– Justement. J'ai peur qu'il brise le pacte. Je veux que Lisa reste avec Roxane. On s'en tient à ce qu'on a dit. On ne brusque rien.

– Tu as raison.

Jason mit le contact et commença à rouler. Vicky jeta un coup d'œil par la vitre dans l'espoir de voir une petite main s'agiter derrière la fenêtre de la maison. Mais pas de Lisa. C'était beaucoup trop tôt. Cela viendrait. Un peu de patience.

– Tu sais, j'ai vraiment eu de la chance dans mon malheur, dit-elle. Lisa est tombée en de très bonnes mains. Roxane l'a très bien élevée.

– Non, c'est Lisa qui a de la chance. Elle va avoir deux super-mamans. J'aurais adoré être à sa place.

– C'est très gentil, ça.

Et Vicky lui plaqua un gros baiser sur la joue.

– Je te jure, j'ai l'impression de sortir d'un véritable cauchemar. Il me semble que je suis complètement défoncée tant je me sens bien.

– L'amour, la meilleure des drogues.

– C'est clair. J'ai tellement hâte de la revoir. Je vais compter les jours. Ça va être atroce.

– Non, au contraire. Tu sais, je vais voir avec Keith et Sandy pour arranger les choses. Peut-être qu'elle voudra bien te la laisser plus souvent dès qu'elle sera en confiance. Je crois vraiment que vous allez très bien vous entendre.

– Tu veux dire, Roxane et moi ?

– Oui, vous deux. Tu vas dire que je suis d'un optimisme béat, mais pourquoi n'essayeriez-vous pas de devenir amies ? Ce serait la meilleure des choses.

– Elle n'y arrivera jamais. Je serai toujours celle qui lui a pris une part de sa fille.

– Sauf si elle accepte vraiment l'idée qu'elle est autant ta fille que la sienne. Je suis sûr qu'elle s'en rendra compte un jour.

– Que Dieu t'entende !

Vicky souriait aux anges. Elle était tout simplement heureuse.

– Bon, tu me laisses au *Carlton* et on se revoit ce soir ?

– Tu es certaine que tu ne veux pas que je reste avec toi ?

Aussi forte qu'elle puisse paraître, elle n'en était pas moins extrêmement fragilisée par tous ces événements et, pour finir, par cette séparation, même temporaire. C'était une fille partagée entre un grand bonheur et un grand malheur.

– Oui, ça va aller, j'ai un concert à préparer.

– Ne me dis pas que tu comptes chanter ce soir !

– Si je plante le concert, on va y en être pour des centaines de milliers de dollars et j'entends déjà les hurlements de mon père.

– On s'en fout de ton père. On parle de toi.

– Je plaisantais. Je me moque de l'argent, mais tu sais ce qu'on dit dans le métier : « *Show must go on.* » J'ai vraiment envie de monter sur scène. Il faut que je dépense toute l'énergie qui bouillonne en moi, et rien de mieux qu'un concert.

– Tu ne vas pas faire de bêtises, j'espère. Tu me le promets ?

– Tu crois que j'en serais capable ? Maintenant que j'ai retrouvé ma raison de vivre, je me sens responsable.

– Excuse-moi.

– Tu es pardonné, mon ange gardien. Mais je peux te poser une question ?

– Vas-y.

– Toi et moi, c'était juste une belle aventure qui s'arrête ce soir ? Ta petite amie, tu tiens beaucoup à elle ?

Jason n'avait pas eu le temps d'y penser, mais il connaissait déjà la réponse.

– Non.

– Ça veut dire que tu tiens un peu à moi ?

– Je crois que ça veut dire ça, et bien plus encore.

Elle l'embrassa une nouvelle fois sur la joue, tandis qu'ils s'éloignaient du quartier pavillonnaire et qu'ils attrapaient la voie rapide.

– Tu sais, avec ma carrière, je suis continuellement sur les routes. On ne se verra pas aussi souvent que si tu étais avec une fille qui vit avec toi.

– On s'en fout. On verra bien.

– Ouais, comme tu dis, on s'en fout. Vas-y, accélère. J'ai envie d'écrire une chanson. Je me sens tellement inspirée.

Jason accéléra, ignorant les limitations de vitesse. Lui aussi se sentait le plus heureux des hommes.

# - 56 -

– Tu crois que j'ai pris la bonne décision ? demanda Roxane.

Elle venait tout juste de redescendre après avoir mis Lisa et Flint dans leur bain. Elle avait besoin de parler en tête à tête avec Keith.

– Tu as pris la meilleure. Tu as vu comment Vicky était avec Lisa. Elles vont bien s'entendre. Elle tiendra parole, tu n'as pas à craindre qu'elle te la reprenne. De toute façon, avec Nathan, on veillera à ce qu'elle ne te trahisse pas

– Je ne crois pas qu'elle le fasse. C'est son entourage que je crains. Elle a l'air fragile. Ils pourraient lui retourner le cerveau.

– Qu'ils essayent, ils auront affaire à nous.

– Je ne sais plus ce que je ressens. Je suis en même temps soulagée et terriblement en colère. Tu te rends compte qu'ils m'ont arrêtée ce matin devant les enfants ? Jamais je ne le leur pardonnerai.

Quand il se remémorait la scène, Keith, lui aussi, avait des envies de meurtre. Les puissants croyaient avoir tous les droits.

– On pourrait leur intenter un procès, fit-il.

– Laisse tomber. On n'y gagnera rien, si ce n'est à se faire détester. Je préfère passer à autre chose.

– Tu as raison, n'y pensons plus. La seule chose qui compte, c'est que tout redevienne comme avant. Toi et ta petite famille.

– Rien ne redeviendra comme avant. Cette fille me fait peur, même si je crois qu'elle est sincère. Et si elle retombe dans la drogue ? En plus, on ne connaît pas ses petits amis. Je ne veux pas que Lisa soit mal entourée...

– Chut, calme-toi. Primo, tu seras toujours avec elle, et si ça se passe mal, on arrête tout et on va au procès. C'est pas demain que tu vas laisser Lisa seule avec Vicky, pas vrai ?

Roxane réalisa qu'elle s'était laissé emporter par ses angoisses, mais l'idée de perdre Lisa lui était intolérable.

– Bon, je vais te laisser tranquille. Tu as besoin de te retrouver avec tes enfants, dit Keith.

– C'est vrai. Mais tu passes ce soir ? Tu as entendu tout à l'heure, j'ai invité Sandy à dîner à la maison. On pourrait commander encore japonais ? Ne me demande pas de cuisiner, je n'ai vraiment pas la tête à ça ce soir.

Keith sut qu'il était à la croisée des chemins. Il savait que ce moment viendrait et qu'il devrait y faire face. Mais comme une autruche, il avait espéré qu'en n'y pensant pas, il pourrait l'éviter.

– Je suis désolé, mais je suis déjà invité.

– Tu vas où ?

– Nulle part. Je mange chez ma mère. C'était prévu, et je ne me vois pas annuler.

– La famille d'abord, c'est touchant. Dans ce cas, on s'appelle et on se voit demain sans faute.

Keith mit la main sur la poignée de la porte.

« Où est ton courage ? Dis-lui la vérité. »

– Oui, à demain.

Et à son grand embarras, Roxane s'avança vers lui et posa ses lèvres sur les siennes. Instinctivement, il recula.

– Roxane, non. Ça ne va pas être possible.

Elle le regarda d'un air étonné.

– Pourquoi ? Tu as déjà une copine ?

– Non, mais, je ne suis pas celui que tu crois. Je ne suis pas un mec pour toi.

– Qu'est-ce que tu en sais. Ce que je connais de toi me va parfaitement. C'est quoi le problème ?

Comment lui dire qu'il ne se voyait pas avec une vie de famille. Qu'il mettait son indépendance au sommet de ses priorités.

– Je ne suis pas fait pour être père.

– Qu'est-ce que tu racontes ? Tu as vu comment tu es avec les enfants ? Ne me dis pas que tu jouais la comédie. Tu n'as pas aimé les moments que nous avons passés ensemble ?

Ô combien il les avait aimés, mais il savait que très vite, il s'en lasserait. Pas de corde au cou, pas d'enfants à surveiller. Jouir de sa liberté. Aussi égoïste que cela paraisse, c'était le bien le plus important pour lui.

– Évidemment, mais il te faut un type bien, pas quelqu'un comme moi.

– Tu dis n'importe quoi. On s'entend bien. Je ne te demande pas en mariage. Juste qu'on se donne une chance ? Qu'est-ce que tu risques ?

« De te briser le cœur », se dit-il, et il n'en avait aucune envie.

– Tu crois que si ça ne marche pas entre nous, quand tu me quitteras, je vais m'effondrer ? Tu crois que tu seras le premier mec que j'ai eu depuis la mort de mon mari ?

– Non, je sais bien.

– Alors, c'est quoi ?

– C'est moi le problème. Écoute, je ne peux pas. Je suis désolé. Je te souhaite tout le bonheur du monde, mais on ne doit plus se revoir. C'est bien mieux comme ça.

Roxane se figea.

– C'est toi qui vois, Keith. Mais je crois qu'on aurait pu se donner une chance. Mais bon, va-t'en, si c'est ce que tu veux.

– Oui, je suis désolé, répéta-t-il une nouvelle fois.

Elle le raccompagna dans un silence glacial sur le pas de sa porte, et il sortit de la maison sans un regard en arrière.

Et alors qu'il aurait dû se sentir soulagé, il ne ressentait qu'une rage retournée contre lui-même. Pourquoi ne pouvait-il pas changer ? Pourquoi avoir si peur de vivre en couple ? Pourquoi ?

Il secoua la tête. Il savait qu'il n'aurait jamais la réponse, mais il était ainsi fait. Qu'on le veuille ou non, on ne change jamais.

# - Épilogue -

Le temps était idéal. Le soleil se couchait sur l'océan. La plage était noire de monde. Près de six mille personnes s'étaient massées devant l'immense scène qui avait été montée sur le sable. Sur les côtés, d'énormes enceintes diffusaient, en attendant le concert, des standards de rock américain.

Jason avait eu droit à une place privilégiée dans une des tribunes montées pour l'occasion. Perpendiculaire à la scène, avec l'océan pour horizon.

Il régnait une joyeuse ambiance de fête. La bière coulait à flots, et Jason en avait fait le plein.

– C'est gentil d'avoir pensé à moi, dit Michelle.

Sa collègue de travail était venue autant pour assister au spectacle que pour tout savoir sur cette sombre affaire.

Jason lui avait tout raconté, du moins ce qui serait rendu public, mais surtout, il n'avait pu s'empêcher de lui parler de sa relation avec la chanteuse. Il fallait qu'il se confie à quelqu'un et Michelle était parfaite pour ce rôle. Une oreille amicale et le sens du secret.

– C'est normal, si je n'avais pas voulu t'impressionner, jamais je ne me serais jeté à l'eau et n'aurais sauvé cette fille.

– N'importe quoi, rit Michelle.

Mais la musique venait de s'arrêter, bien que le grand rideau de la scène fût toujours fermé. Ils virent un assistant apporter une chaise haute et un micro sur le tout devant de la scène.

– Il y a une première partie ? s'étonna Michelle.

– Aucune idée.

Mais très vite, une silhouette approcha, reprise sur l'écran géant placé au-dessus de la scène. Vicky s'avançait, seule, sa guitare à la main.

Une salve de cris de joie éclata au milieu des verres de bière en plastique qui volaient dans les airs.

La jeune chanteuse s'installa sur la chaise et tapa sur le micro, qui émit un son lourd, avant de prendre la parole.

– Bonsoir, Santa Barbara, je suis ravie de revenir vous voir.

Nouvelle salve de cris, d'applaudissements et de « je t'aime Vicky », « on est avec toi ! ».

– À moins que vous n'ayez été en plein coma éthylique toute la journée, vous devez savoir ce qui m'est arrivé.

Des rires mais aussi des mots de réconfort fusèrent de la foule. Une masse de jeunes gens, mais aussi de plus âgés.

Jason était étonné par la diversité de son public.

– J'ai retrouvé ma fille aujourd'hui, et je ne pouvais pas commencer ce concert sans le lui dédier.

Gros plan de Vicky sur l'écran géant. Jason vit la grande émotion qu'elle ressentait.

– Aujourd'hui est le premier jour de ma nouvelle vie, et je voulais le partager avec vous.

Traveling caméra sur la foule qui se remit à hurler son amour. Jason vit des fans pleurer à chaudes larmes face à leur idole, et il réalisa que lui aussi était très ému.

– J'ai écrit cette chanson pour Lisa. J'espère qu'elle lui plaira et à vous aussi. Elle s'appelle « Ocean's Girl » et elle commence comme ça...

Vicky prit position sur sa chaise. Après avoir calé sa guitare contre ses genoux, elle envoya le premier accord et se mit à chanter.

« *When your lose your love and it makes your life turn cold, when it tears you apart, your heart and soul just can't go on. When love's alive, it sets you free, when it's gone, it's plain to see how even love can become a lethal weapon...* »

Jason se revoyait la veille en train de chanter « New York New York » tandis qu'ils se badigeonnaient de sauce blanche. Cette fille était incroyable. Il se revit sur la plage, à lui faire l'amour, mais aussi au cimetière et leur moment mystique. Quels moments délicieux ! Il était ici et ailleurs. Vicky avait une voix tellement envoûtante.

« *...That's why I call her my ocean's girl*[3]. »

La musique s'arrêta. Sur l'écran géant, on voyait que ses larmes avaient fait couler son maquillage, mais cela ne la rendait que plus attachante. Le public hurlait sa joie et sa solidarité.

Jason, deux doigts dans la bouche, sifflait son enthousiasme. Oui, cette fille, il l'avait dans la peau et non, il ne la laisserait pas tomber. Advienne que pourra. Il allait tenter la grande histoire avec elle.

– Bon, et si on faisait un peu de rock qui secoue, se reprit Vicky.

À cet instant, le rideau géant s'ouvrit sur le groupe qui l'accompagnait. Le batteur envoya du lourd, suivi par le guitariste qui fit vibrer à fond son instrument, et Vicky mit toute l'ampleur de sa voix dans les premières paroles de son grand tube : « Lollipops are not for little girls ! »

* * *

Keith s'assit devant l'assiette dans laquelle reposait la barquette de lasagnes surgelées sortie du four micro-onde. Il avait allumé la télévision sur un épisode des Simpson, mais avait coupé le son. Il avait tenté de faire le vide dans sa tête. Sans succès. C'était impossible. Sans cesse, l'image de Roxane sur le pas de sa porte revenait le hanter.

En ce début de soirée, il se sentait d'une solitude abyssale, comme jamais il ne l'avait ressentie. « Tu devrais être heureux. Ce n'est pas ce que tu voulais ? Vivre seul. Pouvoir larguer les amarres à tout moment ? »

3. « Voilà pourquoi je l'appelle ma fille de l'océan. »

Il prit sa fourchette et la planta dans son plat de lasagnes dans laquelle elle rebondit. Pas assez décongelé.

« Eh merde ! »

Il repoussa son assiette et reprit sa bière dont il but une gorgée.

« Pourquoi tu penses encore à elle ? Tu ne la connais que depuis hier. En quoi pourrait-elle te manquer ? »

Il se leva et alla éteindre la télévision et allumer la sono pour mettre un vieux classique d'Eric Clapton.

Les notes chaleureuses du génie de la guitare ne suffirent pas à le calmer. Le visage de Roxane ne le quittait pas.

Ce n'était pas la première fois qu'une fille lui faisait cet effet-là. Mais il se connaissait par cœur, une fois qu'il aurait couché avec elle, il ne supporterait pas le quotidien. Conduire les enfants à l'école, leur préparer à manger, puis les week-ends chez la famille, et bis repetita, semaine après semaine.

Autant se mettre la corde au cou tout de suite. Le seul vrai amour auquel il croyait, c'était un homme, une femme... et un bateau pour fuir le moment venu !

« Si seulement, il n'y avait pas Lisa et Flint ! »

Il se détesta d'avoir de telles pensées, mais c'était plus fort que lui. Il ne serait pas un bon père, il le savait. L'image de son propre père pendu à une corde planait sur lui.

Pourtant, il avait adoré la soirée de la veille, il avait adoré jouer avec eux comme dans une famille banale.

« Je n'étais pas dans mon état normal, j'étais en immersion pour mon article, se dit-il, pour se justifier à ses propres yeux. Jamais je ne prendrai plaisir à ce genre de vie, ce n'est pas moi. »

Il monta le son et ouvrit la baie du salon pour faire quelques pas avant de s'appuyer au bastingage et regarder le soleil qui se couchait sur l'océan. Au loin, lui parvenaient les notes du concert de Vicky Lance.

« Je suis fait pour ce genre de fille, pas pour Roxane. »

Il en devenait presque jaloux de Jason.

« On aurait dû faire l'inverse. Tu prends la danseuse et moi la chanteuse. »

Une nouvelle fois, il eut un rictus dégoûté par la laideur de ses pensées ténébreuses.

Son portable sonna. Reprenant pied dans la réalité, il rentra en vitesse.

Mais où était-il ?

La sonnerie était étouffée, puis s'arrêta, avant qu'il ne découvre son smartphone enfoui sous le coussin d'un des canapés.

Il regarda le nom. Suzie, la reine des potins. Il sourit. Aucune envie de la rappeler. Elle allait le bombarder de questions au sujet de Roxane, et elle était bien la dernière personne à qui il avait envie d'en parler.

« Tu as cru que c'était elle, espèce d'abruti ! Tu t'es rué sur ton portable comme l'adolescent boutonneux qui attend l'appel de son premier amour ! Pathétique ! »

Il souffla un grand coup. Besoin de faire le vide.

Non, il savait que jamais il ne changerait. Ce genre d'amour n'était pas fait pour lui.

Dans une semaine il l'aurait oubliée. D'ailleurs, il allait reprendre sa vie d'avant et pour commencer, il chercha dans son portable les numéros de ses ex-petites amies.

« Oui, c'est ce que tu as de mieux à faire : oublie-la et redeviens toi-même. »

* * *

– Je ne sais comment te remercier, dit Sandy. Je ne me voyais vraiment pas passer la soirée toute seule.

– Tu plaisantes, c'est moi qui te remercie, répondit Roxane. En plus, les enfants t'adorent.

Les deux jeunes femmes étaient dans la cuisine et finissaient de préparer le dessert surprise, pendant que les deux petits monstres étaient encore à table en train de manger leur plat principal.

Par la fenêtre, on voyait le soleil se coucher doucement à l'horizon.

– On forme un vrai petit couple, s'amusa Sandy. Tu ne veux pas te marier avec moi, par hasard ?

– Et pourquoi pas, après tout. On est en Californie. On emmerde les conventions.

– Je déconnais. Je ne suis pas du tout lesbienne.

– Pas grave, personne n'est parfait ! dit-elle en citant la plus célèbre des répliques.

Sandy eut un large sourire.

– Les mecs sont vraiment des connards. Tu imagines ce Paul, il me fait venir chez lui, il me sort le grand jeu et sa femme qui débarque.

– Tu me l'as déjà raconté mille fois.

– Ah bon ? Je me fais vraiment vieille. Personne ne va vouloir de moi.

– Moi, j'en connais un, pourtant.

– Vite, donne-moi son numéro que je l'appelle.

– Tu sais très bien de qui je parle. Je te donne deux indices. Il travaille dans la police et il était chez moi hier soir.

Le rouge monta aussitôt au visage de Sandy.

– J'en étais sûre ! J'ai vu comment tu le regardais. Ça ne trompe pas.

– Arrête. Tu délires. Il a neuf ans de plus que moi, et en plus il est bizarre. Non. Ce n'est pas du tout mon genre.

– Tu es peut-être une excellente danseuse, mais ne te lance pas dans la comédie. Tu ne sais absolument pas mentir.

– Je te jure que tu te trompes. En plus j'ai une règle d'or : no zob in job !

Roxane ouvrit le four et en sortit un crumble brûlant qu'elle posa sur le plan de travail.

– Donc, si j'ai bien compris, ça ne t'embête pas si je l'appelle pour le remercier et si je l'invite à dîner un soir en tête à tête ?

Sandy attrapa un couteau de cuisine et le leva bien haut.

– Si tu fais ça, je te découpe en morceaux.

Roxane sourit et lui tendit une bombe de crème chantilly et des assiettes à dessert.

– Allez, repose ça. Tu risques de blesser quelqu'un. Aide-moi plutôt.

Sandy attrapa la crème et les assiettes, et suivit Roxane dans la salle à manger. Les enfants sautèrent de joie en voyant le dessert arriver.

Un vrai tableau rafraîchissant. Qui n'aurait pas été attendri devant cette joyeuse famille ? Roxane méritait un homme qui saurait apprécier cette joie de vivre, se dit Sandy.

Elle s'était disputée avec Keith, une heure plus tôt. Cet abruti s'entêtant à lui dire qu'il ne changerait pas d'avis. Que tout n'avait été que d'ordre professionnel. Elle le connaissait assez bien pour savoir qu'il ne reviendrait pas sur sa décision.

« Un jour, quand tu seras vieux et tout seul sur ton bateau, tu le regretteras. Tu te souviendras de ce jour où tu as refusé le grand amour. »

Il avait éclaté de rire et lui avait raccroché au nez.

« Oublie ça, et pense plutôt à tes propres problèmes », se reprit Sandy en regardant la petite famille attablée. Elle aussi avait droit au bonheur. Peut-être qu'elle devrait écouter Roxane et prendre son courage à deux mains et parler à Deckard.

Mais non, il était évident qu'il ne s'intéressait pas à elle.

« N'y pense plus. »

Elle posa les assiettes à dessert sur la table quand soudain on sonna à la porte.

– C'est qui ? demanda Lisa, d'un ton inquiet. On va pas venir me reprendre ?

La peur pouvait se lire sur tous les visages.

– Tu attends quelqu'un ? demanda Sandy.

Roxane secoua la tête.

– Monte avec les enfants. Tu t'enfermes avec eux. Si ce sont tes collègues, je ne veux pas qu'on nous sépare.

– OK. Ne t'inquiète pas.

Sandy sentit la colère monter en elle. À tous les coups, le père de Vicky avait dû saisir un juge et obtenir un mandat d'amener. Quel sale type ! C'était trop injuste.

– Venez avec moi les enfants, vite, dit-elle.

Lisa et Flint la suivirent sans poser de questions et s'enfermèrent dans la chambre de leur mère.

Roxane était désespérée. Elle avait envie de mourir, de disparaître sous terre. Cela n'allait donc jamais finir ? Pourquoi n'avait-elle pas droit au bonheur ?

D'un pas de condamnée, elle se dirigea vers la porte, inspira un grand coup et l'ouvrit, et là, elle n'en crut pas ses yeux.

– Si je te dis que je suis le type le plus débile de la terre, tu me pardonnes ? demanda Keith.

Il s'était mis sur son trente-et-un et tenait un énorme bouquet de roses à la main.

Roxane craqua et, entre rire et larmes, elle se jeta dans ses bras et l'embrassa du plus passionné des baisers.

# Remerciements

Je tiens à remercier en tout premier lieu Bertrand Pirel, sans qui cette série n'aurait jamais existé.

Et aussi Arthur de Saint Vincent qui m'a fait l'immense joie de me donner sa confiance afin que ce deuxième volet voie le jour.

Franck Spengler pour m'avoir accompagné tout le long de cette *Fille de l'océan* avec assiduité et bienveillance.

Sans oublier Marie Decrême autant pour son professionnalisme hors pair que pour sa gentillesse et son aide précieuse.

Enfin, je ne pouvais finir ces remerciements sans parler d'une personne rare, un homme comme on en rencontre peu et que j'ai eu la chance de connaître une année durant, un temps bien trop court.

Où que tu sois à présent, je ne te remercierai jamais assez pour m'avoir tendu la main de ta poigne si amicale.

Kenavo, Hugues...